W0201235

Terri Blackstock

Nur wenn ich fliehe

Roman

Deutsch von Renate Hübsch

BRUNNEN
Verlag GmbH · Giessen

FSC www.fsc.org
MIX
Papier aus verantwortungsvollen Quellen
FSC® C014496

Lektorat: Konstanze von der Pahlen
Umschlagfoto: mauritius images/Ian Pilbeam/Alamy
Umschlaggestaltung: Jonathan Maul
Satz: Uhl + Massopust, Aalen
Druck: GGP Media GmbH, Pößneck
ISBN Buch 978-3-7655-2074-7
ISBN E-Book 978-3-7655-7478-8

www.brunnen-verlag.de

Ich widme dieses Buch in Liebe dem Nazarener.

I

Casey

Blut klebt an den Sohlen meiner Sneaker. Ich lasse Wasser darüberlaufen. Ohne Zweifel wird die Polizei den Abdruck der Gummisohlen prüfen und herausfinden, dass es Skechers sind. Die Abbuchung vom Schuhgeschäft werden sie auf meiner Kreditkarte entdecken, was beweist, dass es meine Sneaker sind.

Blut rinnt durch den Abfluss. Mein Herz rast, als ob es mein eigenes Blut ist, das da wegfließt. Aber so ist es nicht. Meine Kehle schnürt sich zu und mir kommen die Tränen, doch ich blinzele sie weg. Jetzt ist keine Zeit für Gefühle.

Als die Schuhe einigermaßen sauber sind, wische ich sie mit einem Handtuch ab und stecke sie in meine Tasche.

Sie werden die Blutspuren im Waschbecken entdecken, an der Tür, wo ich die Schuhe ausgezogen habe, auf dem Handtuch. Sie werden in der ganzen Wohnung dieses Luminolzeug versprühen und die Liste der Beweise gegen mich dadurch noch verlängern. Es hat keinen Sinn, meine Zeit damit zu verschwenden, die Spuren zu tilgen. Ich muss einfach nur weg hier.

Es ist nicht leicht, mal kurz sein ganzes Leben in einem Koffer zu verstauen, aber mir bleibt keine andere Wahl. Ich packe ein, was ich wohl brauchen werde – einen Rock, zwei Jeans, ein paar T-Shirts, eine Schere, um mir die Haare abzuschneiden, sobald ich irgendwo ein sicheres Plätzchen gefunden habe, Unterwäsche, Wimperntusche, Zahnpasta und -bürste, Kontaktlinsenschale und meine Brille. Ich gehe zur Kommode und ziehe die Schublade auf, dann wühle ich unter den Socken nach der Zigarrenkiste. Von ganz hinten angle ich sie heraus und öffne sie. Die Hundert-Dollar-Noten sind noch da. Jetzt ist die Zeit gekommen, in der ich sie brauchen werde. Ich stopfe die Scheine in die Seitentaschen meines Gepäcks, dann haste ich in meine winzige Wohnküche und schnappe mir die gerahmten Familienfotos von einem Regal. Auch sie wandern in meine Tasche.

Eilig schreibe ich einen Scheck für die Miete, reiße ihn aus dem Block und lege ihn auf den Küchentresen – zusammen mit einer Nachricht für den Vermieter, dass er die Wohnung weitervermieten und die zurückgelassenen Sachen an irgendeine Wohltätigkeitsorganisation spenden soll. Ich will nicht, dass er das Nachsehen hat. Ich überlege kurz, meinen Chef anzurufen und ihm zu sagen, dass ich nicht mehr komme, aber es ist besser, das nicht zu tun.

Ich hänge mir die Handtasche über die Schulter und trage die Reisetasche nach draußen, dann schließe ich meine Wohnung hinter mir ab, auch wenn ich nicht weiß, warum.

Als ich ins Auto steige, sehe ich das Blut am Türgriff. Ich ignoriere es und fahre in das Parkhaus eines Hotels in der Innenstadt, stelle den Wagen ab, ohne noch einen Blick darauf zu werfen, und nehme den Fahrstuhl hinunter ins Hotelfoyer. Dort husche ich in die Damentoilette, binde mir das Haar zu einem Pferdeschwanz und wickele mir ein Tuch um den Kopf. Ich nehme die Kontaktlinsen heraus, wasche mein Augen-Make-up ab und setze die Brille auf. Dann trage ich Handtasche und Reisetasche durch die gläserne Hoteltür hinaus auf die Straße, wo die Taxis warten. Dem Portier, der eines für mich heranwinkt, drücke ich ein Trinkgeld in die Hand. Ich steige ins Taxi und sage dem Fahrer, er solle mich zum Busbahnhof fahren.

Höchstwahrscheinlich suchen sie noch nicht nach mir. Es wird ein Weilchen dauern, bis sie Brents Leiche finden. Ich gebe der Versuchung nach zu beten, auch wenn ich nicht weiß, ob mich jemand hört. Ich habe Mühe, an Gott zu glauben, aber wenn ich in Schwierigkeiten stecke, formuliert mein Gehirn ganz von selbst stumme Bitten. Keine Ahnung, worum ich bitten soll. Um Zeit? Dass ich rasch weit weg bin? Um einen Ausweg?

Um Gerechtigkeit?

Blödsinn.

Ich bete einfach ganz allgemein um Hilfe. Falls jemand am anderen Ende der Leitung meine Gebete hört, wird er schon wissen, was ich brauche. Während wir durch die Stadt fahren, überfällt mich die Einsamkeit wie ein plötzlich aufsteigender Nebel und ich frage mich, wie ich ohne meine Freunde auskommen soll. Ich mag Menschen. Das war schon immer so. Ich bin nicht gern allein.

Und meine Familie. Meine sechs Monate alte Nichte, die jede Woche irgendwas Neues kann ... Ob ich sie je wiedersehe? Der Gedanke, dass ich sie vielleicht niemals mehr in den Schlaf wiegen werde, ist fast so brutal wie das Bild meines besten Freundes, der tot vor mir auf dem Fußboden liegt.

Ich lasse meinen Blick über die Stadt schweifen, die ich lieb gewonnen habe. Komisch, bis jetzt war mir gar nicht klar, wie sehr ich sie liebe.

Mit aller Kraft versuche ich meine Gedanken daran zu hindern, zu dem zurückzuwandern, was sich gerade ereignet hat. Vor einer Stunde? Oder zwei? Ich zwinge mich, nicht an das Entsetzliche zu denken.

Einen Schritt nach dem anderen. Erst mal zum Busbahnhof. Weinen kann ich dann.

2

Casey

Ich bin noch nie am Busbahnhof gewesen. Er hat für mich eine Art dunkler Faszination – das Gefühl des Unbekannten, das ich so fürchte –, aber ich weiß, dass ich die Stadt nicht in meinem Auto verlassen darf. Danach werden sie bestimmt suchen. Der Flughafen kommt auch nicht infrage. Zu viele Kameras, zu viele Sicherheitsleute. Ich hoffe, ich werde nicht sofort dadurch auffallen, dass mein Gesicht plötzlich knallrot wird – auch hier sind überall Überwachungskameras angebracht. Ich betrachte die blasse Anzeigentafel, auf der Abfahrtszeiten und Zielorte aufleuchten. Ich habe keine Ahnung, wo ich hinsoll.

Es muss so weit weg sein, dass mein Fahndungsfoto dort nicht mehr in den Lokalzeitungen erscheint. Irgendein Ort, zu dem ich keinerlei Verbindung habe und an dem es nichts gibt, das mich dorthin ziehen könnte. Ein Ort, wo ich nie hingehen würde. Und es muss einer der nächsten Busse sein, die abfahren, wohin auch immer. Ich werde nicht bis zur Endstation fahren. Irgendwo unterwegs steige ich aus.

Aber immer der Reihe nach. Ich finde die Damentoilette und spähe unter die Kabinentüren, um zu sehen, ob ich allein bin. Im Moment ja. Vor dem schmutzigen Waschbecken stehend, starre ich in den Spiegel. Ich öffne die Handtasche und nehme die Schere heraus. Ich löse mein blondes Haar aus dem Pferdeschwanz, bürste es glatt und lasse es noch ein letztes Mal durch meine Finger gleiten.

Meine Haare waren schon immer mein größter Pluspunkt und ich hasse den Gedanken, sie abzuschneiden. Aber Eitelkeiten dürfen mich jetzt nicht aufhalten. Ich setze die Schere auf Kinnhöhe an und schaue zu, wie ein Teil von mir stückweise auf den Boden sinkt. Ich nehme mir nicht die Zeit, dem hinterherzutrauern. Eilig säbele ich eine Strähne nach der anderen ab, bis ich auf der anderen Seite angekommen bin.

Es sieht aus wie ein ziemlich unprofessionell geschnittener Bob, aber es könnte schlimmer sein. Eigentlich sieht es noch zu sehr nach mir aus. Ich streiche die Haare hinter die Ohren – ja, etwas anders, aber immer noch nicht genug. Soll ich es noch kürzer schneiden – zu einem Pixie Cut? Nein, das würde zu lange dauern und die amateurhafte Qualität des Schnitts würde erst recht auffallen. Es muss erst einmal so gehen, bis ich irgendwo bin, wo ich mir die Haare färben kann.

Ich nehme ein Bündel Geldscheine aus meiner Reisetasche und stecke es in die Hosentasche. Ich werde mein Geld dicht bei mir haben müssen.

Ich hocke mich hin und kehre mit den Händen die ausrangierten Haare zusammen, trage sie zur Toilette und spüle sie weg. Dann befeuchte ich ein Papierhandtuch und wische den Fußboden, um sicherzustellen, dass keine blonden Härchen mehr zu finden sind. Noch einmal gehe ich zur Toilette und drücke die Spülung. Einen Moment lang stehe ich da und sehe die alte Casey in der Kloschüssel herumwirbeln, bevor sie schließlich im Abfluss verschwindet.

Ich lehne mich an die Tür der Toilettenkabine. Ich schaffe das. Ich habe schon früher schwierige Situationen durchgestanden. Ich muss nur das tun, was die Polizei am wenigsten erwartet. Mein Leben hängt davon ab.

Ich öffne die Rückseite meines Handys, nehme den Akku heraus und werfe ihn in den Abfalleimer. Dann breche ich das Gerät kaputt und stecke die Einzelteile ein, um sie stückweise unterwegs wegzuschmeißen. Ob das reichen wird, damit die Polizei mich nicht über das GPS des Handys orten kann, weiß ich nicht. Jedenfalls habe ich im Fernsehen gesehen, dass Kriminelle so vorgehen.

Ich verlasse die Toilette, sehe mich in der Bahnhofshalle um und erspähe einen Schalter, vor dem keine Schlange steht. Handtasche und Reisetasche um die Schultern gehängt, gehe ich zum Schalter.

„Wohin?", fragt die Angestellte, ohne mich anzusehen.

„Hmm ... wohin fährt der Bus, der gerade das Gepäck der Passagiere einlädt?"

Jetzt sieht die Frau auf. Unsere Blicke treffen sich, aber ich fühle mich nicht wahrgenommen. „El Paso. Geht in zwanzig Minuten."

Ich nehme mir nicht die Zeit nachzudenken. „Perfekt. El Paso. Genau da will ich hin."

Sie druckt das Ticket aus und gibt mir das Wechselgeld heraus. „Beeilen Sie sich besser", sagt sie schläfrig.

Ich danke ihr und eile zum Bus. Der Fahrer wirft einen Blick auf mein Ticket und streckt die Hand nach meiner Tasche aus.

„Schon gut", sage ich. „Die behalte ich bei mir."

„Der Bus könnte voll werden. Oben gibt es keinen Platz dafür."

Ich hatte keine Ahnung, dass El Paso ein so beliebtes Ziel für Reisende aus Shreveport ist. „Ich stelle sie unter den Sitz. Wie lange dauert die Fahrt?"

„Zehneinhalb Stunden, plus/minus."

Vermutlich ist das gut. Je länger ich mich in einem Bus verkrieche, desto besser. Solange sie nicht rauskriegen, auf welchem Weg ich aus der Stadt raus bin, könnte dies ein gutes Plätzchen sein, um vom Radar zu verschwinden.

Ich steige ein. Der Bus ist bisher etwa halb voll. Ich gehe den Mittelgang entlang, vorbei an einer Familie mit zwei kleinen Kindern, und wähle einen Fensterplatz in einer leeren Sitzreihe. Handtasche und Reisetasche stelle ich auf den Sitz neben mir.

Die Reihen füllen sich rasch. Ich versuche, Blickkontakt mit Platzsuchenden zu vermeiden. Ein Mann, der leicht hinkt und es kaum die Stufen hochschafft, ein Teenager mit dunklen Ringen unter den Augen und Ohrhörern in den Ohren, eine ältere Frau mit Stock, ein Soldat in Uniform mit Armeereisetasche.

Der Soldat entdeckt mich und bleibt neben mir stehen. „Sitzt hier jemand?“, fragt er und weist auf mein Gepäck.

Einem Soldaten möchte ich nichts abschlagen. Wir verlangen so viel von ihnen und sie erwarten so wenig von uns. Ich schüttele den Kopf und verstaue die Tasche unter meinem Sitz. Er rutscht auf den Platz neben mir, seine breiten Schultern berühren meine.

„Auch nach El Paso?“, fragt er.

„Nein, ich steige unterwegs aus. Sind Sie aus El Paso?“

„Ja“, sagt er. „Bin mehr als ein Jahr weg gewesen. Afghanistan.“

„Und dann kriegen Sie keinen Direktflug nach Hause?“, erkundige ich mich erstaunt.

„Der Rückflug geht immer dahin, von wo man ausgeflogen wurde. Aber das ist nicht da, wo meine Familie lebt. Ich wollte auch nicht direkt nach Hause“, erzählt er. „Ich wollte zuerst noch die Familie eines Kameraden besuchen. Er hat's nicht nach Hause geschafft …“

Mir geht das Herz auf. Der Soldat muss ein feiner Kerl sein, wenn die Familie eines toten Freundes ihm wichtiger ist als seine eigene Heimkehr.

„Mit dem Bus dauert es auch nicht so lange.“

„Und wer wartet dann auf Sie?“, will ich wissen.

„Meine Eltern“, sagt er. „Und meine Freundin. Ich kann es kaum erwarten, sie alle wiederzusehen.“

„Das geht denen bestimmt nicht anders.“

„Ja, es wird bestimmt ein fantastisches Wochenende“, meint er, dann schluckt er schwer. „Ich … bin ein bisschen nervös.“

Das verstehe ich. Er ist sicher nicht mehr ganz derselbe, als der er in den Krieg gezogen ist. Und es wird ungewohnt und schwierig sein, wieder in einer Beziehung zu leben. Der Mann meiner Freundin Nora wurde vier Wochen nach der Geburt ihres ersten Kindes auf einen Auslandseinsatz geschickt und war über ein Jahr fort. Er tat, was er konnte, um über Skype eine Beziehung zu seinem Kind aufzubauen. Aber es war nicht dasselbe. Man kann diese ersten Monate einfach nicht nachholen.

Als er heimkam, wurde aus Noras Freude bald eine stumme Besorgnis und wir wussten alle, dass die Dinge nicht gut standen. Ein Jahr als Mutter ... ein Jahr im Krieg – das verändert die Menschen. Ich hoffe, die Freundin dieses Soldaten empfängt ihn als Helden und gibt ihm die Zeit und den Raum, die er braucht, um wieder hier anzukommen.

Er steckt sich Ohrhörer in die Ohren und ich bin erleichtert, dass er sich nicht näher nach mir erkundigt. Nachdem ich mir ebenfalls In-Ears in die Ohren gedrückt habe, schließe ich die Augen und stelle mich schlafend, aber als der Bus sich in Bewegung setzt, mache ich sie wieder auf, um meine Stadt davongleiten zu sehen. Vielleicht sehe ich sie nie wieder.

Als meine Augen feucht werden, schließe ich sie rasch wieder. Ich schaffe das, sage ich mir. Ich bin stark. Ich habe ein Ziel. Ich bin entschlossen.

Ich werde nicht zulassen, dass sie gewinnen.

Die Tränen lassen nach. Ich wünschte, ich hätte tatsächlich Musik, um meine Gedanken zu übertönen, aber mein Handy liegt ja in Einzelteile zerlegt in meiner Handtasche. Immerhin sorgen die Ohrhörer dafür, dass ich für mich bleibe.

Ich bin mir nicht sicher, ob das gut ist oder schlecht.

3
Casey

Als der Bus an der Greyhound-Station in Dallas hält, beschließe ich auszusteigen und die Nacht hier zu verbringen. Der Bus wird weiterfahren nach El Paso, aber ich werde nicht mehr drinsitzen.

In Sichtweite des Busbahnhofs gibt es ein kleines Hotel. Mit hastigen Schritten laufe ich hin, voller Angst, dass ich überfallen werde, bevor ich das Gasthaus erreiche. Die Nacht wimmelt von Schatten und Bewegungen. Mein Herz klopft wild. Auf halbem Weg trifft mich die Verzweiflung wie der Schlag eines Schmiedehammers mitten auf die Stirn. Ich kann nicht glauben, dass ich tatsächlich hier bin, auf der Flucht vor dem Gesetz. Meine Eltern haben mich dazu erzogen, Autorität zu respektieren und an das System zu glauben … aber das war, bevor das System sich gegen uns gewandt hat.

Einen Mord zu begehen liegt meiner Familie ebenso fern, wie sich selbst das Leben zu nehmen.

Wir sind keine Leute, die aufgeben. Wie oft habe ich mir das nach dem Tod meines Vaters vor dreizehn Jahren selbst gesagt. *Er hätte sich nie erhängt.* Da war ich mir ganz sicher, als ich ihn fand – seine Leiche so in Szene gesetzt, dass es aussah, als hätte er nur noch Schluss machen wollen. Mein geliebter Dad. Er hätte nie gewollt, dass ich ihn so finde.

Jetzt frage ich mich, ob ich in unserer Familie eine echte Pionierin sein könnte. Könnte ich tatsächlich die Erste sein, die aufgibt?

Vielleicht werde ich überfallen und umgebracht, das wäre noch das Beste. Aber mein Überlebenswille ist zu stark, also laufe ich, so schnell ich kann, bis ich die Eingangstür des Hotels erreiche. Sie haben freie Zimmer und ich erzähle ihnen, mein Portemonnaie sei gestohlen worden, aber ich hätte Bargeld. Ich checke unter falschem Namen ein und bald halte ich den Zimmerschlüssel in den Händen.

Der Raum, den ich betrete, riecht nach Schimmel und Zigaretten. Das Bett ist hart und das Laken reicht nicht ganz über die Matratze. Aber ich sage mir, dass ich mich glücklich schätzen kann, hier zu sein und nicht im Knast.

Die Hoffnungslosigkeit schlägt ihre Klauen tiefer in mich und der Gedanke, mich umzubringen, taucht wieder auf. Ich denke darüber nach, wie ich es anstellen soll, damit ich demjenigen, der irgendwann auf meine Leiche stößt, am wenigsten Schrecken einjage. Für ein paar Minuten erlaube ich mir den Gedanken, es könne bald alles vorbei sein; gönne mir die befreiende Vorstellung, nicht mein Leben lang auf der Flucht sein und mich verstecken zu müssen wie eine Kriminelle. Mir keine Sorgen machen zu müssen, wovon ich leben soll und wo und wer mir auf den Fersen ist. Mich nicht damit herumschlagen zu müssen, als Mörderin gebrandmarkt zu sein.

Aber lange kann ich mich nicht in dieser Fantasievorstellung ausruhen. Ich denke an meine Mom, wie sie bei der Beerdigung Hände schüttelt und die tröstet, die eigentlich sie trösten wollen, und dabei in atemberaubendem Tempo ihre kleinen Zwangsrituale vollzieht. Nach der Beerdigung wird sie die ganze Nacht wach liegen, den Kopf voller Ängste. Wochenlang wird sie keinen Schlaf finden, bis ein Arzt eingreift und ihre Medikamentendosis erhöht. Meine Schwester wird verstört und vor Kummer fast wahnsinnig sein und sich nicht mehr richtig um die kleine Emma kümmern können. Ihre Ehe wird leiden, weil Bitterkeit und Zorn wie Lava in ihr kochen werden, und irgendwann wird sie in der Öffentlichkeit etwas sagen, was sie besser nicht gesagt hätte, und dann wird man sie abholen.

Im Fernsehen werden sie über meinen Selbstmord reden, als wäre ich der Unglücksfall der Woche. Alle Einzelheiten werden sie breittreten und auf YouTube wird es ein Video mit meiner Leiche geben. In Boulevardmagazinen wird meine psychologische Autopsie vorgenommen.

Endlich stecke ich den Gedanken weg. Mir das Leben zu nehmen, wäre zu egoistisch. Zu viele Dominosteine würden umfallen, zu viele Menschen wären betroffen, und zwar nicht nur für einen Tag oder eine Woche oder einen Monat, sondern auf Jahre hinaus ... Jahrzehnte.

Man kann nicht einfach auschecken und glauben, damit sei alles vorbei. Für alle, die dich lieben, ist es nicht vorbei. Alles, was du erreichst, ist nur, sie auf eine Jagd nach den Bruchstücken zu schicken, die ein zorniger Wind verweht. Du verurteilst sie dazu zu versuchen, die Probleme zu lösen, die du nicht lösen wolltest ... während sie noch die eigenen Wunden verbinden. Selbst jemand wie ich, Single und kinderlos, könnte auf diese Weise noch Generationen beeinträchtigen.

Ist ein schneller Ausweg das wert?

Nein, keinesfalls. Lieber trage ich den Schmerz selbst, damit sie es nicht müssen.

Ich empfinde kein bisschen Erleichterung, als ich beschließe, dass ich die Sache durchstehen muss. Aber zumindest spüre ich in mir die Entschlossenheit, es für meine Familie zu tun. Die kleine Emma wird nicht davon reden müssen, dass ihre Tante sich umgebracht hat. Natürlich werden ihre Sandkastenfreunde mich noch auf Jahre hinaus eine Mörderin nennen. Aber ihre Mutter wird ihr die Wahrheit sagen. Vielleicht bekommt Emma doch etwas Gutes über mich zu hören.

Endlich schlafe ich ein, die willkommene Erleichterung, um die ich nicht gebeten hatte. Ich träume, dass Brent noch am Leben ist, dass wir zu Malicos Pizza Plaza gehen, Peperoni essen und uns über den dusseligen Kellner beklagen – als sei die Tatsache, dass er unsere Extraportion Käse vergessen hat, das Schlimmste, was passieren kann.

Als ich aufwache, ist Brent wieder tot. Ich habe Samstagvormittage immer geliebt, aber in diesem muffigen Hotelzimmer scheint alles verkehrt. Unter der Dusche weine ich stumm und mache mich bereit zum Aufbruch nach Ichweißnichtwohin.

4
Casey

Wenn die Polizei weiß, dass ich ein Ticket nach El Paso gebucht habe, suchen sie mich vielleicht nicht in Dallas. Trotzdem binde ich mir das Tuch wieder ganz eng um den Kopf und gehe zurück zum Busbahnhof. Ich habe mich noch nicht entschieden, wohin ich fahren will, aber der nächste Bus geht nach Tulsa, Oklahoma, also kaufe ich das Ticket. Den größten Teil der Fahrt habe ich meine Sitzreihe für mich, was ein Segen ist, aber ich traue mich nicht einzuschlafen, damit ich die Zwischenstopps nicht verpasse und aus Versehen doch bis Tulsa fahre. Irgendwo unterwegs muss ich aussteigen.

Durant, Oklahoma, erscheint mir genauso geeignet wie jeder andere Ort. Es ist nicht einmal ein offizieller Zwischenhalt, nur ein Ort, an dem die Passagiere zehn Minuten Zeit haben, eine Zigarette zu rauchen oder eine Cola zu kaufen. Wir sind nicht gerade in der besten Gegend der Stadt, aber vier Straßen weiter entdecke ich an einer Ecke eine Drogerie. Ich laufe geradewegs darauf zu und bemühe mich, nicht auszusehen, als ob ich mich nicht auskenne. Selbst am helllichten Tag gebe ich ein erstklassiges Opfer ab – ein zierliches blondes Mädchen, das sich allein in einer üblen Gegend herumtreibt.

Jemand, der auf der Flucht ist, sollte wohl kühn und mutig sein, aber ich fühle mich wie eine welkende Tulpe, die die Blütenblätter in den Schmutz hängen lässt. Angst pulsiert wie Blut in meinen Adern, in meinen Ohren, hinter den Schläfen.

Du bist doch mein tapferes Mädchen, hat Dad immer zu mir gesagt, als ich mit zehn die Schule wechselte und irgendeine Göre mir das Leben schwer machte. Damals war ich nicht tapferer als heute. Ich mied die fiese Mitschülerin auf dem Flur, und sobald sie auftauchte, hielt ich mich eng an die Lehrerin. Weil ich neu war, spielte ich auf dem Schulhof allein, bewegte die Lippen zu unhörbaren Liedern und lächelte, als würde mir gar nicht auffallen, dass ich allein bin.

Ich lächele auch jetzt und bewege meine Lippen zu diesem stummen Lied, als sei ich mit mir selbst völlig im Reinen und tief in Gedanken. Niemand scheint zu bemerken, dass mein Gesichtsausdruck lügt und dass in meinem Kopf ein Tornado tobt.

Niemand nimmt mich überhaupt nur wahr.

Ich erreiche die Drogerie und gehe zum Regal mit den Haarfarben. Vor den L'Oréal-Produkten versuche ich mich zu entscheiden, was meine neue Haarfarbe sein soll. Ich war immer sehr gern blond, aber jede Blond-Variante wird immer noch zu sehr nach mir selbst aussehen. Nein, ich werde wohl braun werden müssen. Ich greife nach einer Packung Dunkelbraun und hoffe, dass ich die Sache nicht verpfusche.

Ein lautes Poltern lässt mich aufschrecken. Vorn im Laden flucht jemand. Um Atem ringend gehe ich den Mittelgang entlang, bis ich die Angestellte zwischen den Regalen sehen kann. Sie kniet mitten in einem wirren Haufen von Päckchen mit Medikamenten gegen Sodbrennen – ein Sonderposten zum halben Preis.

Ohne nachzudenken, eile ich zu ihr. „Alles okay?“, frage ich. „Sind Sie gestürzt?“

Ihre Wangen röten sich. „Ja. Ich bin so ungeschickt. Ich hab das Display umgerannt.“ Ich strecke die Hand aus, um ihr hochzuhelfen, und sie ergreift sie und kommt auf die Füße. „Danke. Ich kann jetzt kassieren, wenn Sie alles haben.“

Ein Blick an die Decke zeigt mir die Überwachungskamera an der Tür. Ich senke den Kopf. „Ja, ich bin fertig. Aber ich kann warten, wenn Sie erst das Display wieder aufbauen wollen.“

„Nein, das Display kann warten.“

Normalerweise hätte ich ihr geholfen, die Schachteln wieder einzusortieren. Freundliche Gesten haben mich bisher nichts gekostet.

Jetzt kosten sie mehr, als ich zu zahlen bereit bin. Ich folge ihr zur Kasse und nehme noch einen Schokoriegel und ein paar Nüsse aus dem Regal daneben in der Hoffnung, sie von der Haarfarbe abzulenken. „Ach, übrigens, kennen Sie hier irgendwo ein sicheres Motel? Ich bin auf der Durchreise und habe kein Zimmer gebucht."

Sie scannt die Barcodes von Haarfarbe, Schokoriegel und Nüssen und packt die Sachen in eine Tüte. „Es gibt eins weiter oben in der Straße", sagt sie, „aber offen gesagt, an Ihrer Stelle würde ich nicht hierbleiben. Gehen Sie besser weiter in die Innenstadt, ins Hampton Inn auf der Burngard Street. Das sind allerdings noch ein paar Meilen."

„Dürfte ich vielleicht Ihr Handy benutzen, um mir ein Taxi zu bestellen? Heute ist nicht gerade mein Glückstag. Mein Auto ist liegen geblieben und der Akku vom Handy ist leer."

„Aber gern." Sie schiebt mir das Geschäftshandy über den Kassentisch. „Rufen Sie die Auskunft an und fragen Sie nach Deans Taxiservice. Es ist das einzige Taxiunternehmen in der Stadt."

Ich rufe das Taxi, bedanke mich und warte draußen. Jedes Wort, das ich zu ihr gesagt habe, bereue ich jetzt. Wenn man sie vernimmt, könnte sie sich an mich erinnern. Aber wir sind hier in Durant und wahrscheinlich sucht man mich hier nicht, jedenfalls nicht, bevor ich längst wieder weg bin. Vielleicht wird sie ja nie zu hören bekommen, dass ich eine Mörderin bin.

Mit der Haarfarbe in der Tasche stehe ich da und ertrinke langsam in der Realität. Was habe ich mir nur gedacht? Ich hätte noch im selben Moment, in dem ich Brent gefunden habe, die Polizei rufen und ihnen erklären sollen, dass er tot ist und wer dafür ganz sicher verantwortlich ist. Aber so schnell, wie der Gedanke in mir aufgestiegen ist, so sicher weiß ich auch, dass es nicht funktioniert hätte. Mein erster Instinkt war richtig.

Ich wünschte, ich könnte meine Mutter besuchen und ihr alles erzählen, wünschte, sie könnte mich in den Arm nehmen und mir versichern, dass diese Sache mir nicht das Genick brechen wird. Was sie ihr allerdings antun wird, das verabscheue ich zutiefst. Schon einmal hat sie die Lügen und die entsetzliche Trauer durchgemacht und beides hat sie zu einem anderen Menschen gemacht – einem Menschen mit dunklen Schatten auf der Seele, die sich in ihrem ruhelosen Blick spiegeln.

Sie hat ja noch meine Schwester und meine Nichte, die immer noch ein Lächeln in diese Augen zu zaubern vermag. Ich ertrage den Gedanken nicht, dass ich nicht mit ihnen reden kann.

Und Brent fehlt mir. Mein Vertrauter, der Mensch, der ein offenes Ohr für die Dinge aus meiner Vergangenheit hatte, die mich quälen. Seltsam, ich verspüre noch immer den Impuls, zum Handy zu greifen und ihn anzurufen. Ob sie ihn schon gefunden haben? Hat man es seinen Eltern gesagt?

Sind alle, die ihn lieben, bereits vom Schmerz überwältigt?

Geben sie mir die Schuld?

Vielleicht sollten sie das sogar, denn sein Tod ist meine Schuld. Das Bewusstsein dieser Schuld überschwemmt mich und ich weiß nicht, wie ich ihm standhalten soll. Ich muss einfach durchatmen und den nächsten Schritt tun.

Die Polizei in Shreveport ist nicht allwissend, und selbst wenn sie die Fahndung im ganzen Bundesstaat ausschreiben, ist ihre Reichweite begrenzt. Aber ich weiß: Wenn sie nach mir suchen, dann nicht, weil es ihnen um Gerechtigkeit geht. Gerechtigkeit hat noch nie etwas damit zu tun gehabt.

Das Taxi hält. Der Fahrer ist ein untersetzter, grauhaariger Mann mit tiefen Lachfalten um die Augen. Ich setze mich auf den Rücksitz. „Danke, dass Sie kommen“, sage ich. „Ich nehme an, dass Sie nicht gerade oft Fahrgäste hier abholen.“

„Nein, Ma'am“, bestätigt er. „Aber ich würde fast überall hinfahren. Wie sind Sie hierhergekommen?“

„Ich bin von der Tankstelle hergelaufen“, sage ich. „Mein Auto ist liegen geblieben, und es wird erst morgen fertig. Ich hoffe, im Hampton Inn ist noch ein Zimmer frei.“

„Das sollte es wohl", nickt er. „Dieses Wochenende gibt es keine Hochzeiten. Dann sind Sie auf der Durchreise?"

„Ja. Ich war geschäftlich unterwegs nach Tulsa."

„Ach ja? Was machen Sie beruflich?"

Ich bemühe mich, mir den am wenigsten erinnerungsträchtigen Job auszudenken, der mir einfällt. „Ich arbeite für eine Firma, die Pappkartons entwirft." Dass mir das Lügen so leichtfällt, gefällt mir gar nicht.

„Pappkartons?", hakt der Fahrer nach. „Noch nie gehört."

Ich lächele. „Na ja, irgendwer muss auch so was machen, oder? All diese Verpackungen entstehen ja nicht von selbst, stimmt's?" Ich mache eine kleine Pause, unsicher, ob ich zu weit gegangen bin. „Seit wann fahren Sie Taxi?"

Wie ich gehofft hatte, springt er auf das Thema auf. „Seit drei Jahren. Hab meinen Job verloren, als sie die Fabrik zugemacht haben, und einen neuen konnte ich nicht finden. Also fahre ich jetzt Taxi."

„Sie tun, was nötig ist", sage ich. „Gut, wenn Sie das können. Haben Sie Familie?"

„Frau und Tochter und ein entzückendes Enkelkind. Meine Tochter ist nicht verheiratet und anfangs dachte ich, die Welt ginge unter. Aber dieses Baby wickelt uns um den kleinen Finger. Fünfzehn Monate ist sie gerade und sie ist unsere ganze Freude."

„Ich liebe Babys."

„Haben Sie selbst Kinder?"

„Nein, aber hoffentlich später mal. Haben Sie ein Foto?"

Das ist nicht nur ein Versuch, das Gespräch zu lenken. Ich schaue mir wirklich gern Familienfotos an, besonders, wenn Babys darauf sind.

Er macht sein Handy an und wirft es mir nach hinten. Das pausbäckige Gesicht und die strahlenden Augen bringen mich zum Lächeln. „Sie ist hinreißend."

„Gott macht sie so unwiderstehlich, damit wir sie nicht zurückschicken. Ja, die Nächte sind lang, aber sie sind es allemal wert."

Bald halten wir auf dem Parkplatz des Hampton Inn. „Danke für die Fahrt“, sage ich. „Ihre Enkelin kann sich glücklich schätzen.“

Ich zahle und steige aus. Im Hampton Inn sind Zimmer frei, ich checke ein, wieder unter falschem Namen und mit der Behauptung, ich hätte meinen Führerschein verloren. Als ich erkläre, dass ich bar zahlen möchte, muss die Rezeptionistin den Geschäftsführer holen und die Sache mit ihm klären. Er kommt nach vorn, mustert mich von Kopf bis Fuß, dann willigt er ein. Sein forschender Blick macht mich nervös. Kaum habe ich den Schlüssel, suche ich Zuflucht in meinem Zimmer. Als Allererstes stelle ich den Fernseher an, um Nachrichten zu sehen. Ob es einen Beitrag über einen Mord in Shreveport gibt? Ich bezweifle es, denn warum sollte es dieses Land interessieren, dass in einer kleinen Stadt in Louisiana ein Mann ermordet wurde – wenn auch ein sehr besonderer? Während ich den Nachrichten zuhöre, färbe ich mir die Haare. Auf dem blonden Untergrund ist die braune Farbe hoffentlich dunkel genug. Nach den empfohlenen fünfzehn Minuten steige ich in die Dusche und spüle die Farbe aus.

Die dunkle Brühe kreist um den Abfluss und ich denke an all das Blut. Brent …

Ich schließe die Augen und sinke im nassen Duschbecken auf den Boden. Die Dusche läuft noch und jetzt lasse ich auch meinem Kummer freien Lauf. Ich presse die Hände auf den Mund, um das raue Schluchzen zu ersticken. Nach kurzer Zeit wird der Wasserstrahl kalt. Ich drehe ihn ab und bleibe im leeren Duschbecken sitzen, bis ich wieder Luft bekomme.

Als ich mich endlich rühren kann, steige ich aus der Dusche und trockne mein Haar, erstaunt über die neue Person, die mich aus dem Spiegel anblickt. Ich habe nicht wirklich den passenden Teint zu dunklen Haaren, aber jetzt ist es, wie es ist. Meine Augenbrauen sind immer noch blond, also ignoriere ich die Warnung auf der Gebrauchsanleitung und verteile den Rest aus der Flasche auf meinen Augenbrauen, dann lege ich mich rücklings aufs Bett in der Hoffnung, dass die Farbe mir nicht in die Augen läuft. Anstatt die Farbe auszuspülen, wische ich sie nach einer Weile mit einem feuchten Waschlappen ab. Als ich angezogen bin und mein Haar trocken ist, betrachte ich mein Spiegelbild und erkenne mich nicht wieder.

Ja, es sind immer noch meine Augen ... mandelförmig und ein wenig zu groß, um unauffällig in einer Menge unterzugehen. Vielleicht fallen sie nicht so auf, wenn ich zur Abwechslung auf Make-up verzichte – und meinen geliebten Eyeliner weglasse. Die Brille sollte auch helfen. Sie ist ziemlich neu und noch nicht viele Menschen haben mich mit ihr gesehen, es ist also vielleicht sicher, sie zu tragen.

Gegen elf gehe ich nach unten und werfe Schachtel und Flasche von der Haarfarbe in einen Mülleimer am Ende des Korridors. Dann suche ich nach der EDV-Ecke und dem hoteleigenen Computer. Ich wage es nicht, die Facebook-Seiten meiner Freunde aufzurufen oder ihnen Mails zu schicken. Selbst ein Klick auf die Nachrichtenseite meiner Heimatstadt könnte mich verraten, wenn die Polizei etwa prüft, ob jemand von außerhalb der Stadt die Seiten aufruft. Vielleicht tue ich das morgen, direkt bevor ich die Stadt verlasse. Dann wäre ich, falls sie tatsächlich herauskriegen, wo ich bin, zumindest schon wieder weg. Im Moment brauche ich nur die Fahrpläne von Greyhound und von der Bahn. Und ich muss mich entscheiden, wohin ich als Nächstes will. Den Bahnfahrplan finde ich rasch, aber eine Greyhound-Station gibt es hier nicht. Die nächste ist in Ardmore, trotzdem drucke ich mir die Angaben aus, für alle Fälle, ebenso wie den Zugfahrplan. Zurück in meinem Zimmer mache ich Kassensturz.

Ich habe 12 000 Dollar. Als meine Schwester und ich zwei Jahre nach Dads Tod seine Sachen aufräumten, fanden wir einen Stapel Geldscheine, 36 000 Dollar, Geld, das er hundertdollarweise im Lauf der Jahre zusammengespart hatte. Es war in einer Schachtel mit der Aufschrift „Notgroschen“. Wir haben es Mom gegeben und sie hat darauf bestanden, dass wir es unter uns dreien aufteilen. Ich habe dieses Geld nie angerührt, es auch nie auf die Bank gebracht. All die Jahre lag es in dieser Zigarrenkiste in meiner Schublade, weil ich nie wusste, wofür ich es ausgeben sollte. Es kam mir fast vor wie Blutgeld, denn ich würde es nicht besitzen, wenn er nicht gestorben wäre. Jetzt weiß ich, dass Dad auf diese Weise für mich gesorgt hat, als ob er gewusst hätte, dass ich eines Tages vor seinen Feinden würde fliehen müssen. Es sollte reichen, um Hotelzimmer und Essen und vielleicht einen neuen Laptop und ein Handy zu bezahlen. Und vielleicht sogar einen alten Gebrauchtwagen, wenn ich mal irgendwo angekommen bin.

Wenn ich einen Ort finde, an dem ich mich verstecken kann, sollte ich mir als Erstes einen Job suchen, damit ich nicht mehr von diesem Finanzpolster leben muss und es wieder aufbessern kann.

Dankbarkeit steigt in mir auf, dass Dad vorausschauend genug war, um uns dies zu hinterlassen. Aber wenn er wüsste, wofür ich es nun verwenden muss, wäre er entsetzt.

Die Nacht ist schon halb vorbei und ich kann immer noch nicht schlafen, also setze ich mich auf und denke nach. Ich brauche einen neuen Führerschein. Ohne Führerschein kann man gar nichts machen. Ich gehe noch einmal nach unten zum Hotelcomputer. Stimmen sind vom Empfang zu hören, eine Frau und ein Mann lachen und flirten. Sie haben mich nicht bemerkt. Ich betrete den kleinen Computerraum und google nach „Führerschein, gefälscht“.

Auf dem Bildschirm erscheint nichts, was mich weiterbringt. Ich nehme an, Leute, die das Gesetz brechen, werben nicht öffentlich dafür. Ich gehe zurück ins Bett und versuche mir darüber jetzt keine Sorgen zu machen.

●●●

Schließlich kommt der Schlaf, aber ich wache früh auf, schon um sieben, voller Angst, dass die Polizei bereits vor dem Hotel wartet, um mich zu schnappen, sobald ich einen Fuß vor die Tür setze. Aber das ist albern. Sie würde ja nicht warten. Ein Sondereinsatzkommando hätte schon längst meine Tür eingerannt und wäre mit entsicherten Maschinenpistolen hereingestürmt, bereit, mich in Handschellen mit sich fortzuschleppen.

Ich gehe runter an den Computer und rufe einen Stadtplan auf, um herauszufinden, wie ich zum Bahnhof komme. Ich will nicht wieder ein Taxi nehmen. Ich werde hinlaufen; ich brauche die Zeit, um einen klaren Kopf zu bekommen. Bevor ich den Computerraum verlasse, gehe ich noch kurz auf die Facebook-Seite eines Freundes. Er hat schon alles über mich gepostet.

In der Glastür taucht jemand mit Schlüsselkarte in der Hand auf und ich schließe die Seite schnell. Ich werde sie später noch mal aufrufen müssen.

Wieder in meinem Zimmer, stecke ich mir hundert Dollar in kleinen Scheinen in die Tasche. Ich habe auch noch Bargeld im Portemonnaie. Den Rest verteile ich gleichmäßig auf zwei Stapel, die ich mir in meine Stiefel stecke.

Mit der umgehängten Reisetasche laufe ich die Häuserblocks entlang zum Bahnhof. Unterwegs komme ich an einem Mann vorbei, der an einer Straßenecke steht. Vielleicht ein Drogendealer. Er betrachtet mich, während ich näher komme. Ich widerstehe dem Drang, die Straßenseite zu wechseln und ihm aus dem Weg zu gehen. Eigentlich, fällt mir ein, kann er mir sogar helfen.

Als ich ihn erreiche, hebe ich das Kinn, um zu signalisieren, dass ich mich nicht fürchte. „Hi. Wie geht's?“

Die Frage scheint ihn zu überraschen. Seine Dreadlocks schwingen im Wind. „Ganz okay“, sagt er und dehnt das Wort *okay* ein wenig zu lang.

„Ich habe mich gerade gefragt, ob Sie mir vielleicht eine Auskunft geben können. Gibt es hier in der Gegend jemanden, der mir einen Führerschein besorgen könnte?“

Seine Augen verengen sich. „Haben Sie's schon mal bei der Verkehrsbehörde versucht?“

„Ich meine keinen legalen.“ Ich spüre die Hitze in meinen Wangen.

Er nickt, lässt sich Zeit mit der Antwort. „Ich kenn da vielleicht tatsächlich jemanden. Geben Sie mir Ihre Nummer. Ich ruf Sie an.“

„Ich habe keine Nummer“, sage ich.

Er nickt wieder, als würde ihm langsam klar, dass ich mich bemühe, unterhalb des Radars zu fliegen. „Was ist es Ihnen wert?"

Ich ziehe zwanzig Dollar heraus.

„Nee, das reicht wohl kaum."

„Bezahle ich Sie für das Dokument oder für die Information?"

„Für die Information. Aber die ist auch was wert. Woher soll ich wissen, dass Sie nicht von den Bullen sind?"

„Und woher soll ich das von Ihnen wissen?"

Er lacht und mir fällt auf, dass ihm ein paar Backenzähne fehlen. „Sechzig – und ich bringe Sie an den richtigen Ort."

Ich taste in meiner Tasche nach zwei weiteren Geldscheinen und ziehe sie heraus.

Er nimmt das Geld. „Auf der West Cedar Street gibt's 'nen Imbiss, Pedro's Place, gleich neben der Taco Casa. Gehen Sie dahin und sagen Sie dem Typen hinter dem Tresen, Sie kommen von D. J. Sagen Sie ihm, Sie versuchen, sich selbst zu finden."

Ich versuche, mich selbst zu finden. Dürfte ziemlich zutreffend sein.

„Okay, danke."

Ich setze meinen Weg fort und er ruft mir nach: „Falls Sie mal Trost brauchen, kommen Sie zu mir. Ich werde hier sein."

Trost brauche ich, das weiß ich. Aber Drogen waren noch nie eine Lösung.

Einfach zu überleben, das ist alles, was ich im Moment an Trost bekommen kann.

5
Casey

Kein Transportmittel zu haben, nervt langsam. Ich laufe die zwei Meilen bis zur West Cedar Street, nachdem ich eine Verkäuferin in einem Superparkt nach dem Weg gefragt habe. Es kommt mir vor, als ob ich Pedro's Place nie erreichen würde. Hat dieser Dreadlocks-Typ mich reingelegt? Es kam mir gleich verdächtig einfach vor. Ich hatte eigentlich geglaubt, ich müsste durch ein paar mehr Reifen springen. Aber es ist ja noch nicht vorbei.

Als ich endlich das Neonschild sehe, habe ich von den Geldscheinen in meinen Stiefeln bereits Blasen an den Füßen. Ich betrete das Restaurant, dankbar für die Klimaanlage. „Kann ich was für Sie tun?", fragt ein Mann, der spanisch aussieht.

Ich gehe zum Tresen und lehne mich vor. „D.J. schickt mich. Ich versuche, mich selbst zu finden."

Der Mann sieht mich an, als könne er nicht glauben, dass ich eine neue Identität brauchen könnte. Nach einem Moment dreht er sich um. „Wollen Sie essen?"

Dass er sich abwendet, bringt mich aus der Fassung. „Was? Nein."

„Wir bieten hier Essen", sagt er mit heftigem Akzent. „Wenn Sie wollen essen, ich bring Ihnen Essen."

Mein Herz rast. „Nein, er hat gesagt, dies hier sei der Ort … an dem ich *mich selbst finden* könnte."

Der Mann sieht aus, als könnte er Nägel spucken. „Sie kennen diesen … D.J.?"

„Nein. Ich hab ihn gerade erst getroffen. Ich habe ihn um Hilfe gebeten."

„Wohl, weil er so vertrauenswürdig aussieht?“

Ich fühle mich, als sei ich bei etwas ertappt worden, das ich noch nie getan habe. „Nein. Weil er eben nicht so aussah.“

Meine Ehrlichkeit bringt ihn dazu, wieder die Augen aufzureißen und mich anzustarren.

„Ich habe Geld“, sage ich leise. „Ich kann zahlen.“

Er mustert mich noch immer und ich frage mich, ob er denkt, ich sei von den Bullen, wie D.J. vermutet hat. Plötzlich fühle ich mich bloßgestellt, als wüsste er, dass mein Haar gerade frisch gefärbt ist und meine Augenbrauen ebenfalls, dass ich normalerweise Kontaktlinsen und Eyeliner trage, dass ich auf der Flucht bin vor der Polizei in Shreveport. Aber woher sollte er das wissen?

Das hier ist ein Fehler. Ich winke ab. „Schon gut. Ich … hab's mir anders überlegt.“

Er lässt mich bis zur Tür gehen, aber als ich gerade hinaustreten will, folgt er mir und flüstert. „Hintertür. Da treffen wir uns und ich lass Sie rein.“

Obwohl ich so viel auf mich genommen habe, um herzukommen, bin ich mir jetzt nicht mehr sicher, ob das eine gute Idee war. Will er mich vielleicht da hinten festsetzen? Werde ich mir bald wünschen, ich hätte D.J. nie getroffen? Ich wünsche es mir jetzt schon.

Trotzdem setze ich einen Fuß vor den anderen – denn ich brauche einen Führerschein und eine andere Option habe ich nicht. Vor dem Gesetz davonzulaufen bringt einen dazu, sehr überraschende Dinge zu tun.

Mein tapferes Mädchen.

Ich gehe zur Rückseite des Hauses und warte an der Tür – das Herz schlägt mir bis zum Hals – und schließlich öffnet er. Bevor er mich einlässt, sieht er sich nach beiden Seiten um. Ich trete ins Haus. Der Raum ist heller als vorn die Gaststube. Vor die Wand ist ein weißes Tuch gespannt und auf einem Stativ sitzt eine Kamera.

„Was brauchen Sie?“, fragt er.

„Einen neuen Führerschein.“

„Warum?"

„Weil … ich ganz von vorn anfangen muss." Meine Stimme wird rau und verlässt mich dann.

„Wie alt?"

„Fünfundzwanzig", sage ich.

Er durchforstet einen Stapel Papiere auf seinem Schreibtisch, findet ein Dokument und zieht es heraus. „Hier ist was von jemandem, der fünfundzwanzig ist. Ist allerdings ein Mann."

„Nein", sage ich. „Es muss eine Frau sein." Wenn die Sache nicht so ernst wäre, würde ich lachen. „Und außerdem möchte ich nicht, dass irgendjemand dadurch einen Schaden davonträgt. Also, ich möchte niemandem seine Identität stehlen. Ich brauche nur einen neuen Namen, damit ich irgendwo eine Wohnung finde und so."

„Sie wollen arbeiten?"

„Ja, natürlich."

„Dann brauchen Sie auch Sozialversicherungskarte." Er wühlt wieder in seinen Papieren, zieht ein anderes Dokument hervor. „Hier … ein Mädchen, sechsundzwanzig. Ist gestorben. Echte Person."

Ich halte den Atem an. „Woran ist sie gestorben?"

Er sieht mich an, als sei ich schwachsinnig. „Weiß nicht. Ist nicht mein Job, so was zu wissen."

„Aber … ihre Familie. Wenn sie herausfinden, dass jemand ihren Namen benutzt …"

„Sie wollen neue Identität oder nicht?"

Ich muss einen Moment nachdenken. Es gefällt mir nicht, aber was soll ich tun? Ich muss irgendwo ganz neu anfangen, und wenn ich keine Sozialversicherungsnummer habe, kriege ich keinen Job.

„Wie heißt sie?"

„Grace Newland. Müsste passen."

Ich muss immer noch an ihren Tod denken. „Wann ist sie gestorben?"

„Vor zwei Jahren, in Oklahoma City. Wollen Sie jetzt oder nicht? Ich hab zu tun."

Irgendwie fühle ich mich, als sei ich an ihrem Tod mitschuldig. „Kann ich ein Bild von ihr sehen?“

Er wird ungeduldig. „Lady, ich hab kein Bild von ihr. Ein Bild von *Ihnen* – das kommt auf die Karte. Größe und Gewicht?“

Ich stehe einen Moment da und denke an all die möglichen Ursachen, warum ein Mädchen in meinem Alter sterben könnte. Autounfall? Eine Krankheit? Ein Verbrechen? Ein Anflug von Trauer überkommt mich und treibt mir die Tränen in die Augen. „Sie ist so jung gestorben.“

Der Mann schüttelt den Kopf, als sei ich ein hoffnungsloser Fall. Er tippt auf seine Armbanduhr.

„Okay“, sage ich schließlich. „Dann werde ich also Grace Newland sein.“

Er postiert mich grob vor dem Laken vor der Wand und schießt sein Bild. Ich habe keine Chance, ein Lächeln zu markieren. „Okay. Morgen früh ist fertig.“

„Was? Nein, ich brauche es jetzt. Ich reise heute weiter.“

„Tja“, sagt er. „Ich mache heute Abend, morgen früh fertig. Oder wir es lassen ganz.“

Ich seufze tief, aber auch das hier liegt, wie alles andere, nicht mehr in meiner Hand. „Okay. Ich hol’s dann morgen.“

„Fünfhundert jetzt, bar. Noch mal fünfhundert morgen.“

Ich nicke, aber ich will nicht, dass er mitkriegt, dass ich das Geld aus meinen Schuhen hole. „Haben Sie eine Toilette, die ich mal benutzen könnte?“

Er zeigt auf die, die das Personal benutzt, weiße Zementwände und in der Ecke ein Eimer mit schmutzigem Wischwasser. Ich gehe hinein, schließe die Tür ab, ziehe einen Stiefel aus und zähle fünf Scheine ab. Dann ziehe ich den Stiefel rasch wieder an.

Die Scheine sind feucht und warm, als ich sie ihm gebe, aber er beschwert sich nicht. Er zählt nach, überprüft noch einmal das Digitalfoto in der Kamera und sagt, ich solle am nächsten Morgen um halb acht wiederkommen.

Als ich Pedro's Place verlasse, frage ich mich, ob das gerade Pedro selbst war oder ob Pedro *sein* anderes Ich ist. Eine kleine Hoffnung steigt in mir auf, dass ich zumindest eine Entscheidung getroffen habe, die mir auf diesem Weg weiterhelfen wird. Ich hoffe, dass er mich nicht einfach nur bestohlen hat. Was mache ich, wenn er mir nicht liefert, wofür ich bezahlt habe? Anzeigen kann ich ihn ja schlecht.

Mir fällt ein Holiday Inn ein, an dem ich auf dem Weg hierher vorbeigekommen bin, also gehe ich denselben Weg zurück, um mir dort ein Zimmer zu nehmen. Nur noch eine Nacht und ich bin wieder unterwegs. Ich muss nur noch entscheiden, wohin.

Ich checke ein und zahle gleich bar – wieder mit einem anderen Namen, der mir aus dem Augenblick heraus einfällt. Grace Newland will ich noch nicht sein, denn wenn sie auf meine Spur kommen, darf ich keinen Hinweis darauf hinterlassen, wer ich ab morgen sein werde.

Ein Blick aus meinem Fenster zeigt mir, dass es ein paar Straßen weiter eine Bücherei gibt. Ob sie dort einen Computer haben, den ich benutzen könnte?

Die Klimaanlage macht die Bücherei zu einem kühlen, erfrischenden Ort und auch der Geruch der Bücher tröstet mich. Ich schlendere umher, verschaffe mir einen Überblick, um nicht nach dem PC fragen zu müssen. Nah am Eingang finde ich den kleinen Computerraum. Ein Schild verkündet, dass ich für die Nutzung des Geräts einen Ausweis brauche, also gehe ich zu der Angestellten, die am meisten beschäftigt aussieht, und bitte um den Ausweis. Ohne aufzusehen, reicht sie mir eine kleine Karte.

Ich betrete den Computerraum und sehe mich um. Es gibt zwölf Computer, vier an jeder Seite des Raums, und etliche Leute sitzen vor den Monitoren. Vor einem Bildschirm mit Pornoseiten sitzt ein Mann. Ich schaue rasch fort, aber die anstößigen Geräusche höre ich doch.

Ich setze mich auf einen freien Platz und öffne den Browser. Bevor ich auf Facebook gehe, zögere ich. Aber ich muss einfach wissen, was mit Brents Leiche passiert. Der Computer ist alt und braucht ewig, um hochzufahren. Als sich endlich die Facebook-Seite öffnet, erscheint die Login-Maske. Ich kann mein eigenes Konto nicht nutzen, also registriere ich mich neu. Ich denke über einen Benutzernamen nach. Grace Newland will ich nicht verwenden und suche deshalb nach irgendeinem Wort, das mir zufällig einfällt und das brauchbar klingt. Mein Blick fällt auf ein Schild: „Bitte lassen Sie Kinder nicht unbeaufsichtigt."

Unbeaufsichtigt. Das Wort ist so gut wie jedes andere und ich kreiere den Benutzernamen mit einer beliebigen Zahl davor und danach. Der Name ist noch nicht vergeben, ich denke mir ein Passwort aus und registriere mich als Un Beaufsichtigt.

Die Seite mit dem Nutzerprofil öffnet sich und Facebook möchte alles über mich erfahren.

Ich werde wegen Mord gesucht. Meine Hobbys sind lesen, reisen und bei Sonnenuntergang am Meer spazieren gehen.

Ich schreibe eine sehr viel weniger interessante Bio für mich selbst, dann klicke ich die Seite von meinem Freund Carl an. Er ist jemand, der jeden Gedanken, der ihm durch den Kopf schießt, sofort postet, jedes Bild von allem, was er isst, jedes Buch, das er liest, jeden Song, den er hört, und alles, was er kauft.

Außerdem akzeptiert er jede Freundschaftsanfrage, ohne nachzuforschen, wer da anfragt. Auf der Highschool war er nicht gerade der Beliebteste, daher versteht er es als eine Art Bestätigung, möglichst viele Facebook-Freunde zu haben. Warum sollte man diese Luftblase platzen lassen?

Falls er von Brents Tod gehört hat, hat er auch ganz sicher was dazu gepostet. Da er seine Posts öffentlich zugänglich macht, kann ich rasch erkennen, dass er Artikel über mich gepostet hat. Mein Herz setzt kurz aus. Ich scrolle hinunter bis zum ersten Beitrag – ein Link zu einem Zeitungsartikel von gestern. In seinem Kommentar zu dem Artikel hat Carl geschrieben: „Ich bin schockiert und erschüttert über den Tod meines Freundes Brent, aber ich sage ohne das geringste Zögern: Meine Freundin Casey hat ihn nicht umgebracht!"

Die Worte treiben mir Tränen in die Augen. „Danke, Carl", flüstere ich und muss lächeln, dass er mich so verteidigt. Dann klicke ich den Artikel an.

Gestern Abend um 21.00 Uhr wurde Brent Pace, 30, in seiner Wohnung in der Ringbow Avenue 231 tot aufgefunden. Die örtliche Polizeidienststelle teilte mit, dass er mit sechs Stichen in den Rücken getötet wurde und bereits etliche Stunden tot war, als man die Leiche fand. Die Polizei sucht nach Casey Cox, einer Freundin des Toten, die über Informationen über den Fall verfügen könnte. Auf die Frage, ob Casey als Täter infrage kommt, sagte der Polizeisprecher Joe McDonald, sie sei zumindest „der Tat verdächtig".

Das Bild von mir, das sie verwendet haben, ist alt und sieht mir nicht sehr ähnlich. Ich frage mich, woher sie es haben. Hat meine Mutter oder meine Schwester ihnen ganz bewusst eines gegeben, das möglichst wenig aussieht wie ich? Die Dankbarkeit lässt weitere Tränen fließen, aber ich wische sie fort, um keine Aufmerksamkeit auf mich zu ziehen. Ich weiß, dass meine wohlmeinenden Freunde sehr bald treffendere Bilder von mir posten werden, falls sie es nicht schon getan haben. Alle wollen sie doch an dem Drama teilhaben.

Hinter mir wendet sich eine Frau an den Mann mit dem Pornofilm. „Sir, würden Sie bitte Kopfhörer verwenden oder den Ton leiser stellen?"

Er ignoriert sie und lässt den Ton so laut, wie er ist. Die Frau steht auf und stürmt aus dem Raum.

Ich kehre zu Carls Seite zurück und klicke den nächsten Artikel an. Es ist ein Link zu einem Videobeitrag des lokalen Fernsehsenders über dieselbe Geschichte. Weil ich nicht will, dass irgendjemand mithört, klicke ich den Link nicht an.

Eine Mutter mit einem etwa achtjährigen Mädchen betritt den Raum und platziert das Kind auf dem Stuhl neben mir. Sie öffnet eine YouTube-Seite, die sie anscheinend extra für das Kind kreiert hat. „Mami ist gleich nebenan, falls du mich brauchst", sagt sie.

Das Mädchen klickt zielsicher das erste Video an. Irgendetwas mit einem Wurf junger Kätzchen. Ich werfe einen Blick auf den Mann, dessen Bildschirm gut sichtbar ist, wenn die Kleine ein wenig nach links schaut. Er schaut immer noch seinen Schmutz und die Geräusche werden lauter.

Ich schiebe meinen Stuhl zurück und stehe auf, lehne mich über seinen Computer und ziehe das Kabel aus dem Gerät. Der Bildschirm wird schwarz und die Geräusche verstummen.

„He, was machen Sie da?“, protestiert er.

„Ich rette die guten Sitten.“ Ich wickele das Kabel um meine Hand, damit er es nicht wieder einstöpselt. „Es ist ein Kind im Raum.“

„Das können Sie nicht machen. Ich kann mir schließlich ansehen, was ich will.“

„Schön“, sage ich und gehe zurück zu meinem Platz. „Dann sehen Sie's sich an.“

Er sieht sich Hilfe suchend nach den anderen Computernutzern um. Die starren ihn unbehaglich an, aber manche müssen ein Lächeln unterdrücken.

Er stürmt aus dem Raum, vermutlich, um sich über mich zu beschweren, und einige der anderen Computernutzer gratulieren mir. Ich reagiere nicht und konzentriere mich ganz auf meinen Bildschirm. Aber als der Mann mit der Bibliothekarin zurückkommt, halte ich Ausschau nach einem Ehering an seiner Hand. Ja, er trägt einen.

Die Frau prüft den Computer, als hätte er ihr nicht schon berichtet, was geschehen ist. Neben mir lacht das kleine Mädchen über einen sprechenden Hund.

„Sie hat das Netzkabel aus dem Computer gerissen“, beschwert der Mann sich lautstark. „Demnächst klaut sie vielleicht noch den ganzen Computer.“

Mir entgeht durchaus nicht die Ironie der Situation: Bibliothekarinnen gelten als die klassischen grauen Mäuse, als verträgliche Bücherwürmer, deren Lieblingswort *Pssst* ist. Aber gerade eben steht eine Vertreterin dieser Spezies vor der Aufgabe, das Recht eines schmierigen Bündels Abschaum zu verteidigen, in der Öffentlichkeit Pornos zu gucken. Ich hoffe allerdings, dazu wird es hier nicht kommen.

Ich reiche ihr das Kabel. „Der Computer hatte eine Fehlfunktion", sage ich. „Ich kenne seine Frau und bin mir ziemlich sicher, dass er nicht aus freien Stücken Pornofilme gucken würde."

Die Bibliothekarin errötet und wendet sich an den Mann. „Um genau zu sein, Sir, ist es verboten, auf diesem Gerät anstößiges Material anzusehen."

Der Mann sieht plötzlich betreten aus. Vielleicht hat er ja doch ein Gewissen ... oder eine gesunde Angst vor seiner Frau. Er sieht mich ein bisschen zu lange an, als versuche er abzuschätzen, ob ich seine Frau tatsächlich kenne. Dann beschließt er offensichtlich, es nicht darauf ankommen zu lassen, gibt sich geschlagen und stürmt aus dem Raum.

Die Bibliothekarin bedankt sich bei mir, schließt das Gerät wieder an und löscht den Browserverlauf, damit die letzte Seite nicht versehentlich aufgeht, wenn wieder mal ein achtjähriges Kind Hundewelpen ansehen will.

Mir wird klar, wie riskant mein Verhalten war. Ich sollte jetzt besser gehen. Man hat mich gesehen und die Leute könnten sich an mich erinnern, wenn sie mein Bild in den Nachrichten sehen. Warum kann ich nicht aufhören, immer wieder Dinge zu tun, die die Aufmerksamkeit auf mich lenken?

Ob die Bibliothekarin, wenn sie meine Geschichte erfährt, wohl mehr darüber geschockt ist, dass eine flüchtige Kriminelle in ihrer Bücherei war, als dass ein Mann in Sichtweite eines Kindes öffentlich Pornos angesehen hat?

Ich schließe den Browser und verlasse den Raum. Die Mutter des Mädchens sitzt an einem Tisch vor aufgeschlagenen Büchern und macht Aufzeichnungen. Sie muss Studentin sein.

„Entschuldigen Sie", sage ich. „Im Computerraum gibt es Leute, die dort Pornos gucken. Vielleicht wollen Sie lieber bei Ihrer Tochter bleiben."

Die Frau sieht schockiert aus und steht sofort auf. „Jetzt? Hat sie was gesehen?"

„Nein, ich glaube nicht. Aber ich dachte, Sie sollten wissen, dass es vorkommt."

Sie packt ihre Bücher und Notizen ein und eilt in den Computerraum. „Vielen Dank. Mir war ja nicht klar …"

„Ich weiß. Wer denkt auch schon an so was?"

Ich verlasse die Bibliothek und laufe zurück zum Holiday Inn. Ob mich schon jemand erkannt und die Polizei benachrichtigt hat? Warum bin ich nicht einfach in meinem Zimmer geblieben?

Inzwischen weiß die Polizei vermutlich bereits, dass ich ein Ticket nach Tulsa gekauft habe. Vermutlich hat sie jede Haltestelle zwischen Shreveport und dort überprüft. Würde sie auch überprüfen, wo wir getankt haben? Hat sie Durant überhaupt auf ihrem Radar?

Bevor ich ins Hotel zurückgehe, hole ich mir bei McDonald's noch etwas zu essen, das ich auf mein Zimmer mitnehme. Beim ersten Bissen dreht sich mir der Magen um. Ich zwinge mir ein paar Happen rein, aber ich habe keinen großen Appetit.

Ich stelle mir vor, dass Brents Mutter am Boden zerstört sein muss. Sie muss so viele Fragen haben.

Obwohl ich vollkommen erschöpft bin, kann ich nicht einschlafen. Träume quälen mich, Albträume, in denen ich Brent finde, tot … der Geruch des Todes, der Ausdruck auf seinem Gesicht, diese Realität, bei der einem das Herz stehen bleibt, die Angst. Sein Gesicht verwandelt sich, wird zu dem meines Vaters, das verwischte Blut meines Vaters auf dem Fußboden …

Manche Menschen werden aktiv, wenn sie unter Schock stehen. Ich erstarre, viel zu lange. Als ich mich endlich wieder rühren konnte, nachdem ich Brent gefunden hatte, bin ich herumgestolpert und habe überall Fußspuren und DNA verteilt.

Natürlich bin ich „der Tat verdächtig". Wie könnte ich es nicht sein?

Ich hoffe, der Mann in Pedro's Place lässt mich morgen nicht hängen. Ich bin bereit weiterzuziehen. Ich wünschte nur, es wäre ebenso einfach, wie den Ausweis einer fremden Toten in meine Brieftasche zu stecken.

6

Dylan

„Ich bin Dylan Roberts“, sage ich und strecke Brents Verwandtem, der in der Kirchentür steht, die Hand entgegen. „Ich bin mit Brent zur Schule gegangen. Ich glaube, wir haben uns bei seiner Abschlussfeier schon mal gesehen.“

„Ja, ich kann mich erinnern“, sagt der Typ. „Ihr beide seid ja mächtig schnell groß geworden. Hab gehört, Sie waren in Afghanistan.“

„Zwei Mal“, sage ich. „Einmal im Irak. Jetzt bin ich wieder zu Hause.“

„Drei Auslandseinsätze. Welcher Bereich?“

„Army“, sage ich.

„Noch immer dabei?“

Ich schüttele den Kopf, mein Adamsapfel fühlt sich gefangen. „Nein, ich hatte genug.“

„Kann ich Ihnen nicht zum Vorwurf machen. Was machen Sie jetzt?“

Ich schaue nach vorn, wo Brents Eltern stehen und den Trauergästen die Hände schütteln. Ihr Gesichtsausdruck spiegelt ihren Kummer, sie sind am Ende ihrer Kräfte. Brents Mutter hat für ihren Sohn gelebt. Als sie vor ein paar Tagen die Nachricht erhalten hat, muss es sich für sie angefühlt haben, als trete sie auf eine Landmine.

Ich wende meine Gedanken wieder Brents entferntem Cousin zu. „Entschuldigung, was sagten Sie?“

„Wo arbeiten Sie jetzt?“

Ich hasse diese Frage. „Ich suche noch nach etwas Passendem … Entschuldigen Sie, ich will mal weiter zu Mr und Mrs Pace. War nett, Sie wiederzusehen.“

Ich kann sehen, dass Brents Verwandter mit den Tränen kämpft.

Trauer irritiert mich immer. In der Regel vermeide ich Gottesdienste wie diesen, aber Brent war vor gar nicht langer Zeit mein bester Freund und ich konnte mich nicht einfach drücken. Als ich durch den Mittelgang nach vorn gehe, beginnt die Musik zu spielen. Auf halbem Weg frage ich mich, ob ich lieber in eine Bank schlüpfen oder doch weitergehen soll. Vorn steht noch immer eine Schlange von vielleicht zwanzig Personen, die darauf warten, dass sie zur Kenntnis genommen werden.

Ich gehe weiter und mein Blick trifft den von Mrs Pace. Es überrascht mich, dass sie direkt auf mich zukommt. „Dylan ..."

Ich blinzele das Brennen in den Augen fort und lasse mich von ihr in die Arme schließen. Eine neue Flut von Tränen bricht aus ihr heraus und sie flüstert etwas, das ich nicht verstehen kann. Ich halte sie in den Armen, wie ich es mit meiner eigenen Mutter täte, bis sie sich ein wenig entspannt. Als wir uns schließlich voneinander lösen und uns in die Augen sehen, finde ich keine passenden Worte.

„Ich bin so froh, dass du wohlbehalten zurück bist", sagt sie und streicht mir über die Wange.

Ich nicke. Schon wieder schnürt sich mir die Kehle zu. „Es ist so furchtbar", bringe ich schließlich heraus.

Sie kann nicht antworten, nickt nur, nimmt meine Hand und zieht mich durch die Menschentraube mit sich nach vorn zu ihrem Mann. Als Mr Pace mich erblickt, schüttelt er mir die Hand, dann schließt auch er mich in die Arme.

Der Pfarrer steigt auf die Kanzel und bittet die Anwesenden, sich zu setzen, damit der Gottesdienst beginnen kann. Ich verlasse Brents Eltern und gehe nach hinten, um einen Platz zu finden. Ich bin froh für die Paces, dass so viele gekommen sind, aber ich wäre viel lieber ganz allein hier.

In einer Bank, die erst halb besetzt ist, finde ich einen Platz. Ich setze mich und starre nach vorn. Dies ist nicht die Beerdigung, dafür ist es zu früh. Sie warten noch auf die Autopsie und es wird noch

Tage dauern, bis sie Brent beisetzen können. Die Gemeinde hat den Sonntagabendgottesdienst zu einem Gebetsgottesdienst für die Familie umfunktioniert. Bedeutet das nur weiteren Stress in einer Trauerzeit, die sehr lang werden dürfte? Oder ist dieser Gottesdienst heilsam?

Ich nehme mal an, Gebet ist immer irgendwie hilfreich, selbst wenn es wehtut.

Der Gottesdienst beginnt mit Lobpreismusik, die unsere Gedanken auf den lenken soll, der Leben schenkt und es wieder nimmt, aber ich bringe es nicht fertig mitzusingen. Einige stehen auf. Ich lehne mich vor, stütze das Kinn in die Hände und denke an die Zeit, als Brent und ich noch Kinder waren und zusammen am Bach entlangliefen und Hornissennester aufstöberten. Brent war entdeckungsfreudiger, als ihm guttat.

Ich bin derjenige von uns beiden, der in drei Auslandseinsätzen im Krieg war. Er ist der, der jetzt tot ist.

Dass ich überlebt habe, ist falsch – in so vieler Hinsicht falsch.

Ich lasse den Gottesdienst über mich ergehen, bete mit, wie der Pfarrer es vorgibt, um Trost und Frieden für die Familie, für die Polizei, dass sie den Mörder finden und vor Gericht bringen …

Plötzlich überfällt mich Zorn, die Decke senkt sich, die Wände wandern auf mich zu und schließen mich ein. Ich bekomme keine Luft und mein Herz pocht gegen meine Rippen. Auf meiner Stirn steht kalter Schweiß. Ich haste aus der Bank und nach draußen.

Die Sonne beginnt schon zu sinken und die Luft ist frisch und klar. Ich lasse meinen Blick auf den Bäumen ruhen, die um die Kirche stehen, und versuche mich zu beruhigen. Das üppige Grün, das mich umgibt, tut meiner Seele gut. Es gab so wenig Grün in diesen Wüstengegenden auf der anderen Seite des Globus. Man sollte meinen, dass man sich hier sicher fühlen kann; dass hier, wo ein leichter Wind in den Ulmen flüstert, keine Kugeln durch gläserne Eingangstüren fliegen. Aber mein Körper steht unter Hochspannung, als könnte genau das jeden Moment geschehen.

Die Kirchentür geht auf und ich sehe den Vater eines anderen Mitschülers aus der Highschool herauskommen. Ohne von mir Notiz zu nehmen, geht er die Stufen hinunter, aber ich rufe ihm nach: „Mr Keegan?“

Gordon Keegan dreht sich um. „Dylan! Mensch, ich hab dich gar nicht erkannt. Hab angenommen, du bist weit weg und erlegst Taliban.“

Es ist eine harmlose Bemerkung, aber sie schmerzt und ich ignoriere sie. „Jetzt bin ich wieder zu Hause. Und Sie? Immer noch bei der Polizei?“

„Aber sicher“, sagt er. „Um genau zu sein, ich arbeite an diesem Mordfall.“

„Ach ja?“ Ich gehe auf ihn zu und frage mich, ob ich nachhaken soll. „Weiß man schon, wer es war?“

„Wir haben eine Hauptverdächtige und die hat sich aus dem Staub gemacht.“

Sie? „Was ist passiert? Gab es einen Kampf oder so?“

„So sieht es aus. Er hat sechs Stiche abbekommen. In seiner Wohnung. Hattet ihr beide Kontakt?“

„In den letzten Jahren nicht“, antworte ich. „Wir sind zusammen groß geworden, aber wir haben uns aus den Augen verloren. War es seine Freundin? Wie heißt sie?“

Mr Keegan sieht sich um, aber niemand ist in der Nähe. „Behalt das für dich, ja, bis wir jemanden verhaftet haben? Die Presse hat es schon spitzgekriegt, aber ich möchte es lieber noch nicht bestätigen. Kennst du ein Mädchen namens Casey Cox?“

Ich habe den Namen noch nie gehört und schüttele den Kopf.

„Kurt kannte sie auch nicht. Sie ist ein bisschen jünger als ihr Jungs.“

Kurt ist Mr Keegans Sohn und ebenfalls bei der Polizei.

„Ist sie schon mal straffällig geworden?“, erkundige ich mich.

„Soweit wir wissen, nicht. Hör zu, ich hab dir nichts dazu gesagt. Bisher ist sie offiziell nur eine Tatverdächtige.“

„Verstehe", sage ich. „Kurt hab ich letzte Woche getroffen. Ich war auf dem Revier und hab mich um einen Job beworben."

Jetzt sieht Mr Keegan mich interessiert an. „Ach ja, du warst ja bei der Militärpolizei, stimmt's?"

„Stimmt. Kripo."

„Klingt ganz so, als ob du wie geschaffen bist für den Job."

„Ja, vielleicht, aber ich glaube nicht, dass es klappt. Wie auch immer …" Ich beende den Satz nicht.

„Na, jedenfalls werde ich mal ein gutes Wort für dich einlegen."

Ich weiß, dass das nichts nützen wird. *Leidet unter posttraumatischer Belastungsstörung.* Das ist das Etikett, das ich trage, und die Polizei hat kein Interesse daran, Leute einzustellen, die austicken könnten. Die Militärkripo hatte damit auch ein Problem; deswegen haben sie mich entlassen. Die übliche Geschichte. Erst schicken sie dich an Orte, wo Bomben explodieren wie Springteufel und deine Freunde vor deinen Augen in Stücke reißen. Und dann bestrafen sie dich dafür, dass du nicht aufhören kannst, daran zu denken.

„Ich hoffe, Sie finden das Mädchen", sage ich.

„Ja, ich auch", erwidert Mr Keegan. „Ich habe fast geglaubt, sie würde hier auftauchen. Aber wir haben jede Menge Leute, die nach ihr suchen. Sie ist abgehauen, aber wir sind ihr auf den Fersen. Wir werden sie sehr bald wieder hier haben."

Ich begleite ihn zum Parkplatz, dann setze ich mich in mein Auto, starre vor mich hin und lasse die Minuten verstreichen. Schließlich komme ich auf den Gedanken, dass ich beten könnte – deshalb bin ich ja schließlich hergekommen.

Mit dem Blick auf die Bäume, in denen der Wind flüstert, frage ich Gott, warum ich schon wieder einen Freund verlieren musste. Warum muss das Leben so wehtun, als hätte man einen Granatsplitter mitten in die Eingeweide bekommen?

Ich frage ihn, wann er die Löcher in mir stopfen und mich wiederherstellen will, bevor ich denselben Zustand erreiche wie Brent. Sofort überfallen mich Schuldgefühle. Ich sollte für die Eltern meines toten Freundes beten und darum, dass sie dieses Mädchen finden und seiner gerechten Strafe zuführen.

Ich flüstere die Worte laut und hoffe, dass Gott mich hört, obwohl mein Herz nicht bei der Sache ist.

Zurück in meiner Wohnung mache ich mir nicht die Mühe, das Licht anzuschalten. Ich sitze im Dunkeln und denke nach. Mir kommt der flüchtige Gedanke, ich könnte in eine Kneipe gehen und mich volllaufen lassen oder meine Gedanken mit Tabletten betäuben. Die Militärärzte haben mir genug davon verschrieben, um mich für Monate aus dem Verkehr zu ziehen. Aber den Schmerz zu betäuben ist kein Weg, der meinen toten Freunden Gerechtigkeit zukommen lässt. Wenn sie leiden mussten, warum sollte ich es nicht?

Nein, diesen Weg werde ich nicht einschlagen. Ich will mir nicht noch mehr Wunden zufügen, als ich schon habe. Flucht ist keine Option.

Aber damit sitze ich noch immer hier im Dunkeln.

7
Casey

Am nächsten Morgen bin ich um Viertel nach sieben bei Pedro's Place, die Reisetasche im Schlepptau. Ich klopfe an die Hintertür, aber er öffnet nicht. Ich überlege, ob ich zum Vordereingang gehen soll, aber ich will nicht seinen Zorn heraufbeschwören, also warte ich.

Um genau sieben Uhr dreißig öffnet er die Tür und schaut sich um, zuerst nach rechts, dann nach links. Endlich lässt er mich eintreten.

„Haben Sie die Sachen?", frage ich.

Er sagt nichts und geht einfach zu einem alten, schäbigen Schreibtisch in der Ecke, nimmt einen Umschlag aus einer Schublade und streckt ihn mir hin. „Gute Arbeit, das hier."

Ich öffne den Umschlag und nehme den Führerschein und die Sozialversicherungskarte des toten Mädchens heraus. Wieder frage ich mich, wie sie wohl gestorben ist. Ich möchte wissen, wie sie aussah, aber aus den Dokumenten starrt mir mein eigenes Bild entgegen. Wieder verblüfft mich meine Haarfarbe.

„Die Sozialversicherungsnummer müssen Sie sich merken. Das ist jetzt Ihre."

„Danke", sage ich. „Sie haben mir sehr geholfen." Ich sehe ihn an und warte darauf, dass unsere Blicke sich treffen, aber er schaut mir nicht in die Augen. „Nur fürs Protokoll: Ich bin kein böser Mensch. Ich bin in Schwierigkeiten, aber ich habe nicht getan, was alle glauben …"

Er hebt die Hand, um mein Geplapper abzuwürgen. „Will ich nicht wissen. Nicht mein Job zu wissen, warum."

„Ich weiß. Aber ich bin es nicht gewohnt, illegale Sachen zu machen.

Ich wollte nur, dass Sie wissen, dass ich anständig bin. Irgendwie werde ich meine Unschuld beweisen."

„Sie haben nie gehört von mir. Nie mich gesehen. Kapiert?"

„Ja … klar." Ich suche in meiner Handtasche nach dem Geld, das ich vorsorglich schon aus den Stiefeln genommen habe, und zahle ihm den Restbetrag, den ich ihm noch schulde.

Er nimmt die Scheine und zählt nach. Schließlich schenkt er mir doch noch einen mürrischen Blick. „Haben Sie gegessen?"

„Nein."

„Ich mach Ihnen was", sagt er. „Sie essen hier hinten."

Ich bin am Verhungern und lächle ihn an. „Das müssen Sie nicht tun."

„Warten", sagt er und verschwindet nach vorn. Dieser Platz riecht wie der Himmel auf Erden und mir knurrt der Magen. Während er weg ist, setze ich mich auf einen Klappstuhl und inspiziere meinen Führerschein. Sieht wirklich echt aus. Ich frage mich, wie er das macht und für wen normalerweise. Illegale Einwanderer? Kriminelle? Unschuldige Leute auf der Flucht wie mich?

Er kommt mit einem Teller mit Eiern, Kartoffelpuffern, kross gebratenem Schinken und einem Brötchen, das in Soße schwimmt, zurück. Er stellt den Teller auf den Tisch, zieht seinen Stuhl heran und winkt mir, ich solle essen kommen.

„Das sieht so gut aus", sage ich. „Vielen Dank." Ich fange an zu essen und meine Speicheldrüsen explodieren geradezu, so fantastisch schmeckt es.

„Gut, ja?"

Ich lächele ihn an. „Ja. Ich weiß nicht, wann ich heute wieder was zu essen kriege. Das hier ist perfekt."

Er sieht mir beim Essen zu, als ob mein offensichtlicher Genuss ihm ebenfalls Befriedigung verschafft. Endlich sagt er: „Ich muss arbeiten. Sie lassen den Teller stehen, wenn Sie fertig sind. Gehen Sie hinten raus."

Ich wische mir die Hände ab und strecke ihm die rechte entgegen.

Er nimmt meine Hand und hält sie eine Sekunde zu lang. „Sie haben mir sehr geholfen“, sage ich. „Ich weiß nicht, was ich ohne …“

Wieder unterbricht er mich. „Lassen Sie mich nicht bereuen“, sagt er mit plötzlich sanfter Stimme. „Nichts Dummes machen, ja?“

Das kann ich nicht versprechen, denn ich kenne mich selbst und ich habe bereits „Dummes gemacht“, seit ich Brent tot aufgefunden habe. Er lässt meine Hand los und verschwindet dann nach vorn in seine Gaststube. Ich esse zu Ende, wische mir den Mund ab und verdrücke mich dann durch die Hintertür.

Ich heiße Grace Newland. Ich überlege, ob es okay ist, wenn ich mich Gracie nenne, was so ähnlich klingt wie Casey; aber das ist genau das Problem. Zu nah dran. Ich muss meinen Namen aufgeben und es tut so weh, als sei noch jemand gestorben. Ich habe meinen Namen immer gemocht. Mein Vater hat ihn für mich ausgesucht, und wenn er ihn aussprach, folgte darauf immer etwas Tiefgehendes.

Casey, Menschsein bedeutet, für das einzustehen, was richtig ist.

Casey, es kommt eine Zeit, in der du Risiken eingehen musst.

Casey, ich liebe dich.

Nein, ich bin noch nicht bereit, mich von Casey zu verabschieden. Wenn ich weit genug weglaufe, kann ich dann irgendwann wieder Casey sein?

8

Dylan

Am Montagmorgen rufen Brents Eltern an und bitten mich, sie zu besuchen. Zunächst denke ich, sie werden mich fragen, ob ich den Sarg tragen, bei der Beerdigung ein paar Worte sagen oder den Nachruf verfassen kann. Ich hasse die Vorstellung, vor einer Trauergemeinde reden zu müssen – jeder würde sehen, dass meine Hände zittern –, aber für Brent würde ich alles tun, was seine Eltern sich wünschen.

Brents Familie wohnt in einer Villa. Die Familie seines Vaters hatte Geld, aber ich habe nie gewusst, wo es eigentlich herkam. Sie haben mich nie als etwas Schlechteres behandelt und bei den Baseballspielen, in denen Brent und ich spielten, benahmen sie sich wie alle anderen auch.

Brent und ich sind immer durch das große Haus gerannt und auf Socken über den blanken Fußboden geschliddert und ich kann mich nicht erinnern, dass seine Eltern auch nur einmal laut geworden wären. Seine Mutter ging ganz in ihrem Job als Mutter und Hausfrau auf und hat Brent (und mir auch, wenn ich dort war) das Leben zum Paradies gemacht.

Und darum kommt mir das alles so unwirklich vor. Mord wandert üblicherweise nicht in die Häuser der Betuchten und diese Familie hätte eigentlich dagegen immun sein müssen.

Vor der zweiflügligen Eingangstür drücke ich auf die Klingel. Ich fühle mich plötzlich fehl am Platz. Sie haben mich gebeten zu kommen, mich regelrecht herbeizitiert, aber ich komme mir vor wie ein Eindringling. Ein Dienstmädchen in Uniform öffnet und begrüßt mich. Ich stelle mich vor und sie bittet mich herein.

Ich warte im Foyer. Dann kommt mich Mr Pace begrüßen. Er hat dunkle Ringe unter den Augen, von den Mundwinkeln zum Kinn ziehen sich tief eingegrabene Falten wie die Fäden einer Marionette. Die helle Beleuchtung lässt mich erkennen, dass er weit älter aussieht, als er ist. Wie viele Jahre diese Tragödie ihm wohl geraubt hat?

„Dylan, danke, dass du kommst“, sagt er. „Gehen wir nach hinten.“

Ich folge ihm durch das Esszimmer mit dem massiven Tisch, auf dem Fotos von Brent ausgelegt sind. „Elise hat die Bilder durchgesehen. Sie wollen ein paar davon vergrößern, für die Beerdigung.“ Seine Stimme wird brüchig. „Ich weiß noch nicht mal, wann die sein wird. Wir bekommen den Leichnam erst, wenn die Autopsie durchgeführt wurde. Als ob sie erst noch eine Bestätigung bräuchten, dass es wirklich die Stiche waren, die ihn getötet haben.“

Ich höre den Schmerz in seiner Stimme, auch wenn der Kommentar zynisch klingt, aber ich verstehe ihn. An dem Morgen, an dem zwei Kameraden von mir vor meinen Augen getötet wurden, als wir durch Kandahar fuhren, haben wir anderen dämliche Sprüche darüber gemacht, was die Regierung jetzt wohl tun würde. Schwarzer Humor angesichts von tiefem Leid ist wie ein Ventil, um ein wenig Dampf abzulassen, bevor alles in die Luft fliegt.

In der Küche sitzt die Familie – Cousins, Tanten und Onkel, Großeltern sind um den Küchentisch versammelt. Ich lächle und schüttele Hände, nachdem Mr Pace mich vorgestellt hat, aber er durchquert den Raum und winkt mir, ich solle ihm folgen. Er führt mich in sein Arbeitszimmer – der Raum war früher für Brent und mich immer tabu. Seine Frau sitzt am Fenster und schaut hinaus auf den Rasen.

„Liebling“, sagt Mr Pace behutsam, „Dylan ist da.“

Mrs Pace wendet sich zu mir um und ich bin erschrocken, wie verquollen ihre Augen sind. „Dem Himmel sei Dank.“

Die beiden bedeuten mir, auf dem edlen Ledersofa Platz zu nehmen, und Mrs Pace steht auf und macht alle Lampen im Raum an. „Entschuldige, dass es so dunkel ist. Ich habe meine Gedanken nicht beieinander.“

„Schon gut“, sage ich. „Meinetwegen müssen Sie kein Licht machen.“

„Ich weiß. Aber es gehört sich nicht, einen Gast in ein dunkles Zimmer einzuladen. All die vielen Leute im Haus – ich musste einfach mal ein Weilchen für mich sein. Ich liebe meine Familie, aber heute bin ich nicht ganz ich selbst.“

„Nein, das ist doch ganz verständlich“, sage ich. „Hören Sie, Mrs Pace, Mr Pace, ich bin gern bereit, bei der Beerdigung etwas zu übernehmen. Was immer Sie sich wünschen …“

Die beiden sehen sich an, dann sagt Mr Pace: „Nenn uns doch Elise und Jim, Dylan. Du bist ein erwachsener Mann. Wir würden jetzt gern eine Beziehung auf Augenhöhe mit dir haben, nicht mehr wie zu einem Freund unseres Sohnes.“

Auf Augenhöhe? Ich weiß nicht genau, was das heißen soll – jetzt, wo die einzige Verbindung, die wir miteinander hatten, nicht mehr lebt.

„Dylan, wir möchten dich einstellen“, sagt Elise.

Ich runzele die Stirn und setze mich auf. „Einstellen? Als was?“

Elise gibt das Wort weiter an Jim, der sich im Sessel vorlehnt, die gefalteten Hände zwischen den Knien. „Dieses Mädchen, das Brent getötet hat. Sie hat die Stadt verlassen. Und wir möchten, dass du uns hilfst, sie zu finden.“

Ich kneife die Augen zusammen. „Aber die Polizei sucht doch nach ihr, oder nicht? Gestern Abend hab ich Gordon Keegan getroffen und er hat gesagt, dass er selbst an dem Fall arbeitet.“

„Ja, das stimmt. Aber so, wie es jetzt aussieht, ist das Mädchen nicht mehr in Louisiana und damit sind die Möglichkeiten der örtlichen Polizei begrenzt. Es ist schon zu viel Zeit vergangen. Wir möchten die Sache einfach nicht nur der hiesigen Polizei überlassen.“

Es klopft an der Tür und ich sehe auf, als Jim ruft: „Ja, bitte.“

Wenn man vom Teufel spricht. Gordon Keegan und sein Kollege, ein Kripobeamter namens Rollins, treten ein. Allgemeines Händeschütteln. Keegan ist viel grimmiger und wortkarger als gestern Abend. Elise schenkt den beiden Kaffee ein und weist dann auf zwei Stühle gegenüber der Couch, auf der ich sitze.

„Ich war gerade dabei, Dylan zu erklären, dass wir Hilfe brauchen."

Keegan nimmt einen Schluck Kaffee. „Es ist nicht so, dass wir sie nicht finden könnten. Wir fahnden weiter nach ihr und sind bestens ausgestattet dafür. Aber sie ist clever. Sie verwendet ihre Kreditkarten nicht, ihr Handy sendet keine Signale. Sie ist nicht mit dem Auto unterwegs. Nachdem ein Bild des Wagens durch die Nachrichten gegangen war, hat jemand ihn in der Parkgarage eines Hotels entdeckt und uns benachrichtigt. Wir wissen, dass sie eine Busfahrkarte nach El Paso gekauft hat, dann aber in Dallas ausgestiegen ist. Dort hat sie ein weiteres Ticket gekauft, nach Tulsa, ist aber auch nicht bis dort gefahren. Der Busfahrer erinnert sich an sie und meint, sie ist in Durant ausgestiegen. Wir glauben, dass sie noch dort sein könnte."

„Und was kann ich in der Sache tun?", erkundige ich mich.

„Wir möchten dich gern als Privatdetektiv engagieren", sagt Jim. „Wir zahlen dir mehr, als du bei der Armee verdient hast, zuzüglich Spesen. Wir möchten, dass du uns hilfst, sie aufzuspüren."

Mein Herz beginnt zu rasen. „Dann … stellt die Polizei mich also ein?"

„Nein", sagt Keegan ein wenig zu rasch. „Die Familie stellt dich ein, aber wir werden mit dir zusammenarbeiten. Wir hatten kürzlich Einschnitte in unserem Budget und die Stadt kann es sich nicht leisten, uns quer durch den Kontinent fliegen zu lassen, um nach diesem Mädchen zu suchen. Und wenn die Paces bereit sind, die Kosten zu übernehmen, dann ist das für uns alle eine gute Lösung. Wir wollen sie so schnell wie möglich hier haben."

Ich stelle meine Kaffeetasse ab. „Ich habe nicht gewusst, dass solche Dinge tatsächlich passieren", bemerke ich. „Brauche ich irgendeine Lizenz als Privatdetektiv?"

„Sie haben doch eine aufgrund Ihrer Arbeit bei der Militärkripo."

„Ja, aber dort wurde ich entlassen."

„In allen Ehren. Wir geben Ihnen einen Gutachterausweis. Das müsste reichen."

Ich erwähne nicht, dass meine posttraumatische Belastungsstörung für seine Abteilung ein rotes Tuch gewesen ist, als ich mich um die Stelle beworben habe, aber Keegan kommt jetzt von selbst darauf zu sprechen.

„Hören Sie, ich weiß, dass der Chef kaltschnäuzig war, als Sie versucht haben, bei der Polizei zu landen. Aber dies ist eine Sache, die privat finanziert wird, also ist es etwas anderes. Und wenn Sie sie finden und zurückbringen, damit wir sie anklagen können, sieht es gut für Sie aus. Es wäre eine Chance zu beweisen, was in Ihnen steckt. Wenn alles gut geht, weiß ich nicht, welcher Personalchef sie dann nicht einstellen wollte."

Das klingt gut. Und offen gesagt habe ich ja auch nichts Besseres zu tun. „Ich fühle mich geehrt, Mrs Pace, Mr Pace, dass Sie an mich gedacht haben."

„Jim und Elise", wiederholt Elise. „Sag ja, Dylan. Wir wissen, dass du Brent geliebt hast. Wir wissen, dass du in deinem Job gut warst. Wir vertrauen dir, dass du alles tust, um dieses Mädchen zu finden, das uns Brent weggenommen hat."

Ich gehe in Gedanken meinen Kalender durch. Ich habe am Donnerstag einen Termin beim Psychologen, freitags Gruppentherapie, am Sonntag Hauskreis und irgendwann nächste Woche ein Vorstellungsgespräch bei UPS für einen Job als Fahrer. Aber ich will ja gar nicht wirklich Pakete ausliefern. Ich will Polizist sein. Kriminalpolizist.

„Ich kann dir gleich einen Scheck ausschreiben", sagt Jim. „Wir können noch heute eine Chartermaschine nach Durant organisieren. Ich habe mit einem Freund gesprochen, der Pilot ist, und er kann dich heute Nachmittag um vier rüberfliegen. Linienmaschinen landen dort nicht, aber es gibt einen kleinen Privatflugplatz. Das wäre der früheste Zeitpunkt, den ich finden konnte."

Ich schaue Keegan und seinen Kollegen an. „Wenn ich annehme, muss ich wissen, welches Beweismaterial Sie haben. Ich möchte den Tatort sehen. Die Bilder." Bei dem Gedanken, meinen ermordeten Freund anschauen zu müssen, dreht sich mein Magen um. Aber ich habe ja schon andere Freunde tot vor mir gesehen. „Ich will alles wissen, was Sie über das Mädchen sagen können. Und ich würde gern mit ihrer Familie sprechen, bevor ich fliege."

„Nein, das würde ihnen doch einen Hinweis geben, dass du nach ihr suchst", sagt Jim. „Ich möchte nicht, dass sie sie warnen."

„Überwachen Sie die Telefone? Computer, E-Mails, Facebook?"

Keegan nickt. „Der Bezirksstaatsanwalt hat uns, schon kurz nachdem man Brent gefunden hatte, eine Vollmacht ausgestellt. Sie hat keinen Kontakt mit ihrer Familie aufgenommen, soweit wir wissen."

„Werden Sie das für uns machen, Dylan?", fragt Jim.

Ich überlege noch einen Moment. Aber wie könnte ich Nein sagen? Schließlich reden wir hier von Brent. „Ja, ich mache es. Was soll ich tun, wenn ich sie finde?"

„Gehen Sie zur örtlichen Polizei und lassen Sie sie verhaften", sagt Keegan. „Wir lassen sie dann hierher überstellen."

Ich schaue auf meine Uhr. Es ist elf Uhr vormittags. „Haben Sie jetzt Zeit, mich ins Bild zu setzen?", frage ich Keegan.

„Sicher", erwidert er. „Am besten gleich. Wir treffen uns auf dem Revier."

Elise hat Tränen in den Augen, als sie gleichzeitig mit mir aufsteht. Sie umarmt mich, streicht mir wieder über die Wange, als ob sie hofft, ich würde mich in ihren Sohn verwandeln. „Jetzt, wo du einsteigst, Dylan, fühle ich mich sicher. Setzen wir alles daran, damit unserem Jungen Gerechtigkeit widerfährt."

Ich folge den beiden Polizisten nach draußen und hoffe inständig, dass ich diese Menschen nicht enttäusche.

9
Casey

Ich gehe zurück ins Hotel, setze mich an den Computer und suche auf Google Earth den Bahnhof von Durant. Eine Straße davon entfernt gibt es ein Hotel. Ich kann mir ein Taxi nehmen, das mich dort absetzen soll, für den Fall, dass man den Fahrer später vernimmt.

Vor der Tür steige ich in ein Taxi und bitte den Fahrer, mich zu einem Supermarkt zu fahren und zu warten, während ich ein paar Snacks für die Reise und eine Baseballkappe kaufe. Ich glaube, ich habe noch nie im Leben eine solche Kappe getragen, aber es scheint mir klug, wenn ich einen Bahnhof betreten will, wo es überall Kameras gibt. Ich steige wieder ins Taxi und bitte den Fahrer, mich zu dem Hotel zu fahren. Von hier aus werde ich bis zum Bahnhof laufen.

Der Fahrer ist schweigsam; er interessiert sich kein bisschen für mich. Ich bin dankbar. Als wir ankommen, zahle ich und betrete die Lobby, benutze die Damentoilette und anschließend laufe ich zum Bahnhof.

Die Überwachungskameras in jeder Ecke und über dem Schalter entdecke ich rasch. Ich halte den Kopf gesenkt, die Kappe tief in die Stirn gezogen, und studiere den Fahrplan. Züge fahren stündlich. Der nächste geht nach Houston. In den Gängen sehe ich Wachpersonal und werfe noch einen verstohlenen Blick auf die Kameras.

Das wird hier schiefgehen. Wenn ich eine Fahrkarte kaufe, wissen sie genau, wohin ich fahre, selbst wenn ich irgendwo unterwegs aussteige. Egal, wo ich aussteige, die Kameras werden mich erwischen.

Aber eine Greyhound-Station gibt es in Durant nicht. Sonst hätten wir ja wohl nicht unterwegs mitten in der Landschaft tanken müssen, oder?

Eine abgerissen aussehende Frau mit drei Kindern geht an mir vorbei und ich tippe ihr auf die Schulter. Sie dreht sich um.

„Entschuldigen Sie, sind Sie aus Durant?"

Sie nickt und greift nach der Hand ihres Jüngsten. „Ja."

„Ich suche ... gibt es hier einen Busbahnhof? Greyhound oder so was?"

„Nein, Greyhounds nicht. Aber Trailways fährt von hier. Der Busbahnhof ist nur drei Straßen weg, glaube ich."

Ich bedanke mich, gratuliere ihr zu ihren Kindern und verlasse den Bahnhof. Ich gehe in die Richtung, in die sie gezeigt hat, und hoffe, dass sie nicht ausgerechnet eine von den Leuten ist, die rechts und links verwechseln und nicht wissen, wo Süden oder Norden ist. Aber tatsächlich: Drei Straßen weiter entdecke ich den Busbahnhof.

Busbahnhöfe sind meist keine Hightechorte voller Sicherheitstechnologie, vermutlich, weil die Busunternehmen nicht so viele Fahrgäste haben und die Kosten niedrig halten müssen. Ich gehe ins Schaltergebäude, den Schirm meiner Baseballkappe in die Stirn gedrückt, und studiere den Fahrplan auf einem Bildschirm an der Wand. Es gibt einen Bus nach Chicago, einen nach Atlanta und einen zurück dorthin, wo ich herkomme, nach Shreveport und dann weiter nach New Orleans. Alle in den nächsten drei Stunden. Ich überlege einen Moment. Wo werden sie mich am wahrscheinlichsten suchen?

Ich habe eine Tante in Belleville, Illinois, also rechnen sie vermutlich damit, dass ich mich Richtung Chicago orientiere. Cousinen in Texas und Louisiana; also werden sie wohl die Haltestellen Richtung New Orleans überprüfen.

Ein paar Verwandte gibt es noch in Alabama, aber die kenne ich kaum. Es ist zwar riskant, wieder nach Osten zu fahren, aber ich entscheide mich für Atlanta. Ich muss ja nicht dortbleiben. Ich kann hier einsteigen und dann überlegen, ob ich unterwegs aussteige oder sogar noch weiter fahre als Atlanta. Das Wichtigste ist: Solange ich unterwegs bin, kann man mich nirgends entdecken.

Ich gehe zum Schalter und kaufe ein Ticket nach Atlanta. Der Bus fährt erst in zwei Stunden, also muss ich Zeit totschlagen. Jetzt fehlen mir mein Handy und mein Computer. Wenn ich mal irgendwo angekommen bin, wo auch immer, werde ich mir beides wieder kaufen, aber jetzt noch nicht. Je weniger Anhaltspunkte ich hinterlasse, umso besser.

Plötzlich überfällt mich der Wunsch, Brent anzurufen und ihm alles zu erzählen: von dem Führerschein und der Sozialversicherungskarte und dem barschen Mann in Pedro's Place, der plötzlich doch sehr nett zu mir war. Aber es gibt keinen Brent mehr.

Meine Augen brennen. Aber ich weiß, dass ich auffalle, wenn ich in Tränen ausbreche, also gehe ich in die Toilette. Ich wasche mir das Gesicht, wische mir die Tränen aus den Augen und sehe erst dann, wie schmutzig dieser Waschraum ist. Ich habe nichts zu tun, also ziehe ich mir ein paar Papierhandtücher aus dem Behälter und wische den Waschtisch ab, sammle herumfliegendes Papier vom Fußboden, ziehe den übervollen Müllsack heraus und binde ihn zu. Auf dem Boden des Müllbehälters finde ich eine Rolle Müllsäcke und stecke einen neuen Beutel in den Mülleimer.

Den Müllsack lehne ich gegen die Wand, wo der Hausmeister ihn finden wird. Vielleicht verschönert es ihm den Tag.

Als ich klein war, war ich ungefähr zwei Jahre lang bei den Pfadfindern. Da habe ich mal eine Geschichte über eine überlastete Mutter von zwei rotzfrechen Bälgern gehört, in deren Haus immer schreckliche Unordnung herrschte. Aber als sie eines Morgens aufstand, war alles tadellos aufgeräumt. Niemand konnte das Rätsel lösen, wer da aufgeräumt hatte. Ein paar Tage lang passierte es immer wieder. Am Ende der Geschichte erfährt man, dass es die rotzfrechen Kinder waren. Ganz so frech waren sie wohl also doch nicht.

Eine untersetzte Frau kommt herein, während ich am Aufräumen bin. Sie öffnet eine Toilettenkabine, sieht, dass das Klo verstopft ist, und kommt auf mich zu. „Ma'am, die hier ist verstopft."

Ich lächle sie an. „Ich arbeite nicht hier. Ich würde es in Ordnung bringen, wenn ich wüsste, wie, aber ..."

Es ist ihr anscheinend peinlich. „Oh, tut mir leid. Ich dachte, Sie gehören hierher, weil sie geputzt haben."

„Ja, ich musste nur ein bisschen überschüssige Energie loswerden."

„Also, wenn das nicht nett ist ..." Sie sucht sich eine andere Kabine. Ich wasche mir rasch die Hände und beschließe, das Feld zu räumen, bevor sie sich mein Gesicht merken kann.

Es heißt ja, jede gute Tat rächt sich, und das war noch nie so wahr wie in meinem Fall. Ich mische mich unter die anderen Wartenden und sitze so unauffällig, wie ich nur kann, die Zeit ab.

Ich bin als eine der Ersten im Bus und suche mir einen Platz zwei Reihen vor der Bordtoilette. Ich möchte möglichst weit hinten sitzen, damit mich möglichst niemand bemerkt, aber auch nicht ganz hinten, damit ich notfalls den Sitz nach hinten verstellen kann. Ich hoffe, dass der Geruch vom Bordklo nicht bis zu meinem Platz zieht.

Der Bus füllt sich, alle Reihen sind besetzt, aber es steigen immer noch Leute ein. Ich stecke mir die Ohrhörer in die Ohren, immer noch ohne irgendein Gerät am anderen Ende, und sitze mit geschlossenen Augen am Gangplatz meiner Reihe. Wenn ich niemanden ansehe, will vielleicht auch niemand neben mir sitzen.

Aber das ist zu viel erwartet. Ich öffne die Augen, als ich spüre, dass jemand neben mir stehen bleibt. Es ist die Frau aus der Toilette, die gesehen hat, wie ich dort aufgeräumt habe. Entschuldigend lächelt sie mich an. „Es tut mir leid, Sie zu wecken, Schätzchen. Aber macht es Ihnen etwas aus, wenn ich mich neben Sie setze?"

Ich möchte sie nicht abweisen, also murmele ich: „Natürlich nicht", und rücke ans Fenster. Meine Tasche schiebe ich mit und stelle die Füße darauf, die sonst nirgendwo Platz haben.

Die Frau ist ungefähr so alt, wie meine Großmutter jetzt wäre, wenn sie noch leben würde. Die lange Fahrt wird ihr vermutlich nicht leichtfallen. Ihr Gesicht strahlt etwas Freundliches aus; jede Falte verkündet, dass es das Lächeln war, was sie in die ledrige Haut gekerbt hat.

„Ich bin Lucy", sagt sie.

„Hi, Miss Lucy. Ich ..." Ich stolpere über meinen Namen. „Grace."

„Wundervoller Name", sagt sie. „Meine Schwester hieß auch Grace. Sie ist vor drei Jahren gestorben. Herzinfarkt. Aber sie hatte ein schönes Leben."

„Oh, das tut mir leid", sage ich. „Es muss schlimm sein, wenn man seine Schwester verliert."

Sie nickt. „Ja. Aber es gibt Schlimmeres."

Ich kann nicht erkennen, ob sie mir erzählen möchte, was dieses Schlimmere ist, aber mein eigenes Leben gibt mir da durchaus ein paar Anhaltpunkte. „Wollen Sie in Atlanta Verwandte besuchen?", erkundige ich mich.

„Nicht in Atlanta. Meine Tochter holt mich nur dort ab; sie wohnt in Shady Grove. Ich werde dann bei ihr wohnen und bei den Enkeln."

„Oh, das ist ja schön", bemerke ich. „Wie viele Enkel haben Sie?"

Ihr Lächeln verblasst. „Ich habe drei Enkelkinder, ein Mädchen und zwei Jungen. Zehn, zwölf ... und sechzehn." Ihre Stimme wird rau, als sie *sechzehn* sagt. Sie schaut zur Seite, auf ihrem Gesicht liegt Traurigkeit. Ich spüre, dass sie nicht mehr reden möchte, also lehne ich meinen Kopf an die Scheibe und schaue aus dem Fenster.

Der Busfahrer steigt ein und wir verlassen den Busbahnhof. Miss Lucy scheint ganz in Gedanken verloren, und als ich einen Blick auf sie werfe, schaut sie mit traurigen Augen aus dem Fenster auf die Stadt, die sie vermutlich die längste Zeit ihres Lebens ihre Heimat genannt hat. Mir geht durch den Kopf, dass sie Abschied nimmt, so wie ich Abschied nehmen musste, und das vielleicht zum letzten Mal, wenn sie ab jetzt bei ihrer Tochter wohnt. Ich habe ein schlechtes Gewissen, dass ich ihr nicht den Fensterplatz überlassen habe, aber ich hatte gedacht, ich tue ihr einen Gefallen, wenn ich sie am Gang sitzen lasse.

Jetzt schlafe ich wirklich ein, endlich beruhigt, dass niemand die Tür aufbrechen und mich in Handschellen abführen wird. Aber mein Schlaf ist unruhig und die Traumfetzen, die durch meinen Kopf ziehen, sind schrecklich. Blut … Stichwunden … bleiche Haut, totenbleich … die schreckliche Gewissheit, dass Brent für immer von mir gegangen ist.

Mit einem Ruck wache ich auf, klitschnass von Schweiß. Miss Lucy ist weg. Ich sehe mich im Bus um, ob sie einen anderen Platz gefunden hat, aber ich kann sie nicht entdecken. Ihr Gepäck ist noch da, unter dem Sitz. Einen Augenblick später kommt sie aus der Toilette und setzt sich wieder neben mich. „Oh, Sie sind wach. Ich hoffe, ich habe Sie nicht geweckt, als ich aufgestanden bin."

Ich versuche zu lächeln. „Nein, überhaupt nicht."

„Und wollen Sie in Atlanta Verwandte besuchen?", fragt sie – dieselbe Frage, die ich ihr vorhin gestellt habe.

Ich überlege, ob ich mir etwas ausdenken soll, aber ich habe nicht genug Energie, um zu lügen. „Nein, Ma'am", sage ich. „Ich kenne keinen Menschen dort."

„Dann ist es ein Job?", fragt sie.

„Nein, noch nicht." Ich weiß, ich werde ihr etwas erklären müssen. „Ich … also sagen wir, ich steige aus einer schwierigen Situation aus. Ich will einfach irgendwohin und nochmal ganz neu anfangen."

Sie nickt, als sei das das Selbstverständlichste der Welt oder als hätte ich gerade einen Geheimcode verwendet. „Als ich so alt war wie Sie", sagt sie und senkt die Stimme, „hatte ich einen Mann, der mich schlug. Er war gewalttätig, schlimm gewalttätig. Damals hat man nicht einfach seine Sachen gepackt und ist gegangen, wenn man in der Ehe nicht glücklich war. Aber als er sich an meiner Tochter vergriff, blieb mir keine andere Wahl mehr."

„Haben Sie sich scheiden lassen?", frage ich.

„Nein", sagt sie und seufzt abgrundtief. „Ich habe ihn umgebracht."

10

Dylan

Bei der Armee habe ich gelernt, schnell und knapp zu packen, also brauche ich auch heute nicht lange. Ich werfe alles, was ich für einen oder zwei Tage brauche, in meine Tasche, dann fahre ich direkt zum Polizeirevier, wo Keegan und sein Kollege schon auf mich warten. Als sie die Fotos vom Tatort herausholen und sie wie Spielkarten auf dem verzogenen Konferenztisch auslegen, muss ich mich einen Moment umdrehen, die Augen schließen und mir ins Gedächtnis rufen, dass ich nicht als Brents Freund hier bin. Ich bin hier als Kriminalermittler.

Ich studiere die Fotos und mein Gehirn schaltet um. „Seine Leiche liegt auf den drei unteren Treppenstufen", sage ich. „Sieht aus, als sei er nach hinten gefallen, als man auf ihn einstach."

„Richtig", pflichtet Keegan mir bei.

„Hatte das Mädchen einen Schlüssel? Gibt es Anzeichen für einen Einbruch?"

„Keine Anzeichen für einen Einbruch; ob sie einen Schlüssel hatte, wissen wir nicht. Vielleicht hat sie geklingelt. Und sie haben unten an der Treppe noch ein paar Worte gewechselt. Oder sie war schon länger bei ihm und war gerade mit ihm nach unten gekommen, als es zum Kampf kam."

Ich schweige einen Moment, betrachte die anderen Fotos und die Stichwunden am Leichnam. Die Stiche wurden in böser Absicht und gezielt ausgeführt; nicht aufs Geratewohl und hastig, wie in einem Wutanfall.

„Wie groß ist das Mädchen?"

„Etwa eins zweiundsechzig, zweiundfünfzig Kilo."

Wieder schweigend studiere ich die Stichwunden. Es sind nicht nur Einstiche, die Tatwaffe wurde auch wieder herausgezogen und hat auf diese Weise den größten Anteil des tödlichen Schadens verursacht. „Wissen wir schon, wie tief die Stichwunden sind? Und wie breit?"

„Der Autopsiebericht liegt noch nicht vor."

„Kann ich den Pathologen anrufen und mit ihm sprechen?"

Keegan wirft seinem Kollegen einen Blick zu; er ist offensichtlich irritiert. Vielleicht habe ich meine Grenzen überschritten.

„Wenn Sie vor dem Flug dazu Zeit haben, gern. Allerdings weiß ich nicht, wie Ihnen das helfen soll, das Mädchen zu finden."

„Was ist mit dem Motiv?", frage ich. „Waren sie ein Paar? Gab es einen Streit?"

„Davon gehen wir im Moment aus", sagt Keegan. „Aber wissen Sie was? Wir brauchen kein Motiv. Wir haben die Tatwaffe."

Meine Augenbrauen heben sich. „Sie haben das Messer gefunden?"

„In ihrem Wagen", sagt Keegan.

„Sie hat nicht mal versucht, es loszuwerden?", hake ich nach.

„Anscheinend nicht. Sie ist einfach so schnell wie möglich raus aus der Stadt."

„Was für ein Messer ist es?"

Rollins springt ein. „Ein Deer Hunter Stiletto mit 15er-Klinge."

Ich lege die Stirn in Falten und denke nach. Das klingt nicht nach etwas, was eine Frau besitzen würde. Also hat sie es mit großer Wahrscheinlichkeit extra für den Zweck gekauft, um Brent zu töten.

Keegan zieht ein Foto des Messers aus dem Stapel und legt es obenauf. Ich studiere es und anschließend die restlichen Fotos. „Ich weiß nicht genau, wie in Louisiana die Bestimmungen für die Überwachung von Beweismaterial sind, aber können Sie mir Kopien geben?"

Keegan starrt mich an. „Warum?"

„Damit ich sie studieren kann. Ich werde später darauf zurückgreifen müssen."

„Wozu?", will Keegan wissen. „Dylan, Sie sollen das Mädchen finden. Das ist alles. Der Rest der Ermittlungen geht Sie nichts an. Und das Letzte, was wir brauchen, ist, dass diese Fotos irgendwo bei Facebook auftauchen. Das ist sensibles Material und ich möchte nicht, dass seine Familie diese Bilder zu sehen bekommt."

Mir steigt die Hitze ins Gesicht. „Sie haben ja nicht gerade viel Vertrauen in mich, wenn Sie mich für so unprofessionell halten, dass ich diese Fotos irgendwo ins Netz stelle oder seinen Eltern zeige ..." Ich breche ab und mäßige meine Stimme. „Ich war Kripoermittler, Detective. Nicht irgendein Schwachkopf, dem man ein Gewehr in die Hand gedrückt hat. Wenn ich in dieser Sache ermitteln soll, dann will ich es richtig machen."

Keegan sieht nicht sehr überzeugt aus.

„Ich versuche ja nur, in Casey Cox' Kopf zu kriechen", sage ich und weise auf die Fotos. „Der Einstichwinkel dieser Stichwunden kann mir sehr viel über ihren Geisteszustand erzählen. Die Lage des Leichnams gibt uns Anhaltspunkte, was unmittelbar vor dem Mord geschehen ist. Wenn ich die Einzelteile richtig kombiniere, kann ich verstehen, wie sie denkt. Das ist jedenfalls meine Arbeitsmethode."

Keegans Augen verengen sich. „Bringen Sie sie einfach nur her, Dylan."

Ich erkenne den Punkt am Ende des Satzes; ich gebe auf und wechsle das Thema. „Ich würde gern Caseys Wohnung sehen, bevor ich fliege. Vielleicht finden sich Anhaltspunkte, was sie vorhatte."

„Okay", sagt Keegan. „Wenn Sie wollen, bringe ich Sie gleich hin."

Ich werfe noch einen Blick auf die Fotos und speichere die Einzelheiten. Ich will Genaueres über Brents Haus wissen. Seit er da eingezogen ist, war ich nicht dort, und ich muss eine Vorstellung von den Größenverhältnissen der Räume haben. Ich schaue auf die Uhr. „Es ist noch reichlich Zeit, bis ich am Flughafen sein muss. Ich würde mir auch noch gern den Tatort ansehen. Ist das Haus noch versiegelt?"

„Ja, aber wir haben die Spurensicherung schon abgeschlossen", sagt Keegan und öffnet einen weiteren Aktenordner. „Wir haben alle Beweise gegen das Mädchen gesichert. Das ist ein glasklarer Fall. Überall ihre DNA. Schuhsohlenabdrücke, Fingerabdrücke, die Waffe … Sie war's."

„Noch einmal: Ich möchte nur ihre Gedanken lesen", sage ich. „Wenn sie entschlossen ist, sich zu verstecken, dann muss ich ihr einen oder zwei Schritte voraus sein."

Rollins, Keegans Kollege, nickt. „Klar. Wir können Sie da vorbeibringen. Wohin wollen Sie zuerst?"

„Zum Tatort", sage ich. „Danach in ihre Wohnung."

„Ich vermute, Sie finden sie schon heute Abend und morgen haben wir sie hier", sagt Keegan.

„Hoffentlich." Aber ich weiß, wie sich solche Sachen abspielen. Sie kämpft um ihr Leben. Sie wird es uns nicht leicht machen.

Wir nehmen den kürzesten Weg zum Tatort. Als wir auf das kleine viktorianische Haus zufahren, frage ich mich unwillkürlich, ob Brents Mutter das Haus entdeckt und für ihn gekauft hat. Es sieht ganz nach ihr aus. Ich kann mir vorstellen, wie sie es ihm ganz aufgeregt erzählt hat. *„Ich habe das perfekte Haus für dich gefunden. Du wirst es lieben. Komm, Junge, du musst es dir auf der Stelle ansehen."*

Brent war wie jeder andere Kerl, den ich kenne. Solange er einen Fernseher, eine Spielekonsole und eine Matratze hatte – die nicht zwingend auf einem Bettgestell liegen musste –, war er zufrieden. Aber seine Mutter hatte hochfliegendere Pläne für ihn. Ich kann mir nicht vorstellen, dass er mit einem Makler durch die Gegend gezogen wäre, um Häuser anzusehen. Nein, das hätte er schön seiner Mutter überlassen.

In Gedanken bin ich wieder in seinem Zimmer in jenem großen Haus, in dem wir als Kinder gespielt haben. Seine Mutter hatte einem Dekorateur großes Geld gezahlt, damit er das perfekte Zimmer für einen Jungen kreierte. Es war dunkelviolett gestrichen und hatte goldene Vorhänge – die Farben des Footballteams der Louisiana State University – und auf Brents Bettwäsche war die Mannschaft abgebildet. Die hatte er ausgesucht.

Wir platzierten Sitzsäcke vor seinem Fernseher und spielten stundenlang irgendwelche Videospiele. Er hatte einen kleinen Kühlschrank im Zimmer, den seine Mutter mit Cola befüllte. Die meiste Zeit verbrachten wir auf dem Fußboden, obwohl es auch sehr gemütliche Edelsessel gab.

Ich frage mich, ob er diese Sitzsäcke immer noch hat.

Hatte. Ich korrigiere mich selbst und zwinge mein Gehirn umzuschalten. Ich bin kein trauernder Freund. Ich bin Kriminalermittler in einem Mordfall.

Ich folge den beiden Polizisten zu Brents Haustür und streife die blauen Schuhschützer und Handschuhe über, die sie mir anbieten. Als sie aufschließen, tauche ich unter dem Absperrband vor der Tür hindurch, das die Leute fernhalten soll. Nur knapp zwei Meter entfernt von der Haustür befindet sich die Treppe, wo man ihn gefunden hat.

Auf dem Fußboden ist noch immer jede Menge getrocknetes Blut, da, wo es aus ihm herausgeblutet ist. Ich bin jetzt schweißgebadet und mein Herz hämmert in einem schwachen Stakkato. Ich zwinge mich, wie ein Ermittler zu denken. Ich inspiziere die Blutspritzer an der Wand. Es gibt ein paar Tropfen im unteren Wandbereich nah an der Treppe, aber auch näher am Eingang sehe ich Blutspuren, die vermuten lassen, dass der erste Stich erfolgte, als der Täter hereinkam. Mit dem Risiko, mir Keegans Zorn zuzuziehen, mache ich rasch einige Fotos mit dem Handy. Er hindert mich nicht daran, vermutlich, weil ich ja keine Leiche nicht auf den Bildern habe. Den Stich in die Halsschlagader konnte Casey nur mit Mühe ausgeführt haben, denn Brent war erheblich größer als sie.

Ich sehe kleine Fußabdrücke im Blut auf Fußboden und Treppe. Dann etwas wie einen Knieabdruck direkt neben seinem Leichnam, dann wieder Abdrücke von Schuhsohlen. Ein Fußabdruck ist verschmiert, als sei sie ausgerutscht, hätte sich dann aber wieder gefangen. Sie hat ganz sicher nicht versucht, ihre Spuren zu verwischen.

Ich mache ein Foto von den Abdruckspuren, obwohl ich weiß, dass ich schon Fotos davon bekommen habe. Keegan lässt mich auch diesmal gewähren.

Als ich genug habe, betrete ich das Esszimmer, das eindeutig seine Mutter für ihn eingerichtet hat. Ich muss es einfach ihr zuschreiben. Der Raum hat ihren leicht femininen Touch.

Von dort gehe ich weiter in die Küche. „Blitzeblank."

„Ja, hier steht aber auch überhaupt nichts rum. Es heißt, er hat viel auswärts gegessen. Hat wohl nicht oft selbst gekocht. In der Spülmaschine waren ein paar benutzte Gläser."

„Kann ich nach oben gehen?"

„Ja, aber bleiben Sie an der Seite der Treppe."

Das muss man mir ja wohl nicht sagen. Sie haben die Beweissicherung vielleicht weitgehend abgeschlossen, aber sie hätten das Haus nicht versiegelt, wenn sie nicht glauben würden, dass sie womöglich noch einmal wiederkommen müssen. Ich steige vorsichtig die Treppe hoch und stelle fest, dass es oberhalb der Stelle, wo man ihn fand, keine Blutspuren mehr gibt. War er heruntergekommen, um die Tür zu öffnen? Hat der Killer ihn angegriffen, als er es tat?

Es gibt zwei Schlafzimmer. Ich nehme mir zuerst das größere vor. Eine Seite des Doppelbetts ist ordentlich gemacht; aber die Seite, wo Brent geschlafen hat, ist zerwühlt und die Bettdecke ist zurückgeschlagen. Er muss allein geschlafen haben.

Ich sehe mich um, registriere seine Armbanduhr auf der Kommode, etwas Kleingeld, das Ladegerät seines Handys, das in der Steckdose steckt. Ich gehe ins Bad. Es ist sauber; sein Rasierapparat liegt auf dem Waschbecken neben einem Seifenstück und einer Flasche Mundwasser. Auf dem Waschtisch liegen ein paar weitere Gegenstände und in der Dusche findet sich das Übliche, inklusive eines Waschlappens, der nun in getrocknetem Zustand die Konsistenz von Pappkarton hat.

Kein Anzeichen dafür, dass der Mörder nach der Tat heraufgekommen ist. Ich werfe einen Blick ins Gästezimmer. Das Bett ist gemacht und auf Tisch und Kommode finden sich keine persönlichen Dinge.

Ich gehe wieder nach unten und ziehe ein paar Kreise durch das Wohnzimmer. Da sind sie – die Sitzsäcke, in denen wir immer gehockt haben. Der Raum ist zwar auf eine maskuline Weise behaglich eingerichtet – hier hat er seiner Mutter nicht so viel Spielraum gelassen –, aber die Sitzsäcke hat er immer noch vor dem Fernseher platziert. Auf dem Medienregal steht das neueste Modell einer Spielekonsole.

Ich schaue mich um, versuche herauszufinden, ob der Täter dieses Zimmer überhaupt betreten hat. Es gibt kein Blut auf dem Fußboden, keine blutigen Abdrücke auf der Türschwelle. „Was haben sie alles verzeichnet? Gab es einen Computer? Irgendwelche Papiere, die herumlagen? Rechnungen? Briefe?"

„Ja. Auf dem Küchentisch lag ein Stapel Rechnungen, die wir konfisziert haben. Außerdem haben wir seinen Laptop und einen PC beschlagnahmt und sein Handy."

„Kann ich eine Kopie vom Verzeichnis des Beweismaterials kriegen?"

Keegan hat wieder diesen ganz bestimmten Gesichtsausdruck. „Nein, können Sie nicht." Er schaut auf die Uhr. „Wir sollten jetzt besser weiterkommen, wenn wir noch in der Wohnung des Mädchens vorbeifahren wollen."

Ich beschließe, keinen Streit anzufangen. Ich werde einfach auf dem Revier bei dem Kollegen vorbeigehen, der die Beweisaufnahme verwaltet. Und über Mr Pace werde ich den Polizeichef schon dazu kriegen, mir Zugang zu allem zu verschaffen, was ich brauche.

Ich mache eine weitere rasche Runde durch das Haus und schieße noch ein paar Fotos.

Wieder im Auto sitze ich schweigend auf meinem Rücksitz und versuche mir ein Bild davon zu machen, was sich zugetragen haben muss. Er war oben und er war allein, als es an der Tür klingelte. Er ging die Treppe hinunter, um die Tür zu öffnen. Jemand – Casey Cox? – kam herein und stach auf ihn ein. Vermutlich hat sie ihn zuerst zwischen den Rippen getroffen und dann, als er sich zusammenkrümmte, konnte sie die Halsschlagader erreichen. Er wäre zurückgetaumelt, auf die drei unteren Treppenstufen gefallen. In jedem anderen Fall wären die Stichwunden in seiner Brust zu hoch, wenn sie nur gut eins sechzig groß ist. Brent war ein Stück größer als ich, bestimmt gut über eins achtzig.

Ich denke über das viele Blut nach, in dem sie ausgerutscht ist. Damit das geschehen konnte, muss sie hereingekommen sein, immer weiter zugestochen haben und mindestens noch für einige Minuten geblieben sein. Sie hat nicht einfach zugestochen und dann die Flucht ergriffen.

Was könnte sie dazu veranlasst haben? Jemand kauft ein Messer, um ihn zu töten, klingelt an der Tür mit der entschiedenen Absicht, ihn zu erstechen, hat das Messer stichbereit in der Hand, wenn er die Tür öffnet. Hätte dieser Jemand nicht den Mord ausgeführt und wäre dann verschwunden, bevor er Zeit hatte, in das Blut zu treten? Warum hätte sie darauf warten sollen, dass das Blut aus ihm herausläuft, sich dann auch noch hineinknien und durchtappen sollen?

Brents Brieftasche lag noch oben auf der Kommode, also ging es nicht um einen Raubüberfall. Dass er irgendwelche Wertsachen am Körper hatte, ist unwahrscheinlich, er war ja gerade erst von oben heruntergekommen.

„Haben Sie die Möglichkeit in Betracht gezogen, dass jemand anders den Mord begangen haben könnte und dieses Mädchen ihn einfach gefunden hat?“, frage ich laut, obwohl es ja auch für mich nur ein Gedankenspiel ist.

„Warum hat sie dann nicht die Polizei gerufen?“, fragt Keegan. „Warum rennt sie weg? Sie hat etliche Dinge getan, die gut dazu passen, dass sie schuldig ist.“

„Wie lange waren die beiden befreundet?“

„Wir haben einige Freunde befragt“, wirft Rollins ein. „Alle sagen, sie waren nicht offiziell ein Paar; sie waren einfach gute Freunde.“

„Gab es schon früher mal Streit?“

„Niemand hat die beiden je streiten sehen.“

„Was ist mit dem Mädchen? Irgendwelche Anzeichen für psychische Auffälligkeit?“

Es entsteht eine Pause, dann wirft Keegan mir einen Blick zu. „Das Mädchen ... Casey ... hat die Leiche ihres Vaters gefunden, nachdem er sich umgebracht hat. Damals war sie zwölf. Ich kannte ihn. Er war bei der Polizei. Netter Bursche. Niemand hatte eine Ahnung, dass er Depressionen hatte oder irgendwas in der Art. Na ja, die Sache hat sie vermutlich traumatisiert. Als Jugendliche war sie etliche Jahre in Therapie."

Ich setze mich auf. „Moment. Heißt das, Sie *kennen* das Mädchen?"

Keegan schüttelt den Kopf. „Nein, ich kenne sie nicht. Ich meine, ich habe sie damals vernommen, als es passiert war, aber sie war noch ein Kind. Sie war völlig aufgelöst. Ich habe sie seit dreizehn Jahren oder so nicht mehr gesehen."

Ich mache mir eine innere Notiz, alles in Erfahrung zu bringen, was es über diesen Selbstmord zu erfahren gibt. „Hat sie Medikamente genommen?"

„Nicht, dass wir wüssten."

„Irgendwelche Vorstrafen?"

„Keine. Nicht mal einen Strafzettel für Falschparken."

„Und warum sollte ein Mensch wie sie plötzlich ausrasten und einen Freund erstechen?"

Keegan lacht. „Wer weiß, warum jemand einen anderen umbringt? Ich vermute, sie hatte schon die ganze Zeit einen psychischen Knacks und jetzt hat er sich gezeigt. Vielleicht hatte Brent eine neue Freundin und sie war aus dem Rennen. All diese Sachen prüfen wir noch."

Es steckt mehr dahinter, denke ich. Ich muss selbst mit ihren Freunden sprechen. Ich muss mehr über ihre Beziehung zu Brent erfahren, wie lange sie sich gekannt haben, was sie zusammen gemacht haben, wie nahe sie sich standen. Wie sie überhaupt mit Beziehungen umgeht. Ist sie offen, kann man sie leicht kennenlernen? Oder ist sie abweisend und schwer zu knacken?

Gibt es Anzeichen, dass sie Menschen gefährlich werden kann? Leidet sie vielleicht unter einer posttraumatischen Belastungsstörung, sodass sie in manchen Situationen unangemessen und überzogen reagiert? Gibt es Dinge, die als Trigger wirken und die Erinnerung an die Entdeckung ihres toten Vaters heraufbeschwören?

Ich vermute, falls sie an einer extremen Form von PTBS leidet, verbunden mit anderen psychischen Auffälligkeiten, wäre es denkbar. Aber es kommt mir nicht sehr wahrscheinlich vor. Ich bin selbst jemand, der schon mal aggressiv reagiert, wenn mich jemand plötzlich aus dem Tiefschlaf aufweckt, und gelegentlich muss ich mich übergeben oder bekomme Schweißausbrüche, wenn ich laute Geräusche höre. Aber ich kann mir nicht vorstellen, dass ich mir gezielt ein Messer besorge, zum Haus von jemand anderem fahre und ihn ersteche. Das ist geplant; so etwas ist keine Reaktion auf einen Trigger.

Hätte es nicht zumindest leise Anzeichen dafür geben müssen, das sie fähig ist zu morden?

Wir kommen an ihrem Zuhause an, einem großen alten Haus, in dem es anscheinend sechs Wohnungen gibt. Ihre ist, wie Brents Haus, mit Absperrband versiegelt. Keegan hat den Schlüssel, er öffnet und wir ducken uns unter dem Band durch.

Die Wohnung ist klein und relativ aufgeräumt. Sie hat lange genug hier gewohnt, um es sich gemütlich zu machen. An den Wänden gibt es Kunstdrucke und Familienfotos, aber keine Fotos von ihr selbst. Küche und Wohnbereich bilden einen Raum; ein Teppich markiert die Wohnecke, wo es eine Couch und zwei Sessel gibt.

Ich sehe einen Scheck auf dem Küchentresen. „Was ist das?"

„Scheck für die Miete", sagt Keegan. „Datiert vom Tag des Mordes."

„Sie hat die Miete bezahlt, bevor sie aus der Stadt ist?"

Er weist auf einen Zettel unter dem Scheck. „Lesen Sie."

Ich schiebe den Scheck zur Seite und sehe eine Notiz in einer ordentlichen Handschrift. Kurz und anrührend. „Mr Chriswell, bitte geben Sie meine Sachen an ein Sozialkaufhaus, falls meine Mutter sie nicht in den nächsten Tagen abholt."

„Dann hat sie es nach dem Mord geschrieben, bevor sie die Stadt verlassen hat. Vermutlich wollte sie nicht, dass er ahnt, dass sie abhauen will, bevor sie weg war."

„Sie wusste, dass wir ihre Wohnung untersuchen würden“, sagt Keegan. „Sie hat nicht mal versucht, die Spuren zu verwischen.“

Er zeigt auf die blutigen Spuren auf dem Fußboden, neben denen eine Nummer liegt. Sie gibt an, um welchen Punkt auf der Beweisliste es sich handelt. Ich mache ein Foto, dann studiere ich den Abdruck. „Wissen wir schon, was für ein Schuh das ist?“

„Ja, Skechers. Genau derselbe Abdruck wie am Tatort.“

„Hat sie noch jemanden angerufen, bevor sie weg ist?“

„Nur ein Taxi. Sie hat keine Zeit verloren. Soweit wir wissen, hat sie einfach den nächstbesten Bus genommen.“

„Dann hat sie vielleicht gar keine Freunde in Durant? Vielleicht ist sie einfach aufs Geratewohl losgefahren, um der Polizei zu entwischen.“

„Der Bus fuhr gegen zwei hier ab“, sagt Keegan. „Die Leiche wurde erst um neun Uhr abends gefunden.“

„Was ist die Todeszeit?“

„Etwa zehn Uhr vormittags.“

Ich rechne rasch nach. „Dann liegen vier Stunden zwischen dem Mord und der Abfahrt des Busses? Hat es denn davor keine Fernbusabfahrten gegeben?“

„Doch. Aber wir denken, dass sie erst gegen ein Uhr am Busbahnhof war.“

„Warum? Was hat sie dann in der Zwischenzeit gemacht? Sie hat sich ja nicht die Zeit genommen, ihre Wohnung sauber zu machen.“

„Vielleicht ist sie einfach in der Gegend herumgefahren und hat darüber nachgedacht, was sie jetzt tun soll.“

„Wo ist ihr Auto?“, frage ich.

„Im Labor. Man hat es im Parkhaus eines Hotels in der Innenstadt gefunden. Es gibt Blutspuren im Innenraum, an den Türgriffen und innen und außen an der Fahrertür.“

Ich versuche mir vorzustellen, was jemand, der einen Mord plant, tut, wenn er ihn begangen hat. Wenn sie zu Brent gefahren war, um ihn zu töten … wenn sie direkt hinter seiner Haustür auf ihn eingestochen hatte … wenn sie ihm diese Wunden zugefügt und sich davon überzeugt hatte, dass er tot war … – hätte sie nicht auch einen Plan gehabt, wie sie anschließend schneller verschwinden konnte?

Ich gehe durch ihre Wohnung und mein Gehirn arbeitet sich durch das Rätsel. Die Dinge passen nicht zusammen. Ich nehme im Geist alles noch einmal auseinander und setze es neu zusammen. Wenn nicht sie es war, die ihn getötet hat … wenn sie ihn ein paar Stunden später gefunden hat und dann nach Hause geeilt ist, um ihre Sachen zu packen und zu verschwinden …

Ich bin mir nicht sicher, was mehr Sinn ergibt, aber ich möchte nichts unversucht lassen.

„Wo arbeitet sie?", frage ich, während ich mich in ihrer Wohnung umsehe.

„Bei einer Versicherung. Eine Verwaltungstätigkeit. Kollegen sagen, sie hat nicht gesagt, dass sie geht. Es gab auch nie Anzeichen dafür, dass sie ausrastet. Sie ist am Freitag zum Lunch gegangen und nicht wieder aufgetaucht."

Ihr Schlafzimmer ist relativ ordentlich. Sie hat ihren eigenen Stil, einen, den meine Schwester Shabby Chic nennen würde, aber ihre Möbel passen zusammen und Wandfarbe, Vorhänge, die Bilder und die Kleinigkeiten auf den Regalen machen einen gemütlichen, warmen Eindruck.

Aber auch Mörder können schöne Wohnungen haben, das besagt gar nichts.

Trotzdem: Wie intensiv ich mich auch umsehe, ich kann nichts entdecken, das darauf hinweisen könnte, dass hier ein potenzieller Mörder oder Amokläufer wohnt, jemand, der einen Menschen kaltblütig erstechen könnte.

„Die Spurensicherung hat ihren Computer?"

„Ja."

„Könnte ich eine Kopie ihrer Festplatte kriegen? Ich würde gern nachsehen, ob es in ihren Mails irgendwelche Hinweise auf ihren Aufenthaltsort gibt."

„Ich sagte Ihnen doch, sie ist in Durant."

„Aber Sie sagten auch, ganz sicher seien Sie sich da nicht. Und wenn es stimmt, dann wo in Durant? Ihre Mails könnten uns weiterhelfen."

Keegan sieht seinen Kollegen an. „Da muss ich mich erst erkundigen. Das Labor hat seinen eigenen Zeitablauf, und wenn man die Kollegen unter Zeitdruck setzt, dann hat man es leicht mit ihnen verdorben."

„Wenn sie mir nicht die ganze Festplatte geben wollen, dann vielleicht einfach den Mail-Ordner. Wenn die Mails auf einem Server liegen, auf dem ich mich einloggen kann, reichen mir auch Adresse und Passwort."

„Ich sehe, was sich machen lässt. Aber ich bezweifle, dass sich das regeln lässt, bevor Sie fliegen."

„Vielleicht, wenn ich selbst mit den zuständigen Leuten rede?"

Keegan lacht empört. Ich habe es wieder übertrieben, aber ich halte meine Stellung. Entweder mache ich diesen Job richtig oder ich mache ihn gar nicht. „Wenn Sie nicht mehr in Durant ist, wenn ich dort ankomme, muss ich wissen, wo ich dann hinreisen soll. Ihre Mails könnten es mir verraten."

Rollins mischt sich ein. „Ich spreche mit dem Labor und will sehen, was sich machen lässt."

„Schön", sage ich. „Ich kann sie im Flugzeug lesen." Ich mache Fotos von allen Wänden in ihrer Wohnung, von jedem Fußabdruck, den die Spurensicherung markiert hat, von jedem gerahmten Bild. Keegan stellt sich nicht quer. Dann wende ich mich noch einmal an ihn: „Kann ich das Auto sehen, bevor ich gehe?"

Keegan sieht wieder auf die Uhr. „Ich denke, Sie sollten jetzt wirklich zum Flughafen kommen, Dylan. Es wird sonst zu spät."

Er hat recht, aber ich habe schon eine Menge erfahren, nur dadurch, dass ich hier war. Zum Beispiel die Tatsache, dass sie nicht narzisstisch zu sein scheint. Sie ist auf ein paar Gruppenfotos zu sehen, aber die meisten Fotos zeigen andere Menschen. Und sie hat dafür gesorgt, dass ihr Vermieter sein Geld bekommt, bevor sie ging. Sie hat also genug Empathie, um mich glauben zu lassen, dass sie wahrscheinlich keine Psychopathin ist.

Ich gehe zu einem Regal und zeige auf ein Foto, das eine Gruppe von Menschen zeigt. „Hier, auf diesem Bild, das ist Brent, oder?"

Keegan kneift die Augen zusammen und kommt näher. „Ja, ich glaube, das ist er. Die Spurensicherung hat dieses Foto nicht verzeichnet. Es gab etliche andere, auf denen er auch war, die haben sie aufgelistet."

„Sie hat im ganzen Haus Bilder von ihm. Es ergibt einfach keinen Sinn, dass sie mit einem Messer in der Hand bei ihm auftaucht, wenn ihr so viel an ihm lag."

„Sie ist offensichtlich ein Fall für den Psychiater; sie war von ihm besessen." Keegan tippt wieder auf seine Uhr. „Sie müssen jetzt wirklich zum Flughafen, Dylan."

Ich werfe einen letzten Blick auf die Wohnung und wünschte, ich könnte länger bleiben. Ich würde mich gern in einen Sessel setzen und sehen, was sie jeden Abend sieht, wenn sie allein ist. Ich würde gern ihre Schubladen und Schränke durchsehen; würde gern wissen, welche Hinweise sie mir liefern könnten.

Aber je später ich nach Durant komme, desto mehr Zeit hat sie, mir davonzulaufen. Zögernd folge ich den beiden nach draußen.

Als wir im Erdgeschoss ankommen, steht der Vermieter in der Tür, auf der „Verwaltung" steht. Es ist ein älterer Mann mit einem Hörgerät und einem kummervollen Gesichtsausdruck. „Haben Sie Casey schon gefunden?", erkundigt er sich.

„Nein. Wir würden es Sie wissen lassen."

„In ein paar Tagen wird die Versiegelung der Wohnung aufgehoben", sagt Keegan. „Dann können Sie sie ausräumen und neu vermieten – und den Scheck einlösen, den sie dagelassen hat."

„Darum geht es mir nicht", sagt er. „Ich mache mir einfach Sorgen um sie." Seine Augen werden feucht. „Sie ist ein gutes Mädchen, diese Casey. Denkt immer an andere. Sie könnte nie tun, was sie getan haben soll."

Hellhörig registriere ich seine Worte; ich werde ihn vielleicht später anrufen und ihn noch ein wenig aushorchen.

„Vielen Dank, Mr Criswell. Wir melden uns, wenn wir die Wohnung freigeben. Bitte rufen Sie uns an, wenn Sie etwas von ihr hören."

Als wir ins Auto steigen, werfe ich einen Blick auf Caseys Fenster im zweiten Stock und wünsche mir, ich könnte mit den Nachbarn reden, mit Leuten aus den umliegenden Geschäften, mit ihren Kollegen von der Versicherung, ihrem Chef. Es wäre sehr hilfreich zu wissen, welche Erfahrungen all diese Leute mit Casey Cox gemacht haben.

Mein Adrenalinspiegel steigt, als wir zum Flughafen aufbrechen, und ich habe auf einmal das Gefühl, wieder eine Aufgabe im Leben zu haben. Es ist ein gutes Gefühl. So habe ich mich nicht mehr gefühlt, seit ich entlassen wurde.

Ein Teil von mir hofft, dass ich sie möglichst schnell finde, und natürlich werde ich alles tun, damit es auch passiert. Aber ein anderer Teil von mir möchte die Sache hinauszögern. Nichts täte ich lieber, als die Verantwortung für die gesamten Ermittlungen in diesem Fall zu übernehmen, mit Zugang zu allen Fakten, die den Mord an Brent betreffen.

Aber fürs Erste begnüge ich mich damit, meinen Part zu übernehmen, ein Puzzleteil nach dem anderen zusammenzutragen.

11

Casey

Was Miss Lucy gesagt hat – dass sie ihren Mann getötet hat –, erscheint mir noch schockierender als das, was die Polizei über mich sagen wird. Ich starre sie an. „Was haben Sie?“

„Es war Notwehr. Er war betrunken und er hat meine kleine Tochter geschlagen. Sie war erst sieben. Als ich versuchte, ihn aufzuhalten, hat er mich bedroht. Ich bin ins Schlafzimmer geflüchtet und habe nach seinem Jagdgewehr gegriffen und … ihn erschossen.“

Ich bin so fassungslos, dass es mir die Sprache verschlägt.

„Ich weiß auch nicht, warum ich Ihnen das erzähle“, sagt sie. „Ich rede sonst nie darüber. Sie müssen denken, ich bin ein furchtbarer Mensch.“

„Nein, überhaupt nicht“, sage ich rasch. „Ist die Polizei gekommen?“

„Ja, ich habe sie angerufen, sobald alles vorbei war. Sie haben gesehen, welche Verletzungen Sandra hatte – und ich auch –, und es war ziemlich klar, was passiert war.“

„Haben sie Ihnen danach das Leben schwer gemacht?“, frage ich.

„Sie haben es versucht, aber das Gericht hat die Anklage fallen gelassen. Er war zu weit gegangen.“

„Das ist furchtbar.“

Sie schüttelt den Kopf, als wolle sie die Gedanken an diese Ereignisse abschütteln. „Ich weiß nicht, warum ich Ihnen das erzähle“, wiederholt sie. „Vielleicht ist es der Abschied von Durant, der mich an all die alten Geschichten denken lässt. Diese Stadt ist die meiste Zeit gut zu mir gewesen.“

„Haben Sie später wieder geheiratet?"

„Nein. Danach war ich froh, mit meiner Tochter allein zu sein. Es ist schlimm, einem anderen Menschen das Leben zu nehmen, selbst wenn er es verdient hat. Ich habe Jahre gebraucht, um darüber hinwegzukommen. Aber Gott war mir ein guter Ehemann."

Ich kann mir nicht vorstellen, dass Gott für jemanden so real ist, dass man ihn als Ehemann betrachten könnte. Wenn ich ein religiöser Mensch wäre und einen gewalttätigen Mann abgekriegt hätte, den ich umbringen muss, um mein Kind zu schützen, würde ich vermutlich Gott dafür verantwortlich machen.

„Ich glaube, ich wollte Sie einfach ermutigen, meine Liebe, da Sie ja auch aus einer schwierigen Situation rauswollen. Deswegen habe ich's Ihnen erzählt."

Sie glaubt, die „Situation", aus der ich fliehe, sei eine schlechte Ehe. Ich habe Gewissensbisse, dass ihr Mitgefühl für mich sie dazu gebracht hat, eine so schmerzliche Geschichte zu erzählen. „Ich bin nicht verheiratet", sage ich, als ob das mein Gewissen beruhigen könnte.

„Oh, gut. So viele Mädchen sind verzweifelt und dazu noch töricht. Alle Warnsignale blinken, aber sie heiraten den Kerl trotzdem. So wie ich. Und dann bereuen sie es für den Rest ihres Lebens. Nein, Sie machen es ganz richtig, dass Sie weggehen."

Ich lasse sie in dem Glauben. „Vielen Dank."

Wir halten an einem Supermarkt und alle stürmen hinein, um sich mit Snacks zu versorgen. Gleich daneben ist ein Schnellimbiss und ich laufe zusammen mit dem halben Bus rüber, um etwas zu essen. Wo wir genau sind, weiß ich nicht. Ich überlege kurz, hier zurückzubleiben, aber irgendwie gefällt mir die Gesellschaft von Miss Lucy, also beschließe ich, hier nicht auszusteigen.

•••

Als wir wieder im Bus sitzen, zeigt Miss Lucy mir Fotos von ihren Enkelkindern, von klein an bis jetzt. Sie hat die Fotos in einem Umschlag in ihrer beachtlich großen Handtasche und ich nehme sie vorsichtig zwischen die Fingerspitzen, um sie mir anzusehen. Ich liebe Familienfotos. Irgendein Therapeut könnte vermutlich seinen großen Tag haben, wenn er sich mit meiner Besessenheit von Fotos beschäftigen würde. Ich gehöre zu den Leuten, die sich jedes Foto ansehen, das Freunde auf Facebook oder Instagram posten, und dann endet es damit, dass ich alles anklicke, was sie noch so in ihren Ordnern haben, und mir die Bilder von glücklichen Familien angucke.

Vielleicht liegt es daran, dass meine Kindheitserinnerungen so sonnig sind, bevor meine Welt zerbrach.

Als ich zu dem Foto von einem blonden Mädchen in einem Partykleid komme, mache ich die Bemerkung, wie ausgesprochen hübsch sie ist. Miss Lucy holt ein Taschentuch aus der Handtasche, nimmt die Brille ab und tupft sich die Augen. Ich sehe sie an. Habe ich etwas Falsches gesagt?

„Das ist Laura, meine geliebte Enkeltochter."

„Sie ist wirklich schön", sage ich. „Wie alt ist sie?"

„Sie ist jetzt sechzehn. Aber ein paar Tage nachdem das Foto gemacht wurde, ist sie verschwunden."

„Verschwunden? Wie lange ist das her?"

Miss Lucy wischt sich die Augen. „Zwei Jahre. Die Polizei geht davon aus, dass sie ausgerissen ist, aber wir wissen es besser. Es muss ihr etwas Schreckliches zugestoßen sein. Sie wäre nie einfach von zu Hause weggelaufen."

Ich starre auf das Foto und versuche es in mein Gedächtnis einzubrennen für den Fall, dass ich das Mädchen mal irgendwo zu Gesicht bekomme.

„Sie hat sich so auf die Schuljahresabschlussparty gefreut. Das Foto haben wir gemacht, als sie das Kleid anprobiert hat, im Geschäft. Die Abschlussparty sollte ihr erstes richtiges Date werden und sie schwebte regelrecht auf Wolken. Dieser Kamee-Anhänger, den sie trägt, ist von mir. Ich hatte ihn ihr geschenkt; sie sollte ihn zu dem Kleid tragen. Er stand ihr so gut. Sie hatte so viele Dinge vor, auf die sie sich gefreut hat.“ Miss Lucy lacht. „Nein, Laura freut sich nicht einfach nur auf etwas. Sie hüpft und tollt herum wie Tigger, wenn etwas sie begeistert. Bei einem Chorkonzert der Schule sollte sie das Solo singen. Und in einem Theaterprojekt war sie für die Hauptrolle ausgewählt worden. Sie übte jeden Tag und hat jede Minute genossen. Ein Mädchen mit einem so ausgefüllten Leben läuft doch nicht einfach weg.“

„Auf dem Bild sieht sie so glücklich aus.“

„Auf jeden Fall nicht so wie jemand, der morgen durchbrennt.“ Miss Lucy setzt die Brille wieder auf, nimmt mir das Foto aus der Hand und betrachtet es selbst. „Wir haben noch nicht aufgegeben. Wir hoffen immer noch, dass wir sie eines Tages wiederfinden.“

„Wie heißt sie mit Nachnamen?“, erkundige ich mich und nehme mir vor nachzuforschen, was über sie in den Zeitungen stand.

„Daly. In ganz Georgia war sie in den Nachrichten. Wir haben Suchtrupps organisiert. Sie haben den ganzen Fluss nach ihr abgesucht. Gott sei Dank haben sie sie nicht gefunden … dort nicht.“

Nein, ihre Familie konnte nicht wollen, dass man sie tot auffindet, selbst dann nicht, wenn die nervenzerreißende Suche damit beendet wäre. Niemand wünscht sich eine abgeschlossene Suche, wenn sie das Leben eines geliebten Menschen kostet.

„Die Polizei war nicht davon abzubringen, dass sie durchgebrannt ist, als wäre der Fall damit erledigt. Meine Tochter hat gesagt: ‚Nun, wenn Sie das glauben, dann finden Sie sie.‘ Laura war damals erst vierzehn. Die Polizei hat den Fall irgendwann einfach nicht mehr weiterverfolgt, als sei es das Selbstverständlichste der Welt, dass ein Kind sich aus dem Staub macht und in Luft auflöst. So war es ja nicht, aber falls doch, was geschieht mit diesen Mädchen? Wo landen sie schließlich?“

„Polizisten lieben nun mal abgeschlossene Fälle“, murmele ich. „Viele brauchen das zur Selbstbestätigung.“

Miss Lucy steckt das Foto zurück in den Umschlag und schiebt ihn in ihre Handtasche. Wie oft sie dieses Foto wohl herausholt, frage ich mich. An den Ecken ist es verknickt und abgegriffen.

„Wie werden ihre Eltern damit fertig?“, frage ich.

„Ihr Vater, mein Schwiegersohn, hat angefangen zu trinken und ist schließlich abgehauen. Inzwischen sind sie geschieden. Die ganze Familie ist nicht mehr die, die sie vorher war. Das ist auch ein Grund, warum ich zu ihnen ziehen will. Meine Tochter braucht Hilfe. Die anderen Kinder kommen zu kurz.“

Ich weiß, wie das ist. Nach dem Tod meines Vaters war meine Mutter ein Wrack. Sie hat sich in sich selbst verkrochen und ist bis heute noch immer nicht wirklich wieder aufgetaucht.

„Wie kann man so etwas überhaupt bewältigen?“, frage ich so laut, wie ich gar nicht wollte.

„Mir hilft mein Glaube“, sagt sie.

„Glaube?“, frage ich. „Sie glauben an Gott, obwohl so schreckliche Dinge passieren?“

„Wir leben in einer gefallenen Welt, Kindchen“, sagt sie.

Ich schaue sie an. „Gefallene Welt? Was soll das heißen?“

Sie sieht mich überrascht an, dann lächelt sie leise. „Als Adam und Eva damals die erste Sünde begingen, da brach die Hölle los. Ganz wörtlich. Seit damals leben wir wohl alle unter dem Fluch, dass wir bekommen, was wir wählen. Und manche Menschen wählen das Böse.“

„Dann hat Gott die Dinge also gar nicht unter Kontrolle?“, hake ich nach und hoffe, dass ich nicht aggressiv klinge. Ich will es einfach wirklich wissen.

„Oh doch, das hat er. Aber in dieser Welt herrscht Satan. Aber selbst er kann nichts tun, das Gott nicht zulässt. Das lernen wir aus dem ersten Kapitel des Buches Hiob.“

Ich habe das Buch Hiob noch nie gelesen, merke mir aber schon mal vor, das zu tun, wenn ich kann. Alles, was mir helfen kann, das Böse in dieser Welt zu verstehen, kommt mir gelegen.

Ich verstehe zwar noch immer nicht ganz, woran Miss Lucy glaubt, aber ich lasse die Sache auf sich beruhen. Ich möchte nicht, dass sie schlecht von mir denkt.

Aber sie ist noch nicht fertig. Es scheint ihr wichtig zu sein, dass ich verstehe. „Mein Glaube, der richtet sich auf Jesus, nicht darauf, wie Menschen sich verhalten. Und ich weiß, dass diese Welt hier nicht alles ist. Einmal wird er all meine Tränen abwischen."

Es klingt tröstlich, aber ich finde es schwierig, die Dinge so zu sehen. Jedenfalls bin ich froh, dass sie etwas hat, das sie tröstet.

„Sie kennen Jesus nicht, oder?", fragt sie dann vorsichtig.

Das ist eine Frage, die mir in meinem Leben schon ein paarmal gestellt wurde, und ich muss zugeben, sie macht mich regelmäßig ratlos. Wie soll man jemanden kennen, der vor zweitausend Jahren gelebt hat? Ich habe auch wirklich darüber nachgedacht, mich gefragt, wie diese Christen seine Gegenwart spüren, ob er wie eine Art Geist zu ihnen kommt, aufmunternd lächelt oder ihnen auf die Schulter klopft, sie tröstet, wenn sie Kummer haben, und ihnen den besten Parkplatz zeigt.

„Nein, ich kann nicht behaupten, dass ich ihn kenne."

Das scheint sie nicht abzuschrecken. Sie tätschelt mir einfach das Knie und lächelt. „Oh, er würde alles für Sie verändern."

Ich beiße mir auf die Zunge. Würde er ihr ihre Enkelin wiederbringen? Bisher anscheinend nicht. Würde er meinen Dad wieder lebendig machen? Oder die Zeit zurückdrehen zu dem Tag, bevor Brent ermordet wurde?

Der Tod meines Vaters und jetzt auch der von Brent. Das sind die Dinge, aus denen mein „alles" besteht.

Wir schweigen eine Weile, während der Bus weiterrollt, und Miss Lucy lehnt den Kopf an die Lehne und schläft ein. Ihr leises Schnarchen schläfert auch mich ein und ich träume von ihrer Enkelin im Partykleid, die auf einer Bühne steht und ein Solo singt.

Als ich aufschrecke, ist mir flau im Magen. Wenn es einen Gott gibt, überlege ich, warum lässt er dann die guten Mädchen verschwinden und die guten Männer sterben? Wie kann er einfach danebenstehen und zusehen, wenn jemandem, der niemals einen Mord begehen könnte, eine solche Tat in die Schuhe geschoben wird? Entweder kriegt er es nicht mit oder es ist ihm eigentlich egal.

Wir halten an einer Trailways-Station, einige Passagiere steigen aus, andere zu, und ich verlasse den Bus, um die Toilette zu benutzen und mir aus einem Automaten etwas zu essen zu ziehen. Als ich zurückkomme, lächelt Miss Lucy mich an.

„Ich dachte schon, Sie steigen hier aus. Aber ich habe gehofft, dass Sie wiederkommen."

Ich zucke die Schultern. „Ich denke, ich fahre bis Atlanta."

„Sie sollten einfach noch zwei Stunden weiterfahren und mitkommen nach Shady Grove. Es würde Ihnen gefallen. Es herrscht dort praktisch Vollbeschäftigung. Der Bürgermeister geht damit hausieren, dass jeder, der einen Job möchte, dort auch einen findet."

Einen Job muss ich in der Tat finden und das so rasch wie möglich.

„Der Ort hat etwa zwanzigtausend Einwohner. Und es gibt gute Schulen; aber Sie haben ja keine Kinder. Jedenfalls ist es eine nette, freundliche Kleinstadt. Ich glaube, Sie würden sich wohlfühlen. Und Ihr Freund dürfte Sie dort kaum aufspüren. Wer sollte schon darauf kommen, ausgerechnet in Shady Grove nach Ihnen zu suchen?"

Ich sage, ich werde darüber nachdenken. Es wäre schon erstaunlich, wenn ich am Ende in einer Stadt hängen bleibe, wo ich zumindest schon eine Freundin habe. Miss Lucy könnte ein echter Lichtblick sein, wenn die Tage dunkler werden.

Jedenfalls bis sie erfährt, dass ich wegen Mordes gesucht werde.

12

Dylan

Auf meinem Charterflug gibt es noch einen zweiten Passagier. Er fliegt nach Dallas, sagt man mir, aber der Pilot versichert mir, dass wir Durant zuerst anfliegen, da meine Aufgabe dort Toppriorität hat. Ich vermute, das bedeutet, dass die Paces für meinen Flug besser bezahlt haben.

Die Maschine ist eine sechssitzige Cessna Citation, ein zweimotoriger leichter Jet. Ich nehme den hinteren Sitz in der Hoffnung, während des Flugs arbeiten zu können. Ich will die Fotos vom Tatort studieren und alles über Casey Cox recherchieren. Aber der Fluggast nach Dallas ist gesprächig.

„Fliegen Sie die Strecke häufig?“, erkundigt er sich mit einem Blick zu mir nach hinten.

Ich lächele. „Nein, zum ersten Mal. Und Sie?“

„Ständig. Geht viel schneller, als wenn Sie die Sicherheitskontrollen und die Wartezeiten am Flughafen haben. Ich hab gehört, dass Sie in irgendwelchen Ermittlungen unterwegs sind. Polizist?“

Ich schalte mein Handy aus und stelle mich auf eine Gesprächsrunde ein. „Ich ermittle in privatem Auftrag. Ich bin jetzt unterwegs, um einen Häftling zu überführen.“ Das stimmt zwar nicht ganz, ist aber eine gute und knappe Antwort.

„Seit wann sind Sie schon Privatdetektiv?“, fragt er.

Dass dies mein erster Tag ist, muss ich ihm ja nicht sagen. „Die letzten Jahre war ich bei der Militärkripo als Ermittler tätig, aber sie haben mich vor Kurzem entlassen. Aber mir gefällt diese Arbeit, also schien es mir das Beste, wenn ich auf privater Basis weitermache.“

„Ermittler für Kriminalfälle bei der Armee? Mit was für Kriminalfällen kann man es da wohl zu tun bekommen?"

Das dürfte jetzt noch eine Weile so weitergehen, aber eigentlich macht es mir auch nichts aus. Ich rede gern über meinen früheren Job. „Sie müssen sich meine Abteilung ungefähr vorstellen wie die Militärversion des FBI oder des Geheimdienstes. Wir ermitteln in allen Kapitalverbrechen, bei denen Personal oder Eigentum der Armee betroffen ist."

Er legt die Arme um seine Sitzlehne und dreht sich weiter nach hinten, um bequemer zu sitzen. „Was war der schwerste Fall, an dem Sie je dran waren?"

Der Mord an meinem besten Freund aus Kindertagen. Aber das sage ich nicht. „Wir hatten etliche Mordfälle und einige Selbstmorde."

„Im Ausland oder in den Staaten?"

„Sowohl als auch."

„Dann bringen Soldaten sich gegenseitig um?"

„Soldaten sind Menschen, die unter hohem Druck stehen. Wenn jemand schon vorher Neigungen in Richtung krimineller Handlungen oder Gewalttätigkeit hatte, besteht die Gefahr, dass sie in sehr angespannten Situationen zum Ausbruch kommen. Ja, es gibt Verbrechen. Und die Täter werden verfolgt."

„Und die Selbstmorde? Was glauben Sie, warum bringen Soldaten sich um?"

Ich senke den Blick, ich will ihm nicht in die Augen sehen. „Die meisten Selbstmorde gibt es, wenn die Leute wieder zu Hause sind. Traumatische Erfahrungen, Verwundungen, jemand findet keinen Job oder die Familie hat sich inzwischen abgesetzt ..." Das Loch in meinem Magen wird größer und ich möchte nicht weiter über diese Dinge reden. „Und Sie? Was machen Sie?"

„Ich arbeite für einen Hersteller von medizinischen Geräten. Im Verkauf."

Ich versuche Interesse vorzutäuschen, während er sich weitschweifig über seine Arbeit auslässt, aber meine Gedanken sind bei Casey Cox und den Rätseln, die sie mir aufgibt.

●●●

Der Flug nach Durant ist deutlich kürzer, als ich gedacht hatte, und als wir landen, werde ich aus dem Flieger gesetzt. Der Pilot informiert mich, dass die Paces einen Mietwagen organisiert haben und der Schlüssel dafür bei dem Mitarbeiter eines Flughafensubunternehmens liegt, der für den Funkverkehr der Wartungsmannschaften zuständig ist. Als ich die Flughalle betrete, finde ich das Büro und den entsprechenden Mitarbeiter hinter einem Tresen an seinem Mikrofon. Er behandelt mich wie einen Freund, den er schon lange aus den Augen verloren hat, und schiebt mir den Autoschlüssel rüber.

Der Wagen ist ein blitzblanker schwarzer Altima. Ich nehme mir eine Minute Zeit, um mich zu orientieren, wo alles ist, dann gebe ich „Polizeirevier Durant" ins Navi ein in der Absicht, die örtlichen Zuständigen davon in Kenntnis zu setzen, was ich hier mache, und mir ihre Unterstützung zu sichern. Auf dem Revier zeige ich Fotos von Casey und lasse durchblicken, dass sie mit einem Mordfall in Shreveport in Verbindung gebracht wird. Sie rufen Keegan an, damit der meine Angaben bestätigt, dann stimmen sie meinem Vorschlag zu, sie zur Fahndung auszuschreiben, und versichern mir, dass ich jede Hilfe bekommen werde, die ich brauche.

Ich steuere den Supermarkt an, wo Casey den Bus verlassen hat, als ein lauter Knall die Nacht erschüttert. Unwillkürlich ducke ich mich, komme von der Fahrbahn ab und lande in einem flachen Graben.

Als der Wagen steht, bin ich schweißnass und mein Herz rast. Ich kann nicht atmen. Schließlich zwinge ich mich, meinen Kopf über das Armaturenbrett zu heben. Auf der anderen Straßenseite spielen ein paar Kinder mit Feuerwerkskörpern.

Mit zitternden Händen wische ich mir den Schweiß von der Stirn und befehle mir, mich zusammenzureißen. So was Lächerliches; es gibt keine Sprengfallen in Durant, Oklahoma. Das ist genau der Grund, warum die Armee mich entlassen hat. Es hieß, ich sei nicht mehr zuverlässig, dass meine PTB-Störung schwerwiegend sei und als Behinderung gelten müsse.

Vielleicht haben sie recht. Ich steige aus und begutachte den Schlamassel, in den ich mich selbst gebracht habe. Wäre der Graben tiefer gewesen, hätte das was Ernstes werden können. Das Auto scheint nicht ernsthaft beschädigt. Aber was, wenn mir das auf einer viel befahrenen vierspurigen Autobahn passiert wäre?

Ich steige wieder ein und manövriere mich vorsichtig aus dem Graben. Zum Glück fährt der Wagen sich nicht fest und nach wenigen Minuten bin ich wieder auf der Straße, ohne dass ich einen Abschleppdienst hätte rufen müssen. Es braucht ja niemand zu erfahren.

Bis ich den Supermarkt erreiche, zittere ich auch nicht mehr am ganzen Leib. Ich gehe in den Markt und zeige dem Kassierer an der Nachtkasse Caseys Foto, aber er hat sie nie gesehen. Diese großen Augen hätte er bestimmt nicht vergessen, meint er, und dass er auf blonde Frauen steht.

Ich erkläre ihm, dass sie ihre Haarfarbe und ihr Outfit verändert haben kann, aber er kann mir trotzdem nicht weiterhelfen. Vor dem Markt schaue ich die Straße entlang. Genau wie ich hätte Casey einen Drogeriemarkt zwei Straßen weiter entdeckt. Ich schlendere zur Seite des Gebäudes und schaue in die andere Richtung. Nichts als eine Reihe von Wohnblocks. Sozialer Wohnungsbau. Ich bezweifle, dass sie diese Richtung eingeschlagen hätte.

Ich fahre zu dem Drogeriemarkt, der rund um die Uhr geöffnet hat, und gehe hinein. Dort nehme ich Kurs auf die nächste Mitarbeiterin und stelle mich in die Schlange vor ihrem Tresen. Sie ist eine ältere Dame, die sicher schon vor etlichen Jahren in den Ruhestand hätte gehen können. Sie arbeitet langsam und systematisch. Ich frage mich, ob sie Rückenschmerzen hat, aber sie lächelt und spricht mit jedem Kunden wie jemand, der seinen Job versteht. Sie sollten ihr wenigstens einen Hocker zugestehen oder ihr nicht die Nachtschicht geben.

Als ich vor ihr stehe, zeige ich ihr ein Bild von Casey auf meinem Handy und frage sie, ob sie diese Person gestern gesehen hat.

„Gestern hatte ich frei“, sagt die Frau. „Sie kommt mir nicht bekannt vor.“

„Ist jetzt irgendjemand hier, der gestern Dienst hatte?“

„Ja, ich denke, Haley war gestern hier. Sie finden Sie da drüben beim Make-up.“ Sie zeigt nach hinten und ich sehe eine junge Frau, die den gläsernen Verkaufstresen poliert.

Ich zeige Haley das Bild. „Können Sie mir sagen, ob Sie diese Frau gestern oder heute hier gesehen haben?“

Sie wirft einen Blick auf das Bild und will schon verneinen, aber dann runzelt sie die Stirn, nimmt mir das Handy aus der Hand und zieht mit zwei Fingern Caseys Gesicht größer. „Warum? Sind Sie Ihr Freund?“

„Nein.“

„Bulle?“

Ich richte mich gerade auf. Ich bin mir sicher, dass sie sie gesehen hat. „Ich bin kein Polizist, aber ich arbeite für die Polizei in Shreveport. Ich soll sie finden. Jemand, der ihr nahesteht, ist gestorben, und ich muss sie finden. War sie hier?“

Sie zögert einen langen Augenblick, sieht mir forschend ins Gesicht. Ich halte ihrem Blick stand und hoffe, dass sie mir vertraut. „Ihr Haar war kürzer. Ein bisschen kürzer als schulterlang. Und sie trug eine Brille, aber ich glaube, sie war es. Sie hat gesagt, sie sei mit dem Auto liegen geblieben und sitze jetzt hier über Nacht fest.“

„Hat sie irgendwas gekauft?“

„Ja, aber ich weiß nicht mehr, was. Sie schien nett zu sein. Ich war über ein Display gestolpert, und als sie mich am Boden liegen sah, dachte sie, ich sei verletzt. Nein, warten Sie. Jetzt fällt es mir ein. Sie hat Haarfarbe gekauft. Dunkelbraun. Es fiel mir auf, weil es nicht ihre Haarfarbe war.“

Dann ist sie also inzwischen brünett. Dunkelbraunes, fast schulterlanges Haar, Brille statt Kontaktlinsen.

„Haben Sie mit ihr gesprochen?“

„Ein paar Worte. Wer ist denn gestorben? Jemand aus der Familie?“

„Nein, ein enger Freund.“

Haleys Blick spiegelt Mitgefühl. „Sie hat gesagt, der Akku ihres Handys sei leer und ihr Auto kaputt. Sie hat unser Handy benutzt, um sich ein Taxi zu bestellen.“

„Hat sie etwas davon gesagt, wo sie hinwollte?“

„Sie hat mich nach dem Motel hier in der Straße gefragt, aber ich habe ihr abgeraten, dort zu übernachten. Ich habe sie zum Hampton Inn geschickt, das sei sicherer.“

Perfekt.

„Und das war gestern?“

„Nein, vorgestern, glaube ich. Gestern hatte ich frei.“

„Um welche Zeit ungefähr? Wissen Sie das noch?“

„Etwa so gegen vier.“

Ich lasse mir die Nummer des Taxiunternehmens geben, das Casey angerufen hat, damit ich den Fahrer sprechen kann. „Hören Sie, falls Sie vielleicht noch mal hier auftaucht, würden Sie mich anrufen?“ Ich reiße ein Blatt von dem Notizblock, den ich immer bei mir trage, und schreibe ihr meine Nummer auf.

„Soll ich ihr nicht gleich selbst die Nummer geben?“, fragt sie.

„Nein“, widerspreche ich rasch. „Sie würde mich nicht anrufen.“

Sie starrt mich einen Moment lang an. „Sie steckt in dicken Schwierigkeiten, stimmt's?“

Ich seufze. „Bitte, werden Sie mich anrufen? Es wäre sehr wichtig.“

Sie verspricht es mir, aber schon beim Hinausgehen habe ich meine Zweifel. Auf sie kann ich nicht zählen. Aber das spielt vielleicht keine Rolle. Casey wird wahrscheinlich sowieso nicht mehr hier auftauchen; jedenfalls nicht, wenn sie in einem anderen Teil der Stadt steckt.

Ich fahre zum Hampton Inn und frage nach dem Nachtportier. Ich zeige ihm meine Ausweispapiere und sage ihm, ich müsse wissen, ob sie letzte Nacht hier eingecheckt hat.

Er lässt mich die Liste der Gäste einsehen, die zwischen vier und fünf an dem Abend eingecheckt hatten. Sie enthält etliche Frauennamen, die ich mir rasch notiere. „Können Sie mir sagen, wer davon bar gezahlt hat?"

Er forscht ein bisschen in seinem Computer, dann nennt er mir einen Namen. „Lexi Jones."

Lexi Jones. Das klingt nun wirklich aus der Luft gegriffen. Nichts, was ich von ihr weiß, würde sie mit diesem Namen verbinden. „Ist sie noch hier?"

Er gibt etwas ein und sieht die Abreisen durch. „Nein, sie ist heute Morgen abgereist."

Meine Zuversicht verfliegt. „Kann ich die Aufzeichnungen der Überwachungskamera für den Zeitraum sehen, als Lexi Jones eingecheckt hat?"

Der Portier tätigt einen Anruf beim Polizeirevier, um sich zu vergewissern, dass ich das Recht habe, die Aufnahmen zu sehen, dann begleitet er mich ins Büro des Sicherheitsbeauftragten und sucht die entsprechende Sequenz des Bandes. Ich sehe etliche Leute kommen und gehen, dann, gegen 16.20 Uhr, betritt sie die Halle.

Es ist Casey, so viel steht fest – nur mit kürzerem Haar und Brille. Ich ziehe mir eine Kopie der relevanten Sequenz auf einen USB-Stick, dann drucke ich ein Bild von ihr aus. „Zeigen Sie mir auch die Aufnahmen vom Zeitpunkt, als sie ausgecheckt hat."

„Sie hat den Express-Check-out genutzt. Sie ist nicht mehr an die Rezeption gekommen."

„Trotzdem. Vielleicht hat die Kamera sie erwischt, als sie durch die Lobby ging. Ich möchte sehen, ob sie ihr Aussehen noch einmal verändert hat."

Jetzt widmet er sich der Sache, als ob ihn die neue Aufgabe reizt. Wir sehen uns eine Zeitspanne von etlichen Minuten nach ihrem Check-out an. Er klickt auf Zeitlupe, sobald jemand durch die Lobby kommt, und endlich sehen wir eine brünette Frau, die es eilig hat.

„Da", sage ich. „Das könnte sie sein."

Er hält das Video an und vergrößert ihr Gesicht. Es ist zwar unscharf, aber ich erkenne ein Mädchen mit dunkelbraunem Haar. Brille, Reisetasche und Handtasche sind dieselben wie auf dem Video vom Vortag. Ja, das ist sie. Ich bitte ihn, das Bild auszudrucken, und speichere auch diese Sequenz auf meinem Stick.

„Sie hat ihr Handy nicht benutzt, seit sie verschwunden ist", sage ich. „Können Sie mir sagen, ob sie vom Apparat in ihrem Zimmer aus telefoniert hat?"

Er sieht nach, dann schüttelt er den Kopf. „Nein, keine Gespräche."

Ich überlege einen Moment. Ganz sicher muss sie versucht haben, ins Internet zu kommen, vielleicht um zu erfahren, was die Nachrichten in Shreveport über sie berichten, oder um ihre nächsten Schritte zu planen. „Gibt es hier Gästecomputer?"

„Jawohl, Sir. Die finden Sie unten."

Er führt mich zu den Computern, die in einer Glaskabine untergebracht sind. Mit einer Chipkarte öffnet er die Tür. Es gibt zwei Computer und einen Drucker. Ich sehe mir auf beiden Computern den Browserverlauf an. In den letzten vierundzwanzig Stunden hat jemand die Seite einer Fluggesellschaft aufgerufen. Jemand anders die der Bahn. Unmittelbar vorher war jemand auf der Homepage einer Zeitung in Shreveport. Das muss sie sein. Ich überfliege den Artikel, stelle fest, dass er über Brents Tod berichtet. Ja, sie wollte wissen, ob man sie bereits mit dem Mord in Verbindung bringt.

Davor hat sie eine Facebook-Seite angeklickt. Ich folge dem Link und erhalte das Profil eines Typs in Shreveport. Ich notiere mir den Namen und sehe, dass von dieser Seite der Link zu dem Zeitungsartikel kommt. In den Kommentaren wird beteuert, dass Casey nichts mit der Sache zu tun hat. Offensichtlich ist es ein Freund.

Ich kehre zurück zur Bahnseite und drucke sie mir aus. Wenn sie einen Zug genommen hat, kann sie jetzt überall und nirgends sein. Aber auf Bahnhöfen gibt es Kameras und Sicherheitspersonal. Es wird nicht leicht sein, sie in einer größeren Menschenmenge zu entdecken, aber vielleicht kann ich sie ja finden.

Ich bedanke mich beim Portier, der die ganze Zeit an meiner Seite geblieben ist, als ginge es um seine eigene Angelegenheit. Als wir zur Rezeption zurückgehen, geht er aufrechter. Ich weiß, dass er heute Abend zu Hause eine gute Geschichte zu erzählen haben wird, vor allem dann, wenn man Casey bis dahin festgenommen hat.

Als ich mein Auto erreiche, schicke ich Keegan die Bilder und Videosequenzen von ihr nach Shreveport, dann rufe ich das Revier in Durant an und schicke anschließend auch dorthin Kopien. Vielleicht finden sie sie noch eher als ich. Ich bleibe noch einen Moment im Auto sitzen und versuche mich in Casey hineinzudenken.

Es gibt einige Fast-Food-Restaurants in Reichweite, aber es ist spät und sie sind geschlossen. Ich merke mir vor, morgen früh dort vorbeizuschauen, wenn ich Casey nicht über die Bahn aufspüren kann. Außerdem werde ich mich bei dem Taxiunternehmen – es gibt nur eins hier – umsehen und den oder die Fahrer aufspüren, die sie gefahren haben. Aber zuerst nehme ich Kurs auf den Bahnhof und bete, dass sie die Stadt noch nicht verlassen hat.

13
Casey

Bis zum nächsten Morgen, als der Bus nach zahllosen Zwischenstopps endlich in Atlanta hält, kommt es mir vor, als kenne ich Miss Lucy schon mein ganzes Leben lang. Ich mag mich überhaupt nicht von ihr trennen. Sie ist die einzige Freundin in meiner neuen, dunklen Welt.

Wir stolpern aus dem Bus und gehen in die Bahnhofshalle. Über Miss Lucys Gesicht zieht ein Strahlen, als sie ihre Familie erblickt – zwei Enkel und ihre Tochter –, die ein Schild hochhalten: „Willkommen zu Hause, Oma!“ Unwillkürlich lächele ich mit, während sie in Tränen ausbricht und in die ausgebreiteten Arme der Familie läuft. Ich gehe zum Informationsschalter und erkundige mich, wie ich ein Taxi bekomme. Aber Miss Lucy läuft mir nach, packt mich am Arm und sagt: „Kommen Sie mit, Kindchen. Ich möchte, dass Sie meine Familie kennenlernen.“

Sie stellt mich ihrer Tochter vor. Sandra hat Falten im Gesicht und aus ihren Augen spricht Kummer, sodass ich mich frage, was das Verschwinden ihrer Tochter ihr sonst noch alles genommen hat.

Aber sie begrüßt mich freundlich. „Wie ich höre, haben Sie sich unterwegs rührend um meine Mutter gekümmert.“

Ich schüttele den Kopf. „Sie braucht niemanden, der sich um sie kümmern muss. Sie ist eine ausgesprochen angenehme Gesellschaft.“

„Mom hat gesagt, Sie steigen gerade aus einer ungesunden Beziehung aus und sind auf der Suche nach einem Ort, wo Sie neu anfangen können. Sie sollten wirklich zu uns nach Shady Grove kommen. Unsere kleine Stadt würde Ihnen gefallen.“

Was die Beziehung angeht, lasse ich sie in dem Glauben und antworte, dass ich es mir überlegen werde. Sie geben mir ihre Telefonnummer und erklären, falls ich nach Shady Grove gehe, würden sie mich garantiert zum Essen einladen. Ich muss wirklich sagen, dass mir der Gedanke gefällt.

Ich bitte den Taxifahrer, mich zu irgendeinem Gebrauchtwagenhändler in der Stadt zu fahren. Das sollte jetzt wohl mein oberstes Ziel sein: ein Auto kaufen. Ich kann zwar nicht viel dafür ausgeben, aber wenn ich Glück habe, bekomme ich einen halbwegs funktionstüchtigen Wagen für zwei- oder dreitausend Dollar. Er bringt mich zu einem Händler, der noch geöffnet hat. Dort finde ich einen gebrauchten Kia mit einem Lackschaden von Hagelschlag, der ansonsten ganz in Ordnung zu sein scheint. Der Wagen soll einen geringen Spritverbrauch haben.

Ich überprüfe kurz bei Carfax, ob für den Wagen weitere Schäden gemeldet sind, und finde nichts. Nach einigem Feilschen habe ich ihn auf dreitausend Dollar runtergehandelt, bar auf die Hand. Es dauert ein ziemliches Weilchen, die Formalitäten zu erledigen und den Wagen noch einmal gründlich zu reinigen – darauf besteht der Händler –, aber schließlich fahre ich in meinem neuen Auto vom Gelände und fühle mich schon viel freier.

Mein nächstes Ziel ist ein Drogeriemarkt, wo ich einen wattierten Briefumschlag und ein Einweghandy kaufe. Anschließend fahre ich zehn Meilen weiter zur nächsten Drogerie und kaufe noch ein Handy. Das wiederhole ich bei noch einem dritten Markt. In irgendeiner Fernsehserie hab ich mal gesehen, wie jemand durch die aufeinanderfolgenden Seriennummern von Handys identifiziert wurde, die er zum selben Zeitpunkt gekauft hatte. Ich weiß nicht, ob so was tatsächlich möglich ist, aber falls ja, werde ich keine Geräte mit aufeinanderfolgenden Seriennummern (was immer das ist) haben. Ich lade auf alle drei die Prepaid-Guthaben, die ich ebenfalls gekauft habe; dann sitze ich im Auto, starre durch die Windschutzscheibe und zerbreche mir den Kopf, wie ich es hinkriegen soll, meiner Schwester eins der Handys zu schicken, ohne dass die Polizei es abfängt. Es ist riskant. Aber ich muss sie einfach sprechen. Dann fällt mir ein, dass sie sehr oft bei ihren Schwiegereltern ist, weil ihr Schwiegervater lungenkrank ist. Sie hat sogar selbst mal ein Geschenk für ihren Mann, das sie vor ihm geheim halten wollte, dorthin schicken lassen. Ihre Schwiegereltern würden sich vermutlich nicht wundern, wenn sie Post bekämen, die an meine Schwester adressiert ist. Ich schreibe ihren Namen und als c/o die Adresse der Schwiegereltern auf den Umschlag. Absender: Jacks Outdoor-Store und eine erfundene Adresse in Seattle. Ich hoffe, niemand sieht sich den Poststempel genauer an.

Dann schreibe ich eine kurze Notiz. „Hannah, erzähl niemanden etwas hiervon. Wenn du allein bist, ruf mich an. Die Nummer ist in den Kontakten gespeichert. Mach es nicht von zu Hause oder wenn dein offizielles Handy in der Nähe ist. Man könnte es abhören."

Ich atme tief durch und wünsche mir, ich könnte glauben, dass Beten hilft. Das käme mir jetzt sehr gelegen.

Dann verschließe ich den Umschlag, klebe Briefmarken darauf und werfe ihn in den ersten Briefkasten, den ich entdecke. Es dürfte zwei oder drei Tage dauern, bis der Brief ankommt, und dann vielleicht noch einen Tag oder so, bis meine Schwester ihn hat. Jeder schnellere Weg wäre viel zu auffällig. Ich kann es kaum abwarten, mit ihr zu sprechen.

Mein nächster Halt ist ein Elektronikmarkt in der Cumberland Mall. Ich entscheide mich für einen kleinen Laptop, zahle in bar und verlasse samt Computer den Laden. Langsam habe ich das Gefühl, dass ich mich doch irgendwann mal wieder in meinem eigenen Leben zu Hause fühlen können werde. Meine Finanzen sind allerdings bedenklich geschrumpft.

Anschließend fahre ich zu einem Hotel, das möglichst weit weg ist vom Busbahnhof, und checke mit meinem neuen Namen und Barzahlung ein.

14
Dylan

Bis ich mit dem Taxifahrer reden kann, der Casey im Hotel abgeholt hat, ist es bereits Dienstagvormittag, und inzwischen weiß ich auch, dass sie gestern am Bahnhof war. Aber nachdem ich das Filmmaterial durchgesehen und sie schließlich sogar entdeckt habe, sehe ich, dass sie mit jemandem spricht, der nach Norden weist. Also fahre ich in diese Richtung und finde einen Busbahnhof von Trailways.

Zu der Zeit, als Casey vermutlich hier gewesen ist, sind etliche Busse abgefahren, aber am Fahrkartenschalter erinnert sich niemand an sie. Überwachungskameras gibt es hier nicht. Sie kann ebenso gut nach Norden wie nach Süden oder Osten gefahren sein. Einfach aufs Geratewohl einem dieser Busse zu folgen, wäre ein aussichtsloses Unterfangen.

Schließlich muss ich mir eingestehen, dass sie weg ist und ich ihre Spur verloren habe.

Was würde ich an ihrer Stelle tun? Da sie ihren Computer zurücklassen musste, wird sie sich vermutlich einen neuen besorgen wollen. Ich klappere einige entsprechende Märkte in Durant ab und frage, ob man sie dort gesehen hat. Die Sache kann ich streichen. Dann gehe ich in die Stadtbibliothek. Volltreffer!

„Ja, sie war hier. Vorgestern", erklärt mir die Bibliothekarin. „Sie hat unsere Computer benutzt. Ich erinnere mich an sie, weil sie einen Kunden davon abgehalten hat, in Anwesenheit eines Kindes Pornos zu sehen."

Sie erzählt mir etwas über ein Mädchen, das den Stecker rausgerissen und dem Kunden damit gedroht hat, seine Frau anzurufen. Ich finde das höchst erstaunlich. Lebt sie in völlig unterschiedlichen Welten, dass sie heute einen Mann umbringen und morgen die Unschuld eines Kindes verteidigen kann? Wie macht man das?

Die Bibliothekarin lässt mich die Videoaufzeichnung aus dem Computerraum zu diesem Zeitpunkt ansehen. Ich versuche zu erkennen, was auf Caseys Bildschirm ist, aber das Bild ist zu unscharf. Auf dem Computer, den sie benutzt hat, stoße ich auf dieselbe Facebook-Seite und den Zeitungsartikel wie schon zuvor. Das verrät mir nichts darüber, wohin sie verschwunden ist.

Ich gebe mich nicht gern geschlagen, aber schließlich buche ich den Rückflug. Ich brauche mehr Informationen über sie. Es gibt noch andere Wege herauszukriegen, wo sie ist.

Weil der Charterflug sehr teuer war und ich keine Eile habe, buche ich einen Linienflug zurück. Allerdings geht der von Dallas ab. Den Mietwagen werde ich dort zurückgeben.

Kurz bevor ich den Flughafen in Dallas erreiche, rufe ich Keegan an und teile ihm die schlechte Nachricht mit.

„Wie ist sie Ihnen denn entwischt?", will er wissen und klingt angefressen.

„Sie ist mir nicht entwischt", sage ich und merke, wie ich anfange, mich zu rechtfertigen. „Sie war schon weg, als ich dort ankam. Sie ist clever. Sie fliegt unter dem Radar und verwischt ihre Spuren geschickt. Sie hat immer wieder das Hotel gewechselt, nur bar bezahlt, mit kaum jemandem gesprochen."

„Sie ist ein junges Ding von fünfundzwanzig, das zuvor in ihrem Leben noch nie ein Verbrechen geplant hat. Woher sollte sie wissen, wie man so lange abtauchen kann?"

„Ihr Vater war Polizist, oder? Vielleicht hat sie das eine oder andere von ihm aufgeschnappt. Vielleicht liest sie auch viel."

Keegan gefallen meine Erklärungen nicht. „Kommen Sie zurück. Wir übernehmen dann wieder."

Das sage ich Keegan nicht, aber ich habe nicht die Absicht, die Paces zu enttäuschen. Ich lege auf und parke den Wagen vor der Autovermietung. Ich bin knapp dran und erreiche den Terminal gerade rechtzeitig, um noch an Bord zu kommen. Während des Fluges versuche ich mich zu sortieren. Als Erstes werde ich mit den Paces sprechen, um zu hören, ob sie wollen, dass ich weitersuche. Falls ja, werde ich Caseys Mutter und Schwester einen Besuch abstatten. Ich werde mit ihren Freunden sprechen. Herausfinden, ob Brent sich in letzter Zeit verändert hatte, wie Casey drauf war. Und was sich auf ihrem Dienstcomputer findet.

Ich werde diese Ermittlungen fortführen. Und ich werde das Mädchen finden, das meinen Freund getötet hat. Sie wird damit nicht davonkommen – nicht mit mir!

•••

„Wir möchten, dass du weitersuchst, Dylan.“ Jim Paces Stimme ist rau und heiser, als wir am nächsten Morgen miteinander sprechen. Elise sieht schlechter aus als je und ich frage mich, ob sie überhaupt schläft oder etwas isst.

„Der Polizeichef, Gates, ist ein guter Freund“, sagt Elise, „und er hat selbst eingestanden, dass er nicht genug Personal hat, um nach ihr suchen zu lassen. Du bist unsere größte Hoffnung.“

Keegan gefällt das zwar ganz und gar nicht, aber wenn selbst der Polizeichef sich krummlegt, um den Paces zu helfen, bleibt ihm kaum eine andere Wahl. Alle stimmen zu, dass ich weiter ermittle.

Sobald ich das allgemeine Okay habe, fahre ich zum Haus von Caseys Mutter. Auf der Straße treiben sich ein paar Medienleute herum, Kamerateams mit voller Ausrüstung. Ich parke in der Auffahrt.

Als ich aus dem Wagen steige, sind sofort zwei Reporter an mir dran. „Wer sind Sie?“

„Niemand“, sage ich und gehe zur Haustür. Die Presse muss auf der Straße bleiben, sonst kann man sie wegen widerrechtlichen Betretens eines Privatgrundstücks anzeigen.

Zuerst reagiert niemand auf mein Klingeln und mir ist es peinlich, hier zu stehen, wo die Bluthunde mich genauestens beobachten. Wenn Mrs Cox zu Hause ist, denkt sie vermutlich, ich sei ein weiterer Reporter.

„Mrs Cox“, rufe ich durch die geschlossene Tür, „ich ermittle im Auftrag der Polizei von Shreveport. Ich muss mit Ihnen sprechen.“

Ich höre, wie innen Türriegel zurückgeschoben werden, einer, zwei … vier an der Zahl, bevor sie die Tür öffnet. Innen ist es dunkel, aber ich kann ein paar Zentimeter einer zierlichen Frau erkennen. „Ich habe schon mit der Polizei gesprochen“, sagt sie, dann formen die Lippen stumm dieselben Worte noch einmal.

Ich bemühe mich, nicht bedrohlich auszusehen. In Jeans und schlichtem grauen T-Shirt gelingt mir das hoffentlich. Ich zeige ihr meinen Ausweis. „Ich weiß. Aber ich habe noch ein paar Fragen. Darf ich kurz hereinkommen?“

Sie zögert.

„Ich möchte nicht, dass jemand mithört“, sage ich im Flüsterton und nicke in Richtung der Pressemeute. „Man muss ihnen ja nicht mehr Futter geben, als sie schon haben.“

Sie überlegt kurz, dann öffnet sie die Tür einen Spalt mehr. Erst als ich eintrete, erkenne ich, dass sie sie auch nicht weiter öffnen kann, weil hinter der Tür alles voller Müll steht.

„Tut mir leid, dass es hier so aussieht“, sagt sie. „Ich war gerade beim Aufräumen.“

Ich betrachte den Berg an Gerümpel, der bis zur Decke reicht, und bezweifle, dass das stimmt. Dieses Haus aufzuräumen würde Wochen dauern. Sie zeigt auf eins der wenigen Möbelstücke, das nicht mit irgendwas belegt ist, was sie hortet. Es ist ein Lehnstuhl. Ich setze mich und sie zieht aus irgendeinem Haufen einen Klappstuhl heraus, kramt dann nach einem zweiten, den sie neben den ersten stellt.

„Oh, tut mir leid“, sage ich und stehe auf. „Möchten Sie, dass ich lieber dort sitze?“

„Nein“, sagt sie. „Sie sitzen da ganz richtig. Es ist nur … ich habe gern gerade Zahlen.“ Wieder wiederholt sie sich stumm, dann wirft sie einen Blick auf die Digitaluhr auf dem Tisch neben den sechs weiteren, in denen keine Batterien sind. Ihr Blick verweilt auf den Zahlen.

Vielleicht hat sie einen Termin. „Mrs Cox, ich werde Sie nicht lange aufhalten.“

Unter all dem Gerümpel erkenne ich ein Sofa, auf dem sich Kartons meterhoch stapeln. Auf den Kartons sehe ich Bilder von Mixgeräten und Kochtöpfen. Ich bemerke einen Ständer voller neuer Kleidung, an der noch die Preisschilder hängen, und einen Plastikeimer voller Blumentöpfe. Es gibt mindestens zwei von jeder Farbe.

„Tut mir leid, dass es hier so aussieht“, wiederholt sie. „Ich war gerade am Aufräumen.“

Zwangserkrankung, denke ich. Mrs Cox hat eine hochgradige Zwangsstörung. Sie ist eine zierliche, attraktive Frau, ganz und gar nicht der Typ dafür, in einem solchen Albtraum zu leben. Sie trägt eine geblümte Caprihose und ein Blusenshirt in Neongrün. Sie muss um die fünfzig sein und sieht aus wie eine Frau, die noch kämpft, nicht wie eine, die in ihrem Alter schon längst aufgegeben hat. Sie trägt Make-up und ist gut frisiert, aber ihre Augen sind gerötet und von dunklen Ringen umgeben. Man kann deutlich sehen, dass die Probleme ihrer Tochter auch von ihr Tribut fordern und dass sie auch ohne das schon genug Probleme hatte.

„Casey war es nicht“, sagt sie plötzlich. „Sie kennen sie nicht. Fragen Sie ihre Freunde, jeden, der sie gekannt hat. Sie ist ein gutes Mädchen. Sie ist voller Mitgefühl. Sie würde nie jemandem wehtun. Am allerletzten Brent.“ Während sie stumm die letzten Worte wiederholt, schaut sie wieder auf die Uhr. Ich blicke auf die Leuchtanzeige. Ich hatte schon öfter mit zwangsgestörten Menschen zu tun; es ist nicht selten, dass sie auf Zahlen fixiert sind. Vielleicht addiert sie sie im Kopf, bis eine ungerade Zahl herauskommt, irgendwas in der Art.

„Haben Sie irgendeine Erklärung für das, was passiert ist?“, frage ich mit freundlicher Stimme und als Versuch, sie von ihrer Manie abzulenken. „Warum sollte sie weglaufen, wenn sie unschuldig ist?“

Caseys Mutter wendet den Blick von der Uhr ab. Sie steht auf und streicht über ein Foto von Casey, wischt ein wenig Staub herunter, streicht noch einmal darüber. „Man muss Casey verstehen. Als sie zwölf war …“ Ihre Stimme verliert sich.

„Ich weiß vom Tod Ihres Mannes“, sage ich, weil ich vermeiden will, dass sie es aussprechen muss.

Sie steht auf, hebt einen Kleidungsstapel auf und trägt ihn in die andere Ecke des Zimmers, als ob er genau dort hingehörte. „Was immer man Ihnen auch erzählt hat, mein Mann hat sich nicht selbst getötet. Er wurde ermordet. Casey weiß es. Wir alle wissen es.“

Ich runzele die Stirn und frage mich, was ich überhört habe. „Aber die Autopsie, der Leichenbeschauer, die Ergebnisse der polizeilichen Ermittlungen … alles deutet auf Selbstmord.“

Sie setzt sich wieder. „Natürlich. Aber es sind Lügen. Wenn Sie ein guter Polizist sind, dann prüfen Sie die Beweise. Akzeptieren Sie nicht einfach die Protokolle.“

„Ich bin kein Polizist“, sage ich, während ihre Lippen sich stumm bewegen. „Ich bin Privatdetektiv und arbeite mit der Polizei zusammen.“

Sie seufzt. „Natürlich. Wenn Sie Polizist wären, würden Sie ja nicht nach Andy fragen.“

Ich denke einen Moment lang über das nach, was sie da gesagt hat. Ihr Mann war Polizist. Sie kennt sich mit den Polizeigepflogenheiten aus. „Dann glauben Sie, der Tod Ihres Mannes hat etwas damit zu tun, dass Casey verschwunden ist? Wollen Sie sagen, sie war traumatisiert? Gestört? Hat dieser Vorfall sie depressiv gemacht? Oder überängstlich?“

Jetzt stehen ihrer Mutter Tränen in den Augen. „Alles hat in jeder Hinsicht mit allem zu tun.“

Die Formulierung verblüfft mich. „Tut mir leid, aber ich verstehe nicht …“

Ihr Gesicht nimmt einen leeren, gehetzten Ausdruck an, aber sie spricht weiter. „Casey war traumatisiert.“ Sie steht auf und streicht über jeden einzelnen Karton auf dem Sofa. „Danach war sie nie wieder die alte. Ja, ein Teil von ihr war noch da. Viele Teile. Ihre Persönlichkeit war unverwüstlich. Aber dann gab es Zeiten, da konnte man die Gespenster in ihren Augen sehen."

Sie zieht das Klebeband von dem Karton mit dem Mixgerät und öffnet ihn. „Ich hätte ihr besser helfen müssen. Sie war noch so jung. Und es gab Tage, da habe ich selbst geglaubt, dass es Selbstmord war, und dann war ich so zornig auf Andy, dass ich keinen klaren Gedanken fassen konnte. Aber es hat niemals Sinn ergeben."

„Das tut Selbstmord nie", sage ich leise.

„Es war kein Selbstmord", wiederholt sie. „Das habe ich nur an meinen allerschlimmsten Tagen gedacht, wenn ich nichts anderes mehr wollte, als dass einfach alles vorbei ist." Jetzt wendet sie sich mir zu und fährt sich mit den Fingerspitzen prüfend übers Gesicht. „Detective, ich habe eine Zwangsstörung."

Ich sage ihr nicht, dass ich das bereits weiß.

Ich kann mir nicht vorstellen, was diese Frau durchgemacht hat. „Hat es damals begonnen ... mit dem Tod Ihres Mannes?"

„Nein", sagt sie. „Ich hatte schon vorher ... ein paar Macken ... aber sie waren nicht ... so zerstörerisch. Nachdem Andy starb, wurde es schlimmer." Wieder bewegen sich ihre Lippen.

Ich stelle mir vor, wie sie gegen diesen Wahnsinn angekämpft hat, während ihre Tochter ebenfalls Hilfe brauchte.

„Casey hat mir immer wieder gesagt, dass die Polizei manche Dinge verschwiegen hat, dass die Zeitungen falsch informiert waren, dass es ein Mord war. Ich habe nicht zugehört. Sie war für mich ein Kind, das einen Schock erlitten hatte, und in meinem Kopf spielte sich immer wieder diese Szene ab, so real, als ob alles noch einmal geschähe. Viel zu lange habe ich nicht auf sie gehört."

„Glauben Sie, Brents Tod hat etwas mit Andys Tod zu tun?"

Sie wird eine Minute lang sehr still. „Vielleicht, aber nicht so, wie Sie denken. Casey muss Brent gefunden haben, aber sie hat ihn nicht umgebracht."

„Hat sie Ihnen das gesagt?“

„Nein“, sagt sie, dann wiederholt sie es stumm. „Ich habe meine Tochter seit einer Woche nicht gesehen. Und auch nicht mit ihr gesprochen. Ich würde alles dafür geben, dass sie anruft. Damit ich weiß, dass es ihr gut geht.“

Ich sehe den feuchten Glanz in ihren Augen und weiß, dass sie es ernst meint. Vielleicht sollte ich das nicht tun, aber ich glaube ihr. „Brent war ein Freund von mir. Wir waren schon zusammen im Kindergarten und sind gemeinsam groß geworden.“

Ihr Gesicht zuckt und Tränen laufen ihr über die Wangen. Sie zieht zwei Taschentücher aus der Tasche und trocknet sich die Augen. „Das tut mir sehr leid. Dann haben Sie auch einen Verlust erlitten.“

Ich schlucke. „Ich habe ihn schon ein paar Jahre nicht gesehen. Seit ich mit der Armee ins Ausland gegangen bin. Wie standen die beiden zueinander?“

Sie schnieft laut. „Sie waren enge Freunde, hat sie immer gesagt. Aber ich glaube, er war in sie verliebt. Casey fällt es schwer, jemanden wirklich an sich heranzulassen. Ich meine, sie hat viele Freunde, gute Freunde, aber im Blick auf Männer, da ist es nie weitergegangen als bis eben zu einer guten Freundschaft.“

„Sie ist fünfundzwanzig. Warum, glauben Sie, ist das so?“

„Sie ist innerlich zerbrochen.“ Es fällt ihr schwer, die Worte herauszubringen. „Man merkt es nicht. Sie wirkt nicht so, aber etwas in ihr ist kaputt. Ich glaube, Brent wusste das. Ihm lag etwas an ihr. Das konnte ich sehen.“

Ich denke an den Brent, den ich kannte. Er war meistens von einem Schwarm Mädchen umringt, aber er ließ sich nicht leicht aus der Reserve locken. Trotzdem, ich kann mir nicht vorstellen, dass er wie ein Hündchen einem Mädchen nachlaufen würde, das ihn am Ende umbringt. So dumm war er wirklich nicht.

„Wissen Sie, was mit Casey ist?“, fragt sie. „Ob sie überhaupt noch lebt?“

Die Frage überrascht mich. „Ja, wir haben ihre Spur. Sie war vor

Kurzem in Durant, Oklahoma, aber inzwischen scheint sie weitergezogen zu sein."

„Was wollte sie denn dort? Da kennen wir doch keinen Menschen. Niemanden. Was denkt sie sich nur?"

„Ich hatte gehofft, das von Ihnen zu erfahren."

Sie schüttelt den Kopf. „Casey ist das aufgeweckteste Mädchen, das ich kenne. Sie durchdenkt die Dinge gründlich. Was sie auch tut, sie hat immer einen Grund dafür."

Ich frage, ob ich das Zimmer sehen kann, in dem Casey groß geworden ist. Sie führt mich durch einen schmalen Flur in die Küche. Auch hier ist alles voller Kram, der sich bis zur Decke stapelt. Alles gibt es zweimal; alle Stapel bilden gerade Zahlen und alles ist nach Ähnlichkeit angeordnet. Trotz all der gehorteten Dinge riecht das Haus frisch.

Wir kommen in Caseys Kinderzimmer und ich sehe, dass auch dieser Raum ein Vorratslager ist. Er ist lavendelfarben gestrichen und an den Wänden hängen selbst gebastelte farbenprächtige Papierblumen – fast metergroß –, die inzwischen verblasst sind. Außerdem Familienfotos aus der Zeit, als ihr Vater noch lebte. Er ist auf allen Bildern zu sehen. Auf den Fotos sieht das Haus aufgeräumt aus. Also hat es mit dem Sammeltick erst nach seinem Tod angefangen.

Ein Satz aus dem Physikunterricht geht mir durch den Kopf. *Jede Aktion erzeugt eine entsprechende Gegenreaktion.* Das Vakuum im Leben von Mrs Cox, das der Tod ihres Mannes gerissen hatte, hat dazu geführt, dass sie Dinge über Dinge anhäuft, um das Loch zu füllen. Der Tod in Caseys Vergangenheit könnte zu einem weiteren Tod geführt haben.

Als ich gehe, habe ich keine neuen Anhaltspunkte gewonnen. Aber ich kenne Casey Cox jetzt zumindest ein wenig besser als zuvor.

15
Casey

Der Anruf von meiner Schwester kommt am Donnerstag, zwei Tage nachdem ich ihr das Päckchen geschickt habe. Ich erschrecke zu Tode, als mein Handy klingelt. Ich taste in der Tasche danach, um den Anruf anzunehmen.

„Hallo?"

„Casey, ich bin ja so froh, deine Stimme zu hören", platzt Hannah heraus. „Ist alles okay mit dir?"

„Ja, alles okay. Haben deine Schwiegereltern dir wegen des Päckchens irgendwelche Fragen gestellt?"

„Nein. Ich habe deine Handschrift gleich erkannt. Ich habe ihnen gesagt, es sei etwas, das ich für Jeff bestellt hätte."

„Du bist nicht zu Hause oder in deinem Auto, oder? Da könnte man uns abhören."

„Nein, ich laufe durch den Park. Casey, was ist mit Brent passiert?"

Ich seufze. „Sie haben ihn gekriegt. Er hatte Beweise dafür, dass Dad ermordet wurde, und das haben sie rausgekriegt." Die Stimme versagt mir. „Wenn er sich nicht in die Sache reingehängt hätte, um mir zu helfen, wäre er noch am Leben."

„Du hast ihn gefunden?"

„Ja. Er hatte angerufen und gesagt, ich solle zum Lunch vorbeikommen. Er wollte mir erzählen, was er herausgefunden hatte. Als ich hinkam ..." Meine Stimme versagt. „Ich habe einfach die Panik gekriegt. Ich wusste nur, dass ich so schnell wie möglich verschwinden muss, dass alles in eine falsche Richtung laufen und niemand mir glauben würde."

„Casey, hör mir zu“, sagt Hannah. „Brent hat dir ein Päckchen geschickt.“

Ich schweige einen Moment, während meine Erinnerung zurückrast zu dem Gespräch, das ich an jenem Tag mit Brent geführt habe. „Ja, er hat gesagt, dass er das tun wollte, zur Sicherheit, falls irgendetwas schiefgehen sollte. Aber ich dachte, die Polizei hätte das längst abgefangen.“

„Nein, hat sie nicht. Ich habe versucht, in deine Wohnung zu kommen, aber die war schon versiegelt. Dann kam dein Vermieter ins Treppenhaus und hat mir das Päckchen gegeben. Vermutlich ist es ihm gar nicht in den Sinn gekommen, dass er es der Polizei geben sollte. Er sagte: ‚Falls Sie mit Casey sprechen, sagen Sie ihr, dass ich für sie bete. Ich weiß, dass sie nicht getan hat, was die Leute sagen.‘“

Mir kommen die Tränen. Der gute Mr Criswell. Ich liebe diesen Mann. „Was ist drin?“, frage ich.

„Ein USB-Stick. Sicher ist das Beweismaterial drauf.“

„Ich muss ihn haben“, sage ich.

„Ich könnte ja nachsehen, was drauf ist, und dir die Dateien zumailen.“

„Nein, ich will nicht, dass das Material auf deinem Computer ist. Das wäre zu gefährlich. Ich möchte, dass du von nichts weißt. Dann bist du für sie keine Bedrohung. Du solltest diese Dateien nicht ansehen. Kannst du mir nicht einfach den Stick herschicken? Per Expresskurierdienst?“

Das könne sie tun, sagt sie und mein Magen verkrampft sich, als ich ihr meine Hotelanschrift gebe. Ich will ja nur möglichst kurz hierbleiben, aber irgendwann kommt der Punkt, an dem man ein Risiko eingehen muss. Das hier ist wichtig. „Schick es auf den Namen Grace Newland an mein Hotel. Aber dann versuch nicht, mich da zu erreichen. Ich reise ab, sobald ich morgen das Päckchen bekomme.“

„Wie soll ich das Porto bezahlen? Muss ich da nicht meine Kreditkarte nehmen? Glaubst du nicht, dass sie auch meine Konten überprüfen?“

„Schick es nicht unter deinem Namen und zahl in bar.“

„Und wenn sie mich beobachten und mitkriegen, dass ich etwas aufgebe?“

Ich überlege kurz. Ich will nicht, dass meine Schwester Ärger bekommt und schließlich noch als Komplizin eines Mordes gilt. „Ich weiß nicht. Vielleicht ist es zu riskant.“

„Ich hab eine Idee“, sagt sie. Ihre Stimme bebt bei jedem Schritt. „Ich schicke das Päckchen an dich unter anderem Namen und gleichzeitig eines an meine Freundin Liz in New York unter meinem. Wenn sie mich beschatten und nachprüfen, was ich verschickt habe, werden sie auf das zweite Päckchen stoßen.“

Ich versuche mir das Szenario vorzustellen. Hannah steigt bei dem Kurierdienst mit einem Päckchen in der Hand aus dem Auto, hat aber ein zweites in der Tasche. Sie betritt die Annahmestelle, gibt beide Päckchen auf und zahlt bar. Die Polizei kommt später und erkundigt sich, was Hannah Boon verschickt hat, und sie finden das Päckchen, das sie unter ihrem Namen und mit richtigem Absender verschickt hat.

„Und wenn sich jemand erinnert, dass du zwei Päckchen aufgegeben hast?“

„Ach, bei diesen Kurierdiensten sind immer alle ziemlich unter Druck“, sagt sie. „Es wird schon klappen. Du musst wissen, was auf diesem Stick ist, damit du beweisen kannst, wer Brent wirklich getötet hat.“

„Und wer Dad getötet hat. Hör zu, Hannah. Falls irgendjemand dich auf Dad anspricht und fragt, was du zu seinem Tod denkst, sag, dass du der Polizeiversion zustimmst, dass es ein Selbstmord war. Solange sie denken, du glaubst ihnen die Geschichte, bist du für sie keine Bedrohung.“

„Und was ist mit Mom?“

„Ich glaube, die halten sie für harmlos. Sie können alles, was sie sagen könnte, entkräften und sie als unzurechnungsfähig darstellen. Außerdem: Wenn ich ihr sagen würde, sie solle zu niemandem darüber sprechen, könnte sie gar nicht anders, als das immer und immer wieder zu wiederholen."

„Casey, ich habe Angst um dich."

Ich sage ihr nicht, dass ich auch Angst habe. „Wie geht es Mom?"

„Sie ist wie erstarrt. Seit du weg bist, weint sie nur noch und hört überhaupt nicht mehr auf mit ihren Zwangsritualen. Sie ist einkaufen gegangen und hat jede Menge Sachen angeschleppt, von Katzenstreu bis zu einer Unmenge kaputter Lampen aus irgendeinem Secondhandladen, die sie angeblich reparieren will."

„Und alles paarweise?"

„Natürlich. Demnächst kommt sie nicht mal mehr in ihr Schlafzimmer, so voll steht alles."

„Nimmt sie ihre Medikamente?"

„Ja, ich glaube schon. Ich habe versucht, sie dazu zu bringen, zum Arzt zu gehen, damit er die Dosis anpasst. Aber du kennst sie ja."

„Sag ihr, mir geht's gut", trage ich Hannah auf. „Ich falle immer auf die Füße. So machen wir das schließlich in unserer Familie, stimmt's?"

Hannahs Stimme klingt schwach. „Manchmal."

„Sag ihr, es wird sich alles klären, sobald ich weiß, wie ich weiter vorgehen kann. Das ganze System ist noch genauso verrottet wie damals, als Dad starb. Man kann sich nicht darauf verlassen."

„Casey, Brents Familie hat einen Privatdetektiv engagiert, der dich finden soll. Er war bei Mom und hat mit ihr gesprochen."

Ich kneife die Augen zu. „Wie können sie nur glauben, dass ich es war? Ich weiß, sie kannten mich nicht gut. Aber sie sollten doch wenigstens Brent trauen, dass er sich keine falschen Freunde sucht."

Ich höre, dass sie schnieft. Ihre Stimme klingt noch weiter entfernt. „Ich habe der Presse ein altes Foto von dir gegeben. So siehst du nicht mehr aus."

„Ich weiß, ich hab's gesehen. Danke."

„Wo willst du hin?", fragt sie.

„Es ist besser, wenn du es nicht weißt", entgegne ich.

„Soll ich das Handy beseitigen?"

Ich wünschte, ich wüsste, wie diese Dinger genau funktionieren. „Vermutlich ist es im Moment okay, wenn du's behältst. Aber lass es niemanden sehen. Ich werde nicht anrufen, aber vielleicht simsen. Stell den Alarm auf stumm."

Meine große Schwester ist klug. Ich weiß, sie wird es genau so machen. „Ich hab dich lieb, Schwesterherz. Pass auf dich auf."

Ich warte einen Moment zu lange, bevor ich ihr sage, dass ich sie auch liebe, und auflege. Ich betrachte das Handy, dann nehme ich den Akku heraus, werfe es auf den Fußboden und trete mit aller Kraft darauf. Die Verbindung zu meinem Leben ist wieder abgebrochen.

•••

Das Päckchen von meiner Schwester kommt um halb zehn am nächsten Vormittag in meinem Hotel in Atlanta an. Ich habe mein Gepäck bereits im Auto, sitze auf dem Fahrersitz und warte darauf, dass ein Wagen vom Kurierdienst auftaucht. Sobald er erscheint, gehe ich zum Empfang und hole das Päckchen für Grace Newland ab.

Ich checke aus und fahre ins Parkhaus des nächsten Einkaufszentrums. Dort bleibe ich im Auto, fahre den Computer hoch und schließe den USB-Stick an. Es gibt nur einen Ordner.

Ich öffne ihn und sehe eine Liste mit etlichen Dateien. Ich klicke auf die mit dem Namen „Fall Andy Cox". Sie enthält seitenweise Dokumente, die Brent eingescannt hat. Irgendwie ist er an das gesamte Material zum Tod meines Vaters herangekommen – die Beweisdokumentation vom Tatort, nachdem ich ihn gefunden hatte, meine eigene Aussage, schriftlich und per Video, den Autopsiebericht, dann die überraschende Erklärung, dass es ein Selbstmord war, und den Abschlussbericht. Ich sehe mir die anderen Dateien an und entdecke ein Video mit dem Titel „Sara Meadows". Ich weiß nicht, wer das ist, und klicke es an.

„Dies ist Brent Pace", sagt mein Freund Brent, der aber nicht zu sehen ist. Beim Klang seiner Stimme schlage ich die Hand vor den

Mund, der Schmerz schnürt mir die Kehle zu. „Ich spreche hier mit Sara Meadows, einer Mitarbeiterin der Polizeidienststelle in Shreveport. Sie arbeitete zum Zeitpunkt von Andrew Cox' Tod im Beweismittelarchiv und tut das auch heute noch. Ms Meadows, Sie sagten, Sie seien mit Officer Cox über etliche Jahre vor seinem Tod gut bekannt gewesen."

„Ja", bestätigt sie mit schwacher Stimme. „Er war ein guter Mensch. Ein wirklich guter Mensch. Er hat seine Familie und seine Töchter geliebt. Er hätte sich nie umgebracht. Es war eine Lüge."

„Wissen Sie, warum sein Tod als Selbstmord eingestuft wurde?"

„Ich glaube, die zuständigen Ermittler wollten etwas vertuschen", sagt sie. „Ich lebe damit nun seit dreizehn Jahren und habe immer den Mund gehalten, aber es ist nicht richtig. Jetzt habe ich Krebs im fortgeschrittenen Stadium und ich will sagen, was ich weiß."

„Was möchten Sie uns mitteilen?", fragt Brent sanft.

„Dass Officer Cox Beweise dafür gesammelt hatte, dass etliche seiner Kollegen Bestechungsgeld annahmen oder Geld von Leuten erpressten. Von Leuten, die ich als Mafia bezeichnen würde. Aber als ich das zu ihm sagte, erwiderte er, ich hätte zu viele schlechte Krimis gelesen. Es war eine Art Verbrechersyndikat, das Geld von Firmen erpresste und sie so lange schikanierte, bis sie zahlten. Es gab einige Tote, als Leute versuchten, sich zu wehren. Die Gerichtsentscheidungen in diesen Mordfällen standen im Widerspruch zu den vorhandenen Beweismitteln. Andy hat in diesen Fällen recherchiert, hatte herausgefunden, was für das erpresste Geld gekauft worden war und wie die Täter ihre Spuren verwischt hatten, welche falschen Namen sie verwendet hatten. Nach ein paar Wochen kam er zu mir und war ehrlich erschüttert über das, was er aufgedeckt hatte. Drei Wochen später war er tot."

Ich kann es kaum glauben, dass Brent dieses Gespräch geführt hat. Kein Wunder, dass er so aufgeregt war, als er mich an jenem Morgen anrief. Er kam sicher direkt von diesem Gespräch mit Ms Meadows. „Sie glauben also, er wurde ermordet, damit er die Sache nicht ans Licht bringen konnte?"

„Was würden Sie glauben?“

Brent antwortet nicht sofort. „Haben Sie mit irgendjemandem auf der Dienststelle darüber gesprochen?“

Ich halte den Atem an, als eine lange Pause entsteht, bis sie endlich sagt: „Nein, ich hatte Angst. Ich dachte, dann bringen sie mich auch um. Aber ich habe mir notiert, welche Beweismittel hereinkamen und was davon unberücksichtigt blieb, zum Beispiel Blutspuren unbekannter Herkunft. Die Spurensicherung stellte das Beweismaterial sicher, aber die leitenden Ermittler entschieden, was davon relevant war. Alles andere blieb unberücksichtigt. Und auffälligerweise kam es immer so hin, dass in den rätselhaften Todesfällen immer dieselben Leute ermittelten. Nach Andys Tod kamen von der Spurensicherung Fotos von Verletzungen an Andys Händen, die auf einen Kampf hinwiesen. Man hätte die Blutspuren mit denen der Ermittler vergleichen sollen, die an dem Fall arbeiteten. Aber das wurde alles unter den Teppich gekehrt.“

Ich spüre, wie mir das Blut in die Wangen steigt. Ich habe es ihnen doch gesagt, immer wieder habe ich es ihnen gesagt …

Das Bild meines toten Vaters taucht in meiner Erinnerung auf. Das Seil um seinen Hals, wie sein Körper hin- und herschwang, als ich ihn berührte … das Blut unter den Fingernägeln, auf seinen Händen … die Blutspuren auf dem Teppich.

Ich habe ihnen gesagt, dass er mit jemandem gekämpft haben muss, dass er Kratzer auf den Armen hatte und eine geschwollene Lippe. Aber nichts davon wurde in den Medien erwähnt. Es verhallte einfach im Nichts, als hätte ich es nie ausgesprochen. Aber ich weiß, was ich gesehen habe.

„Warum hätten sie das Foto überhaupt in die Liste der Beweismittel aufnehmen sollen, wenn sie die Sache vertuschen wollten?“, fragt Brent.

„Ich glaube, die meisten Leute bei der Spurensicherung sind in Ordnung“, sagt Sara. „Sie haben ihren Job ordentlich gemacht. Die Täter hatten am Tatort die Spuren so gut verwischt, wie sie konnten, aber alles konnten sie nicht beseitigen. Wenn die Spurensicherung etwas gefunden hatte, was die zuständigen Ermittler belastete, haben die es einfach verschwinden lassen."

„Es war Casey Cox, eine Freundin von mir, die ihren Vater tot aufgefunden hat", sagt Brent. „Sie hat nie geglaubt, dass es ein Selbstmord war."

„Ich weiß!", sagt die Frau und an ihrer Schläfe schwillt eine Ader an. „Entsetzlich! Und dass sie es so arrangiert haben, dass seine Tochter ihn finden musste. Man muss wirklich ein Psychopath sein, um so etwas zu tun – das Kind so zu traumatisieren. Andy hat seine Tochter vergöttert. Niemals hätte er das zugelassen. Er hing am Deckenventilator im Wohnzimmer, als sie ihn fand. Und er hätte doch gewusst, dass Casey die Nächste sein würde, die nach Hause kommt."

Ich wische eine Träne weg, die irgendwie ihren Weg auf meine Wange gefunden hat. Dann presse ich meine Hände ineinander, damit sie nicht so zittern.

„Sie glauben also, die Spurensicherung hat nichts mit der Vertuschung zu tun?", fragt Brent.

„Zuerst ... nicht ... dann kam einer von den Jungs bei einem Autounfall ums Leben ... Einfach so, aus heiterem Himmel. Ein anderer ging in den Ruhestand und ist aus Louisiana weggezogen."

„Nur, damit ich es auch richtig verstehe", sagt Brent. „Die Ermittler, die etwas zu vertuschen hatten ..."

„Die Einzigen, von denen ich es sicher weiß, sind Gordon Keegan und Sy Rollins."

Ich schlage mir die Hände vors Gesicht, dankbar, dass endlich jemand das Unaussprechliche ausgesprochen hat.

„Konnten Sie die Beweismittel in diesem Fall sicherstellen?", fragt Brent weiter.

„Die gesamte Akte. Ich habe sie all die Jahre bei mir versteckt. Ich habe eine Kopie für Sie gemacht."

Die Aufzeichnung endet und ich schließe das Video und gehe zurück zu den Dokumenten. Dort öffne ich die Liste mit den Beweismitteln. Mein Magen dreht sich um, als ich lese, was sie aus dem Haus mitgenommen haben.

Die Liste ist unvollständig. Dads Laptop wurde beschlagnahmt, ist aber nicht verzeichnet. Aktenorder aus seinem Arbeitszimmer zu Hause wurden mitgenommen, stehen aber ebenfalls nicht auf der Liste. Man hat das Auto durchsucht, was überhaupt keinen Sinn hat, wenn man von einem Selbstmord ausgeht, aber auch darüber findet sich hier nichts.

Ich gehe weiter zum Autopsiebericht, den meine Mutter mich damals nicht hat lesen lassen. Ich studiere ihn und versuche, aus den medizinischen Fachausdrücken schlau zu werden. Brent hat eine Aussage unterstrichen. „Hirnbluten wie von einem stumpfen Kopftrauma, obwohl die Haupttodesursache Ersticken durch Erhängen war."

Am Rand des Berichts steht in Brents Handschrift: „Würde das nicht darauf hindeuten, dass es einen Kampf gegeben hat, bevor er erhängt wurde?"

Ich runzele die Stirn und lese weiter. Der Gerichtsmediziner hat keinen derartigen Schluss gezogen. Warum nicht, frage ich mich. Wäre das nicht für jeden, der ein Skalpell zu benutzen versteht, offensichtlich?

Ich erinnere mich, dass an etlichen Stellen im Wohnzimmer Blutspuren waren. Ein Blutfleck auf dem Teppich, ein verschmierter Fingerabdruck an der Wand … Als ich das nächste Mal nach Hause kam, hatte jemand die Flecken entfernt.

Das nächste Dokument in der Liste ist eine Aufstellung darüber, was Gordon Keegan in seiner Freizeit so alles genutzt hat: ein Segelboot, ein Motorrad, ein Wohnmobil der Luxusklasse, das gut 100 000 Dollar gekostet haben dürfte, alles im Besitz einer Firma namens MNO Enterprises. Brent hat Fotos angehängt, auf denen Keegan diese Fahrzeuge fährt, als sei er der stolze Besitzer. Er hat seine Familie und die seines Bruders jedes Jahr nach Hawaii eingeladen – Brent hat Fotos von Keegans Nichten auf Facebook aufgestöbert –, er war auch etliche Male in Europa. Mein Vater hätte sich von seinem Polizistengehalt nichts von alldem leisten können. Ich bin erstaunt, dass es in der Dienststelle niemandem aufgefallen ist.

Es gibt entsprechende Listen über weitere Beamte, die in die Sache verwickelt sind, mit Reisen und teuren Spielzeugen, die ebenfalls MNO gehören. Brent hat es nicht dabei belassen. Hinter MNO Enterprises, so hat er herausgefunden, steckt eine Immobilienfirma auf den Kaimaninseln. Klassischer Fall von Geldwäsche. Brent hat wirklich überall herumgeschnüffelt. Typisch für einen Journalisten, diese Wissbegier, die einen das Leben kosten kann.

Mir ist übel bei dem Gedanken, dass Brent das für mich getan hat. Ja, er war da einer heißen Geschichte auf der Spur, aber vor allem wusste er, dass die ganze Sache mich innerlich zerfraß. Er wollte, dass ich damit abschließen konnte. Aber Keegan und Rollins müssen Wind davon bekommen haben, dass er ihnen auf der Spur war.

Und jetzt haben sie ihn auch erwischt.

Der Gedanke an den Tatort von Brents Mord verstärkt meine Übelkeit. Als ich Brent gefunden hatte, habe ich nicht nach seinem Computer gesucht, auch nicht nach den Dokumenten, die er mir an dem Tag zeigen wollte. Ich habe nur seinen Puls gefühlt, habe versucht, ihn zu beatmen, ihn wiederzubeleben. Aber der Körper war bereits kalt. Als ich endlich begriff, dass er tot war, bin ich aus dem Haus gestolpert, benommen vom Schock und starr vor Angst.

Falls es einen Gott geben sollte, danke ich ihm, dass er Brent die Geistesgegenwart verliehen hat, die Dateien in die Post zu werfen, bevor wir uns treffen würden, nur falls etwas dazwischenkommen sollte. Er wusste, worauf er sich eingelassen hatte.

Ich sitze im Auto und weine und lasse die Zeit vergehen. Es gibt nichts zu tun, was an alldem noch etwas ändern könnte. Diese Unterlagen und Beweise können mich entlasten – oder mich das Leben kosten. Und wenn ich sterbe, werden sie damit davonkommen. Es wird noch mehr Tote geben, noch mehr Menschen, die traumatisiert und missbraucht werden.

Irgendwie muss ich sie entlarven. Aber wenn sie mich kriegen, werden sie die Beweise gegen sich beschlagnahmen und vernichten. Und ebenfalls ungeschoren davonkommen.

Ich bin nicht mutig. Ich will nicht ins Gefängnis gehen für etwas, das ich nicht getan habe. Oder noch schlimmer: Ich will nicht ermordet werden wie Brent und mein Vater. Ich will nicht, dass meine Familie abgeschlachtet wird, zur Abschreckung für andere. Mom, Hannah, die goldige kleine Emma.

Fürs Erste muss ich verschwunden bleiben. Ich gehe auf Google Maps und suche in allen Himmelsrichtungen von Atlanta die nächstgelegenen Städte. Ein Teil von mir würde am liebsten schnurstracks nach Süden fahren, wo Miss Lucy wohnt. Ich brauche Freunde und sie gibt mir irgendwie ein Gefühl von Verankertsein.

Es gibt keinen Grund, warum irgendwer mich ausgerechnet in Shady Grove suchen sollte. Und das ist ein ebenso guter Grund wie jeder andere, um dorthin zu gehen. Ich gebe den Namen ein, erhalte die Wegbeschreibung und starte den Wagen.

Als ich aus der Stadt fahre, wische ich mir die Tränen aus dem Gesicht. „Daddy und Brent“, flüstere ich. „Ich werde beweisen, was euch geschehen ist. Ich brauche nur noch ein bisschen mehr Kraft.“ Aber sie können mich nicht hören und alles, was sie mir einmal haben geben können, gehört mir bereits. Mehr kann ich nicht von ihnen bekommen.

Das Grab ist mir noch nie so endgültig erschienen.

Ich wünschte, ich könnte an ein Leben nach dem Tod glauben.

16
Casey

Kaum habe ich Shady Grove erreicht, entdecke ich Gran's Porch Motel auf der Main Street. Die Zimmer sind im Grunde wie kleine weiße Häuschen und in der Mitte gibt es einen Innenhof mit einer Art Veranda. Irgendetwas daran zieht mich an und ich checke ein. Die Vorstellung, ich kann sagen, ich müsse jetzt zu Gran's Porch Motel zurück statt „ins Hotel", gefällt mir.

Vor meinem inneren Auge steht eine Familie, die diese Unterkunft für Reisende auf dem Weg nach Florida eingerichtet hat, um ihnen ein bisschen Heimatgefühl zu geben. Aber der Mann an der Rezeption sieht nicht so aus, als ob ihn solche Gedanken kümmern würden. Er raucht eine Zigarre, die mich husten lässt, aber er nimmt mein Bargeld für eine Woche und reicht mir die Schlüsselkarte.

Das Zimmer ist sauber und hat alles, was ich brauche. Bett, Stuhl, Küchenzeile. Bis ich eine Wohnung finde, kann ich es hier aushalten.

Ich lasse das Auto auf dem Motelparkplatz und schlendere an den anliegenden Geschäften und Bürogebäuden vorbei. Was ich suche, ist ein Schild „Aushilfe gesucht". Ich nehme alles, was ich kriegen kann. Alles, womit ich Geld verdienen kann, um mein Finanzpolster wieder aufzufüllen und über die Runden zu kommen. In zwei Restaurants frage ich nach, ob sie jemanden gebrauchen können, ich sei gerade erst hergezogen. In beiden gibt's keinen Bedarf, aber ich lasse meine Bewerbung unter dem Namen Grace Newland dort, für alle Fälle.

Shady Grove gefällt mir. Der Name passt angesichts der vielen Bäume, die den Straßen Schatten spenden. Wer immer diese Stadt geplant hat, muss ein Herz für Bäume gehabt haben. Mir wird warm ums Herz, ich spüre etwas Heimatliches; die Stadt und die Menschen geben mir ein nostalgisches Gefühl, das mich hoffen lässt, ich könnte es hier aushalten, falls ich für immer bleiben muss.

Endlich entdecke ich eine Stellenausschreibung im Schaufenster von Simmons Handy-Klinik. Ich weiß nichts über die Wartung von Handys, aber ich beschließe, einen Versuch zu wagen. Ich trete durch die Glastür und warte, bis der Mann hinter dem Tresen sein Gespräch mit einem Kunden beendet. Bis er Zeit für mich hat, betrachte ich die Vitrinen. Dann endlich kommt er zu mir. „Womit kann ich Ihnen dienen, Ma'am?"

Ich lächele ihn an. „Hallo, ich bin Ca..." Mitten im Wort breche ich ab und korrigiere mich. „Grace Newland. Ich bin erst vor Kurzem hier in die Gegend gezogen und habe gerade das Schild in Ihrem Schaufenster gesehen."

Er nennt mir seinen Namen – Stan Simmons – und mustert mich. „Haben Sie Erfahrung mit dem Handy-Geschäft?"

„Nein, aber ich habe eine rasche Auffassungsgabe. Was immer Sie mir beibringen, kapiere ich auf der Stelle. Und falls es Handbücher gibt, kann ich mir die heute Nacht durchlesen. Bisher habe ich meistens Bürotätigkeiten ausgeübt."

„Und was bringt Sie nach Shady Grove?", will er wissen.

„Mir gefällt die Stadt. Ich dachte, es müsste schön sein, hier zu leben."

Er wirft mir einen fragenden Blick zu und ich bin sicher, dass er noch mehr wissen will, aber das ist nicht der Fall. „Ja, es ist ein schönes Städtchen. Als ich auf der Highschool war, wollte ich unbedingt weg in die Großstadt. Dann war ich zwei Jahre in Chicago, aber ich habe mich hierher zurückgesehnt. Sie scheinen eine kluge junge Dame zu sein." Er legt den Kopf schräg und studiert mich. „Kann ich davon ausgehen, dass Sie ein Weilchen bleiben? Nicht dass Sie Heimweh kriegen und nächste Woche gleich wieder weg sind."

„Nein", sage ich. „Ich bleibe."

Er sieht mir noch einmal scharf in die Augen, als wolle er prüfen, ob ich die Wahrheit sage, und mir läuft der Schweiß über die Unterarme. „Ich brauche niemanden für die Reparaturarbeiten", sagt er. „Das erledigen meine Techniker und ich. Aber wir verkaufen auch Gebrauchtgeräte, die wieder instand gesetzt wurden, und das wäre auch Ihre Aufgabe. Sie wären vor allem Verkaufsassistentin, würden die Reparaturen annehmen, Kunden anrufen, wenn eine Reparatur fertig ist, solche Dinge. Sie müssen mit Menschen umgehen können."

Ich schenke ihm mein schönstes Lächeln. „Ich glaube, das kann ich. Meine Mutter hat mir Manieren beigebracht."

Er lächelt. „Wir haben fünf Mitarbeiter, aber eine Kollegin hat gerade ein Baby bekommen, zwei sind Techniker und für die Reparaturen zuständig und zwei sind auf dem College. Wir brauchen jemanden in Vollzeit."

„Ich kann Vollzeit arbeiten", sage ich. „Und ich könnte sofort anfangen."

„Noch etwas", sagt er. „Sie würden als freie Mitarbeiterin eingestellt. Ich kann leider keine Krankenversicherung und keine Sozialabgaben übernehmen."

Ich überlege einen Augenblick und frage mich, ob mir das zum Verhängnis werden könnte. Für die Steuerbehörde wäre ich selbstständig. Steuern und Sozialabgaben müsste ich selbst zahlen. Er würde mir nichts vom Gehalt abziehen.

Das könnte eher ein verkappter Vorteil sein. Könnte mir helfen, unsichtbar zu bleiben, jedenfalls bis nächstes Jahr im April, wenn die Steuern fällig werden. „Ich denke, das ist okay", sage ich. „Wann soll ich anfangen?"

„Montag?", erwidert er fragend.

Heute ist Freitag und mir bleibt das Wochenende, um ein bisschen anzukommen. „Gut, kein Problem."

Er streckt die Hand aus und wir besiegeln die Sache per Handschlag. „Ich hole nur rasch die Papiere, damit wir die Formalitäten erledigen können. Was mich betrifft, sind Sie engagiert."

Ich frage mich, ob er der Einzige ist, der darüber zu befinden hat, fülle dann aber rasch seine Formulare aus – mit allen Angaben zu Grace Newland, die ich kenne. Als ich sie ihm zurückgebe, überfällt mich ein bisschen Traurigkeit, dass ich ihn täuschen muss. Ich bin das Lügen satt, aber was bleibt mir übrig?

Mit fällt das Kreuz an der Wand auf. Daneben hängt ein Bibelvers. „Kommt alle her zu mir alle, die ihr müde seid und schwere Lasten tragt, ich will euch Ruhe schenken.“ Ich bin zwar nicht gläubig, aber ich kenne viele Menschen, die es sind. Meist sind es nette Zeitgenossen, die versuchen zu tun, was richtig ist. Was mich immer wieder irritiert, ist allerdings das Bild, das die Medien von gläubigen Menschen zeichnen. Wenn ich nie einen Christen getroffen hätte, würde ich denken, sie seien alle grässlich intolerant und prüde und wollten die ganze Welt nach einem Einheitsmuster formen wie Roboter. Bestimmt gibt es solche, die hart und bitter sind, aber für die, die wirklich von Herzen glauben, die, die offen darüber sprechen, so wie Miss Lucy, habe ich nichts als positive Gefühle. Ich mag Menschen, die für ihre Überzeugungen einstehen, auch wenn ich sie nicht teile.

Ich glaube, für Mr Simmons zu arbeiten, wird mir gefallen. Ich reiche ihm die Unterlagen und er überfliegt sie und sagt dann: „Dann sehen wir uns am Montag! Wir öffnen um zehn, aber bitte seien Sie um neun hier.“

Beschwingt gehe ich zum Motel zurück. Ich mache Fortschritte. Wenn ich erst mal das Gefühl los bin, dass die Erde unter jedem meiner Schritte erbebt, kann ich anfangen, mir zu überlegen, wie ich meine Unschuld beweisen und die Mörder meines Vaters und von Brent überführen kann. Aber für den Moment muss ich einfach von einem Tag zum anderen in Deckung bleiben und mir mein Leben so gut einrichten, wie ich kann.

17
Casey

Zurück in Gran's Porch sitze ich in meinem Zimmer und mache Kassensturz. Ich habe 3000 Dollar für das Auto ausgegeben, dazu kommen Steuern, dann 600 Dollar für den Laptop. 400 Dollar haben die Bustickets gekostet und 600 die Hotels. Außerdem habe ich Lebensmittel und die Handys gekauft, für meine falschen Papiere und die Taxifahrten bezahlt und auch noch für die eine oder andere Kleinigkeit unterwegs. Ich dürfte schon um die 6500 Dollar ausgegeben haben und das bestätigt sich auch, als ich den verbliebenen Restbetrag nachzähle. Nur noch 5500 Dollar sind mir geblieben. Irgendwie muss ich meine Finanzen aufstocken. In diesem Tempo darf ich nicht weiter Geld ausgeben.

Jetzt erst wird mir bewusst, dass ich meinen neuen Chef nicht gefragt habe, wie viel er zahlt. Aber selbst wenn es ein Hungerlohn sein sollte, ist das besser als nichts. Seufzend greife ich zu dem Handy, das ich zu meinem Shady-Grove-Handy erklärt habe, und rufe die Nummer an, die Miss Lucy mir gegeben hat. Sehr schnell ist sie dran.

„Hallo?" Ihre Stimme klingt glücklich und beschwingt.

„Miss Lucy? Hier ist Grace."

Ich kann förmlich hören, wie sie strahlt. „Grace, wie schön, von Ihnen zu hören. Sind Sie noch in Atlanta?"

„Nein, Miss Lucy", erwidere ich. „Ich habe mich entschlossen, nach Shady Grove zu kommen. Sie haben es mir ja richtig schmackhaft gemacht. Ich hatte den Eindruck, es könnte ein guter Ort für mich sein."

„Oh, das freut mich aber zu hören", sagt sie. „Jetzt habe ich doch tatsächlich schon eine Freundin hier in der Stadt! Sie müssen bei mir wohnen. Sie können in meinem Bett schlafen und ich schlafe auf dem Sofa."

Ich würde nie zulassen, dass Miss Lucy auf dem Sofa schlafen muss. „Danke, aber das kann ich nicht annehmen. Ich komme gut zurecht. Ich hab sogar schon einen Job gefunden."

„Wo, Kindchen?", will sie wissen.

„Bei Simmons Handy-Klinik in der Main Street. Im Fenster hing ein Stellenangebot und ich habe nachgefragt. Simmons hat mich sofort eingestellt. Am Montag fange ich an."

Miss Lucys Stimme bebt vor Stolz. „Sie haben so was an sich, Kindchen. Also, Sie müssen unbedingt zum Abendessen kommen, dann können wir Ihre Ankunft hier feiern."

„Das ist lieb", entgegne ich, „aber Sie sind doch gerade erst angekommen. Ich kann Sandra nicht noch mehr Umstände machen."

„Aber ich würde kochen. Sandra hat gern Gesellschaft. Also, Sie kommen um sechs. Ich gebe Ihnen die Adresse. Haben Sie was zu schreiben?"

Miss Lucy akzeptiert kein Nein als Antwort und offen gestanden würde ich mich auch freuen, sie wiederzusehen. Also sage ich zu und notiere mir die Adresse.

Aber ihr Angebot, bei ihr zu wohnen, ist absolut unannehmbar. Ich kann nicht zulassen, dass man sie beschuldigt, eine gesuchte Verbrecherin zu beherbergen oder Komplizin einer Mörderin zu sein. Sie weiß nicht, wer ich bin, aber eines Tages könnte sie es erfahren, und wenn sie die Geschichte der anderen glaubt, könnte es ihr das Herz brechen. Allein der Gedanke ist für mich unerträglich.

Aber wenn ich nur mal zum Essen bei ihr bin, dürfte sie das nicht belasten. Es wird mir guttun, heute Abend mit Menschen zusammen zu sein, die Freunde werden könnten – ganz und gar neue Freunde, die die Wahrheit über mich nicht kennen.

●●●

Mit einem Topf Blumen, den ich im Supermarkt erstanden habe, erscheine ich abends bei Miss Lucy und ihrer Familie und alle scheinen hocherfreut, mich zu sehen. Wir essen Roastbeef mit Kartoffeln und Möhren und reichlich Soße. Ich versuche mich zurückzuhalten, aber es ist lange her, dass ich ein selbst gekochtes Essen bekommen habe. Nach dem Essen räumen Sandras Jungs das Geschirr in die Küche und Miss Lucy führt mich ins Zimmer des verschwundenen Mädchens im dritten Stock, dem ausgebauten Dachboden.

„Sandra hat das Zimmer so belassen, wie es an dem Tag war, als sie verschwunden ist", sagt Miss Lucy. „Sie hatte das Bett noch nicht gemacht und so ist es geblieben." Ihre Augen werden feucht, als sie auf die Schuhe zeigt, die so auf dem Fußboden liegen, wie Laura sie sich von den Füßen gestreift hat. „Wenn ich in diesen Raum komme, habe ich das Gefühl, sie ist noch da und könnte jeden Augenblick hereinkommen."

„Hat die Polizei denn keinerlei Hinweise gefunden?", frage ich leise und habe das seltsame Gefühl, auf heiligem Boden zu stehen.

„Nein, keine. Sie haben die Wälder durchkämmt und den Fluss und alle Seen in der Umgebung abgesucht, eine Belohnung ausgesetzt. Aber als das alles zu nichts geführt hat, haben sie aufgegeben. Sie gilt jetzt als Ausreißerin. Aber sehen Sie." Sie deutet auf den Computertisch, auf dem Karten für ein Alicia-Keys-Konzert liegen. „Sandra sagt, Laura war so aus dem Häuschen wegen dieses Konzerts, dass sie beinah auf Wolke sieben schwebte. Sie konnte es kaum erwarten. Und hier." Sie zeigt auf ein aufgeschlagenes Mathematikheft auf dem Bett. „Sie hat noch an dem Tag, an dem sie verschwunden ist, ihre Mathehausaufgaben gemacht. Würde das jemand tun, der vorhat, sich in den nächsten Stunden aus dem Staub zu machen? Nein, es ist ihr irgendetwas zugestoßen."

Schweigend sehe ich mir die Fotos an, die überall im Zimmer hängen. Alle zeigen Laura mit ihren Freunden. Ich fasse nichts an, beuge mich aber vor und studiere ihre Gesichtszüge. „Sie ist wirklich sehr hübsch."

„Sie ist irgendwo da draußen“, sagt Lucy. „Wir haben so viel gebetet, dass Gott ihr einen Fluchtweg öffnet, wo immer sie auch ist.“

Ich sehe Miss Lucy an. „Da war doch diese Elizabeth Smart. Man hat sie gefunden. Und das Mädchen in Österreich, Natascha Kampusch, das geflohen ist.“

„Ja, daran denken wir auch oft. Es könnte auch mit Laura so sein. Aber was hat sie in der Zwischenzeit durchgemacht?“

Ich frage mich, wie Miss Lucy wohl damit umgeht, dass ihre Gebete nicht erhört wurden, und warum sie an ihrem Glauben festhält, obwohl die Dinge so schrecklich falsch gelaufen sind.

Es ist fast, als könne sie meine Gedanken lesen. „Manchmal gebraucht Gott das Leid in unserem Leben, um unsere Seele tiefer zu gründen“, sagt Miss Lucy. „Und jetzt ist eine solche Zeit.“

„Warum müssen wir tiefgründig sein?“, frage ich mich laut.

Miss Lucy sieht mich an, als hätte sie sich diese Frage noch nie gestellt. „Wozu sind wir gut, wenn wir oberflächlich sind? Er kann uns nur gebrauchen, wenn wir eine gewisse Tiefe haben. Er hat ja selbst das Leid gekannt, warum sollte es uns anders gehen?“

Ich schenke ihr ein flüchtiges Lächeln. „Sie sind eine sehr weise Seele, Miss Lucy.“

„Weil ich Gott keine Vorwürfe mache? Ja, es stimmt. Er hat selbst das Leid gekannt. Verrat, Verleumdung, Schläge, den schlimmsten Tod, den man sich vorstellen kann.“

Ich spreche es nicht aus, aber ich verstehe nicht, warum das alles geschehen musste. Christen tun immer so, als ob dieser Tod von Jesus am Kreuz unvermeidlich gewesen sei, als ob er genau so hätte sterben *müssen.* Aber ich verstehe es nicht. Warum zum Beispiel musste Gott einen so hohen Preis für die Sünde fordern? Hat er noch nie was von Nachlass gehört? Hätte er nicht einfach all die geopferten Stiere und Ziegen gelten lassen können und damit wäre die Rechnung beglichen?

„Manchmal denke ich, wenn es einen Gott gibt, dann ist er zu streng mit uns“, bemerke ich.

Miss Lucy setzt sich auf Lauras Bett und streicht mit der Hand über die Bettdecke. „Waren Ihre Eltern streng mit Ihnen, als Sie klein waren?", fragt sie.

Eine solche Frage habe ich nicht erwartet. Ich versuche mich zu erinnern. „Mein Vater schon, aber meine Mom nicht. Sie hatte ihre eigenen Probleme und deswegen hat sie sich nicht viel eingemischt. Aber Dad … er war der, der schon mal ein strenges Wort mit uns geredet hat. Aber er hat uns auch spüren lassen, dass er unser größter Fan war."

„Das klingt, als sei er ein guter Mensch."

„Ja, das war er."

„War?"

Ich schlucke den Kloß in meiner Kehle hinunter. „Er starb, als ich zwölf war."

„Oh, das tut mir leid, Kindchen." Sie nimmt meine Hand und tätschelt sie. „Aber genauso macht Gott es mit uns auch. Er konfrontiert uns mit harten Wahrheiten, manchmal muss er streng mit uns sein. Manchmal muss er uns sogar strafen. Aber das tut er nur, weil er uns liebt."

„Glauben Sie etwa, dass Laura deswegen verschwunden ist? Weil Gott Sie *strafen* wollte?"

„Nein!", sagt sie, ohne zu zögern. „Aber es gibt nun mal auch das Böse in der Welt. Es wird einmal vergolten werden, aber so weit ist es noch nicht. Manchmal bekommt der Teufel seinen Willen, aber das wird nicht immer so sein. Jesus hat gesagt, dass der Fürst dieser Welt bereits gerichtet ist. Er hat nur noch wenig Zeit."

Den Teufel kenne ich. Er heißt Gordon Keegan und arbeitet im Polizeidezernat von Shreveport. Er hat seinen Willen bekommen, als mein Vater und Brent starben. Und jetzt versucht er auch im Blick auf mich seinen Willen zu bekommen.

Wenn es einen Gott gibt, dann sehe ich nicht das kleinste Anzeichen dafür, dass er Keegan im Visier hat.

Miss Lucys Worte gehen mir immer noch durch den Kopf, als wir wieder nach unten gehen. Ich betrachte weitere Bilder von Laura und ihren Geschwistern, die an den Wänden hängen. Ich habe versucht, mir vorzustellen, was ihr passiert sein könnte, und schließlich frage ich: „Was genau ist an dem Tag passiert, als Laura verschwunden ist?“

„Sie hat sich an dem Abend mit ein paar Freunden aus ihrer Jugendgruppe am See getroffen. Sie haben ein Lagerfeuer gemacht. Eine Freundin hat beobachtet, wie Laura zur Toilette gegangen ist. Von dort ist sie nicht mehr zurückgekehrt.“

„Entsetzlich“, sage ich. „Wie lange danach haben die anderen bemerkt, dass sie verschwunden war?“

„Erst nach mehreren Stunden, nachdem sie auch keine SMS beantwortete, nicht ans Handy ging und auch nirgends zu finden war. An dem Abend waren ungefähr fünfzig Jugendliche da draußen und jeder hat wohl gedacht, sie ist irgendwo bei einer anderen Gruppe. Irgendwann hat der Jugendpastor bei Sandra angerufen und wollte wissen, ob sie zu Hause sei. Da haben wir die Polizei benachrichtigt. Sie hat es zuerst nicht ernst genommen und gemeint, Laura sei wohl mit irgendeinem Jungen mitgefahren oder so und werde schon wieder auftauchen.“

„Hatte sie einen Freund?“

„Nein. Es gab einen Jungen, den sie mochte“, sagt Miss Lucy, „aber das beruhte nicht auf Gegenseitigkeit. Ihre Freundinnen sagen, an diesem Abend hätten die beiden länger miteinander gesprochen und Laura sei sehr aufgeregt gewesen. Aber er war den ganzen Abend dort am See. Und Lauras Freunde sind sich sicher, sie wäre nie gegangen, ohne sich zu verabschieden.“

Im Flur zur Küche regt sich etwas und ich sehe Sandra dort stehen. Ich frage mich, ob wir besser still sein sollten, ob unser Gespräch alte Wunden in ihr aufreißt. Aber sie kommt herein und zieht sich einen Stuhl heran. „Einige Jugendliche haben einen schmutzigen blauen Lieferwagen mit einem Nummernschild aus Kentucky neben den anderen Autos gesehen“, sagt sie, „und noch ihre Witze darüber gemacht, wem der wohl gehört. Als man anfing, nach Laura zu suchen, war der Wagen nicht mehr da. Aber wenn wirklich jemand aus diesem Auto Laura entführt hat, ist es merkwürdig, dass weder die Person noch der Wagen irgendwo anders gesehen wurde. Sie könnte überall sein."

Die Stimmung bleibt gedrückt, während ich helfe, die Küche aufzuräumen. Schließlich bedanke ich mich für die Gastfreundschaft und verabschiede mich mit den Worten, ich müsse mich noch ein bisschen schlaumachen über die Produkte, die ich ab Montag verkaufen soll.

Auf der Rückfahrt zu Gran's Porch beschäftigt mich die Lücke in dieser Familie, die Lücke, die sich nie wieder schließen wird, solange Laura nicht gefunden wird. Sie ist der Lücke in meiner Familie so ähnlich, diesem Loch, das jeden verschluckt, der sich zu nah an den Rand begibt.

Vielleicht sollte man die Angehörigen, die zurückbleiben, auch nicht Überlebende nennen. Wir sind halb tote Seelen, die im Strudel kreisen und darauf warten, dass er sie auch verschlingt.

18

Dylan

Für einen Ermittler ist Facebook die goldene Schale am Ende des Regenbogens. Das mache ich mir jetzt zunutze und studiere die Profile, Bilder und Videos von allen Personen, die je auf Caseys Freundesliste standen. Ich erarbeite mir ihren Kalender: Partys, die sie besucht hat, Treffen mit Freunden, Restaurantbesuche. Auch auf Brents Facebook-Seite finde ich wertvolle Informationen. Auf jedem zweiten Foto, das er im letzten Jahr gepostet hat, ist Casey zu sehen.

Ich entdecke, dass eine ihrer Freundinnen vom Aufstehen bis zum Schlafengehen andauernd Sachen postet. Ich kenne das Mädchen nicht, aber ich habe auch solche Freunde, Freunde, die ihr eigenes Leben verpassen und am Smartphone kleben und die ganze Welt wissen lassen, was sie gerade denken oder essen oder träumen. Vermutlich kann sie ein gutes Essen nie wirklich genießen, weil sie damit beschäftigt ist, Fotos davon zu posten. Zu beschäftigt, um über die Witze ihrer Freunde zu lachen, weil sie jedes Wort einzeln eintippt.

Ich finde eine Unmenge an Informationen über Casey, studiere die Fotos und Videos, die dieses Mädchen – sie heißt Brittany – gepostet hat. Casey steht selten im Mittelpunkt. Auf den meisten Videos erscheint sie freundlich und zugewandt, meist hört sie aufmerksam und mit interessiertem Blick einer Freundin zu, die irgendetwas erzählt. In einigen Videos sehe ich Casey im Hintergrund, wo sie nach einem gemeinsamen Essen aufräumt oder abwäscht. Sie ist immer die, die sich nützlich macht.

Einer der Clips zeigt ihre Freundinnen hysterisch kichernd, weil sie zu viel getrunken haben, und jemand sagt: „Casey ist die Einzige hier, die noch geradeaus denken kann."

Casey lächelt nur dazu.

„Sie hat heute Abend keinen Tropfen getrunken", sagt die Person mit der Kamera. „Casey, was ist los mit dir? Warum stößt du nicht mit uns an?" Ich ertappe mich bei einem Grinsen, als ich sehe, wie Casey den Mund zu einem Lächeln verzieht und antwortet: „Hast du dich schon mal gesehen, wenn du betrunken bist?"

„Was soll das heißen? Dass du nicht so sein willst wie ich?"

„Ich muss nicht einen im Tee haben, um mich mit euch zu amüsieren."

„Sie meint wirklich, dass sie nicht so sein will wie du, Brit", sagt einer aus der Runde. „Du bist so doof, wenn du betrunken bist."

„Und du vielleicht nicht?", erwidert Brittany aufgebracht.

„Nein. Ich bin ein intelligenter Trinker."

Jetzt mischt sich ein anderer Typ ein, der etwas abgerissen aussieht. „Es heißt ja, was im nüchternen Zustand in einem steckt, kommt erst recht durch, wenn man betrunken ist. Wenn Brittany also eine doofe Trinkerin ist, dann ist sie auch sonst doof. Rick ist normalerweise schlau, also ist er auch ein schlauer Trinker."

Jetzt spricht Casey wieder. „Wer sagt das?"

„*Man* sagt das", antwortet der Junge. „*Man* eben."

Die Gruppe lacht sich kaputt.

„Diese Studie will ich sehen", sagt Casey. „Die ist Unsinn. Brittany ist nicht doof und so superschlau ist Rick auch wieder nicht. Das ist der Punkt. Wenn man betrunken ist, ist man eben gerade nicht man selbst. Aber schon gut. Ich fahre euch alle nach Hause, damit ihr nicht noch Ärger kriegt."

„Ist bestimmt nicht lustig für dich."

Casey lacht nur.

„Ich glaube, Casey wäre niemals rotzbesoffen", sagt Brittany. „Sie wäre auch betrunken noch anständig und wie soll man da Spaß haben?"

Ich frage mich, warum Brittany diesen Clip auf ihrer eigenen Seite gepostet hat. Vielleicht findet sie es lustig, dass sie etwas lallt und nicht mehr klar denken kann. Vermutlich hält sie das Gespräch für geistreich.

Ich klicke Caseys Seite an. An dem Tag hat sie nichts gepostet. Sie hat auch dieses Video nicht geteilt oder geliked, obwohl sie selbst darin positiv rüberkommt.

Ich versuche mir diese junge Frau aus dem Video vorzustellen, die ihre Freunde nicht verurteilt und sich nur über deren dummes Verhalten amüsiert, wie sie einen Freund brutal ermordet. Es passt nicht zusammen.

Beinahe mag ich dieses Mädchen, das ich gesehen habe. Sie ist klug und anscheinend gutherzig; ich habe weder Zynismus noch einen verärgerten Unterton herausgehört. Ich frage mich, ob ihre Abneigung gegen Situationen, in denen sie die Kontrolle verliert, auf früheren Erfahrungen mit Alkohol beruht. Aber dafür gibt es keinerlei Anhaltspunkte.

Die Traumatisierung steht allerdings als mögliche Mitursache bei mir immer noch hoch im Kurs. Irgendetwas könnte als Trigger gewirkt haben und dann hat sie Brent im Affekt umgebracht. Aber dieser Mord erscheint so geplant, so teuflisch. Die Wunden waren tödlich, gezielt – die Halsschlagader, die Milz –, als hätte sie genau gewusst, wo sie zustechen muss, damit er schnell verblutet.

Auf der anderen Seite: Wenn sie nichts zu verbergen hätte, wäre sie nicht geflohen. Sie *muss* es getan haben.

19
Dylan

Da ich keine Anhaltspunkte habe, wo Casey sein könnte, und die Paces möchten, dass ich weiter nach ihr suche, mache ich mich auf zu ihrer Schwester Hannah. Als ich in die Einfahrt einbiege, spielt sie draußen in dem kleinen Vorgarten mit ihrem Baby. Die Kleine sitzt in einem Planschbecken voller Badespielzeug und spritzt mit Wasser um sich. Hannahs T-Shirt ist nass, aber sie sitzt neben dem Planschbecken auf dem Beton. Sie wirft mir einen argwöhnischen Blick zu, als ich aussteige. Intuitiv streckt sich ihre Hand aus, um ihr Kind festzuhalten.

„Hallo", sage ich. „Mein Name ist Dylan Roberts. Ich arbeite für die Familie Pace. Dürfte ich Ihnen ein paar Fragen stellen?"

Hannah steht nicht auf. „Können Sie sich ausweisen?", will sie wissen.

Ich zeige ihr meine Papiere. Sie wirft einen Blick auf den Namen und sagt dann: „Ich habe der Polizei alles gesagt, was ich weiß. Ich weiß nicht, wo meine Schwester ist."

„Können wir trotzdem miteinander reden?", frage ich. „Ich versuche mir ein genaues Bild davon zu machen, was Brent Pace passiert ist." Ich hocke mich neben das Planschbecken zu ihr. „Brent war ein guter Freund von mir. Wir sind zusammen groß geworden. Ich versuche nur, irgendeinen Sinn hinter der ganzen Sache zu entdecken."

Hannah hebt die Kleine aus dem Wasser und wickelt sie in ein Handtuch. „Tut mir leid, das mit Ihrem Freund", sagt sie fast widerwillig, während sie das Kind abtrocknet. „Ich habe Brent ein paarmal getroffen. Er war ein netter Kerl. Und ein wirklich guter Freund von

Casey." Sie steht mit dem Baby auf dem Arm auf. „Ich muss jetzt gehen. Die Kleine anziehen."

Ich lächele das Baby an, das strampelt, um sich zu befreien, und mich anstrahlt, als ob es mich kennt. „Wie alt ist sie?", frage ich.

Hannah sieht mich an, als sei sie sich unschlüssig, ob sie mir antworten will. „Sechs Monate. Warum?"

„Ach, interessiert mich einfach", sage ich. „Ich komme nur selten mit Babys in Kontakt und kann das Alter schwer einschätzen." Ich strecke die Hand aus und die Kleine umklammert meinen Finger. „Sie ist wirklich süß", bemerke ich. „Sieht Ihnen sehr ähnlich."

Hannah wird eine Spur zugänglicher. „Hören Sie, es gibt wirklich nichts, was ich Ihnen sagen könnte."

„Bitte. Ich wollte Sie ein paar Dinge zu Ihrem Vater fragen."

„Mein Vater." Fast rechne ich damit, dass sie sich umdreht und mich stehen lässt. Aber meine Frage regt etwas in ihr an und schließlich sagt sie: „Okay, kommen Sie rein."

Drinnen zieht sie ihrer Tochter ein T-Shirt über und setzt sie auf den Fußboden in die Spielecke. „Ich lasse Sie nur herein, weil ich möchte, dass Sie verstehen", sagt sie. „Ich spreche nicht über meinen Vater. Sein Selbstmord war erschütternd genug und ich will nicht, dass alles wieder hochkommt."

„Ihre Mutter glaubt, es war Mord."

Hannah starrt mich an. „Meine Mutter hat Probleme."

Beim Militär hatte ich mit etlichen Selbstmordfällen zu tun. In jedem einzelnen Fall haben sich enge Freunde und Angehörige geweigert, an Selbstmord zu glauben, es sei denn, es gab einen Abschiedsbrief oder sonst etwas Unwiderlegbares. Dass Hannah diesem Muster nicht entspricht, verblüfft mich. „Es tut mir wirklich leid", sage ich. „Ich weiß, dass es für die Familie schlimm war."

„Am schlimmsten war es für Casey", sagt Hannah.

Das habe ich schon gehört und bin daher nicht überrascht. „Was ich nur wissen möchte: Hat es sie verändert?"

Hannah steigt die Röte ins Gesicht. „Nicht so, wie Sie es gern von mir hören möchten. Es hat keine psychopathische Mörderin aus ihr gemacht, falls Sie das meinen."

„Ich wollte nichts dergleichen andeuten. Ich frage mich nur ... war sie depressiv, hatte sie Angstzustände oder etwas in der Art?"

Sie schüttelt den Kopf. „Wir waren alle ein paar Jahre lang depressiv. Und hatten Angst. Haben darauf gewartet, dass der nächste Schlag fällt."

Der nächste Schlag? Ich lege den Kopf schräg. „Was meinen Sie damit?"

Sie hat sich zum Baby herabgebeugt, aber jetzt schießt ihr Kopf hoch. „Nichts weiter. Ich wollte nur sagen, dass es eine schlimme Zeit für uns alle war."

Ich schweige für einen Augenblick und verarbeite das Gehörte.

„Hören Sie, Casey hat nicht getan, was man ihr vorwirft. Casey ist der tapferste und aufrichtigste Mensch, den ich kenne."

Ich sehe zu, wie sie das Baby hochhebt und nach nebenan in die Küche geht. Sie nimmt einen Plastikring vom Kühlschrank und gibt ihn dem Kind.

„Haben Sie von Casey gehört?", frage ich.

Sie sieht mich nicht an. „Ich habe der Polizei bereits gesagt, dass ich nicht weiß, wo sie ist."

„Aber haben Sie mit ihr *gesprochen?*", wiederhole ich.

„Nein!", sagt Hannah endgültig. „Sie sind auf der falschen Fährte. Wenn Brent noch leben würde, würde er es bestätigen. Casey würde keinem Menschen etwas zuleide tun und schon gar nicht einem Freund."

„Hatte Ihre Schwester ein Problem mit Drogen? Oder Alkohol?"

„Ganz und gar nicht", erwidert sie. „Sie trinkt nicht. Sie nimmt keine Drogen. Sie konnte es noch nie leiden, die Kontrolle zu verlieren."

Das entspricht ziemlich genau dem Bild, das ich durch den Videoclip gewonnen habe. Ich trete näher an die Küchentheke. „Ich habe das Ihre Mutter auch gefragt: Haben Sie eine Theorie, wer Brent getötet hat?"

Hannah lacht bitter, aber dann fasst sie sich wieder. „Ich habe alles gesagt, was ich zu sagen habe. Und dem habe ich nichts hinzuzufügen. Ich muss Sie jetzt bitten zu gehen."

Beim Hinausgehen sehe ich einen leeren Karton auf dem Fußboden liegen. Er trägt das Label eines Kurierdienstes und kam aus Seattle. Ob das Päckchen von Casey ist? Was hätte sie wohl schicken sollen? „Wenn ich nur noch ein paar Fragen stellen dürfte ..."

„Tut mir leid", sagt sie, kommt um den Küchentresen herum und öffnet mir die Tür. „Sie müssen jetzt wirklich gehen."

Ich bleibe nicht gern, wo ich nicht mehr willkommen bin, auch dann nicht, wenn ich meinem Job nachgehe. Wenn es sein muss, kann ich beharrlich sein, aber dies ist nicht der richtige Zeitpunkt, also lasse ich mich von ihr zur Tür begleiten. Ich drücke mich gerade lange genug im Flur herum, um die Anschrift auf dem Karton zu lesen: Hannah Boon, c/o Sam und Cheryl Boon. Der Absender ist irgendein Outdoor-Ausstatter in Seattle. Allerdings handschriftlich. Ich versuche die Adresse zu erkennen, aber da versperrt Hannah mir die Sicht. Als ich mich bücke, um den Karton aufzuheben, schiebt Hannah ihn mit dem Fuß zur Seite.

Die Tür schließt sich hinter mir. Ich bleibe noch einen Moment auf der Veranda stehen und starre auf das Planschbecken hinunter. Sam und Cheryl Boon. Per Eilkurier. Wenn ich Casey wäre und meiner Schwester etwas zukommen lassen wollte, würde ich es vielleicht auch an Verwandte schicken. An jemanden, der ihr das Päckchen bringen könnte, ohne Verdacht zu schöpfen.

Ich gehe zu meinem Wagen und öffne meinen Laptop, verbinde ihn mit meinem persönlichen Hotspot, dann suche ich nach den Boons. Es sind die Eltern von Hannahs Mann. Ich will herauskriegen, wo das Kurierpaket aufgegeben wurde, lasse den Wagen an und fahre los.

Ist Casey etwa noch irgendwo hier in der Nähe, vielleicht sogar bei den Boons, wo man sie am allerwenigsten vermuten würde? Oder hat sie Hannahs Schwiegereltern nur als Mittelsmänner benutzt?

20

Dylan

Das Lächeln des Mädchens beim Kurierdienst lädt zu einem Flirt ein, und als ich ihr sage, dass ich in einem Kriminalfall recherchiere, scheint das ihr Interesse an mir noch zu beflügeln. Ich mache das Spiel mit, grinse und lehne mich über den Tresen, als ob ich sie nach ihrer Telefonnummer fragen wollte.

„Wissen Sie denn schon, wer diesen Typ umgebracht hat?", fragt sie mit großen Augen. „Soll ja ein Mädchen gewesen sein."

Ich werfe ihr einen verschwörerischen Blick zu. „Ich würde es Ihnen ja gern sagen, aber danach müsste ich Sie umbringen."

Sie lacht, als hätte sie das noch nie gehört, und ich hasse mich selbst für diesen überstrapazierten Witz. „Nein, im Ernst. Ich muss wissen, woher ein Päckchen gekommen ist, das Sie befördert haben. Können Sie mir da weiterhelfen?"

„Kommt drauf an", erwidert sie.

Ich kenne dieses Spiel. Sie hält mir die gewünschte Information wie eine Karotte vors Maul und ich lade sie zum Kaffee ein. Sie kann ja nicht wissen, dass ich ein beziehungstechnischer Albtraum bin, der zwar anfangs stark punktet, sich dann aber in sich selbst verkriecht und für die Außenwelt unerreichbar ist.

Mein Therapeut sagt, es sei ein gutes Zeichen, dass ich Einsicht in meinen Geisteszustand habe und dass ich noch ganz gesund werde. Das sollte er mal den Frauen erzählen, die ich verletzt habe. Ich wünsche mir zwar auch ein Ende meiner Einsamkeit, aber ich möchte nicht, dass auf dem Weg dahin andere zu Schaden kommen.

Sie scheint nett zu sein; ich ändere meine Körpersprache, um ihr keine falschen Hoffnungen zu machen. Dann komme ich zur Sache und frage nach Sendungen für Hannah Boon, die im letzten Monat ausgeliefert wurden.

Erstaunlich schnell hat sie das Päckchen ermittelt, das an Hannahs Schwiegereltern gegangen ist. Es war der Karton aus Seattle, den ich gesehen habe. Ob es in Seattle wirklich den Outdoor-Ausstatter gibt, der auf dem Absender steht, habe ich bereits überprüft. Fehlanzeige. „Wo wurde die Sendung aufgegeben?“, frage ich. „Ich meine, von welcher Annahmestelle? Was auf dem Absender steht, könnte nicht zutreffend sein.“

Sie forscht ein wenig nach, dann zieht sie die Luft durch die Zähne. „Ach, das ist ja interessant! Es kam nicht aus Seattle. Es wurde in einer Filiale in Atlanta aufgegeben.“ Sie sieht mich an, als hätte sie gerade meinen Tag gerettet. „Glauben Sie, es war von dieser Mörderin?“

Mein Blick erinnert sie daran, dass ich ja nichts sagen darf, aber ich weiß, dass sie ihn als Flirt versteht. „Können Sie nachsehen, ob Hannah Boon im letzten Monat auch etwas verschickt hat?“

Darauf aus, mir weiterzuhelfen, klickt sie sich weiter durch ihre Listen. Schließlich dreht sie den Monitor zu mir, sodass ich ihn sehen kann. „Ja, vor ein paar Tagen hat sie ein Päckchen an eine gewisse Liz Harris in New York geschickt. Glauben Sie, die Mörderin ist in New York?“

Diesmal ignoriere ich die Frage. „Können Sie nachsehen, ob schon öfter etwas an diesen Empfänger geschickt wurde? Oder von ihr an Hannah Boon?“

Sie sieht so begeistert aus, als hätte ich gerade einen genialen Masterplan entwickelt.

„Ja. An die Adresse von Liz Harris sind seit drei Jahren Päckchen verschickt worden. Davor hat sie eine Adresse in Shreveport gehabt. Ist sie die Mörderin?“

„Nein“, sage ich entschieden und hoffe, dass sie das nicht als Futter für die Gerüchteküche betrachtet. Ich überlege kurz.

Hannahs Päckchen – der Karton, den ich gesehen habe – könnte also von Casey gekommen sein. Warum sollte sonst jemand einen falschen Absender benutzen? Aber das heißt nicht, dass Hannahs Sendung umgekehrt auch an Casey gegangen ist. Wenn diese Liz tatsächlich existiert und unter dieser Adresse schon länger Kurierpakete bekommen hat, dann hatte dieses vermutlich nichts mit Casey zu tun.

Allerdings ... der Zeitpunkt, zu dem Hannah die Sendung an Liz Harris aufgegeben hat, könnte wichtig sein – nur zwei Tage nachdem sie das Päckchen aus Seattle bekommen hat. „Tun Sie mir einen Gefallen“, sage ich und schiele auf ihr Namensschild, „bitte, Linda, könnten Sie mir ausdrucken, welche Sendungen unmittelbar vor und nach dem Päckchen aufgegeben wurden, das Hannah Boon nach New York geschickt hat?“

Sie macht sich sofort an die Arbeit. „Sie sind ja echt gut“, sagt sie, während sie auf die Tastatur einhämmert. „Darauf wäre ich nie gekommen.“

„Genau deshalb kriege ich ja auch das große Geld“, sage ich spöttisch.

„Hier, da haben wir sie.“ Sie druckt die Einträge aus und reicht mir das Blatt. „Und? Sagt Ihnen das was?“

Beide Sendungen haben unterschiedliche Absender.

„Wurde eine dieser Sendungen mit derselben Kreditkarte bezahlt wie die, mit der Hannah Boon für das Paket an Liz Harris gezahlt hat?“

Sie sieht nach. „Nein. Beide wurden bar bezahlt.“

Ich sehe mir die Empfänger an. Das Päckchen vor dem nach New York war eine Warenrücksendung an ein Haushaltswarengeschäft. Das anschließend aufgegebene ging an eine Grace Newland in ein Hotel in Atlanta.

Volltreffer. Als Absender ist John Smith eingetragen. Hannah ist nicht sehr kreativ.

Grace Newland. Ist das der Name, unter dem Casey sich durchschlägt?

„Linda, Sie waren fantastisch. Genau, was ich brauchte.“

Sie strahlt. „Jederzeit wieder. Im Ernst. Wenn Sie wieder mal was wissen müssen, rufen Sie einfach an." Sie schreibt ihre Handynummer auf und reicht mir den Zettel.

„Hören Sie, bitte reden Sie mit niemandem darüber, dass ich hier war. Wir wollen ja schließlich niemanden warnen."

„Würde ich nie tun", sagt Linda, aber ich habe meine Zweifel, ob sie die Sache für sich behalten kann.

„Ich meine das sehr ernst", setze ich nach. „Man könnte Sie wegen Behinderung polizeilicher Ermittlungen belangen."

Jetzt verblasst ihr Lächeln. „Oh. Wow. Ich sage kein Wort."

Ich verlasse den Kurierdienst und begebe mich zum Polizeirevier und dort in die Abteilung für Kapitalverbrechen, wo ich Gordon Keegan telefonierend an seinem Schreibtisch antreffe. Ich hebe grüßend die Hand. Er nimmt die Füße vom Schreibtisch und winkt mich heran. Ich setze mich auf einen Klappstuhl in seiner Arbeitsnische und warte, bis er das Gespräch beendet.

Endlich legt er auf und schüttelt mir die Hand. „Bitte sagen Sie mir, Sie haben sie."

„Vielleicht", erwidere ich. „Ich habe eine Adresse in Atlanta, wo sie möglicherweise eine Kuriersendung in Empfang genommen hat."

Aus irgendeinem Grund, den ich selber nicht kenne, beschließe ich ihm den Namen Grace Newland noch nicht zu nennen. Es könnte eine falsche Spur sein, aber das ist nicht der eigentliche Grund, warum ich zögere. Vielleicht ist es Ehrgeiz. Ich will sie selbst finden – nicht er.

„Ich muss hinfliegen und herauskriegen, ob sie in diesem Hotel ist. Ich habe schon einen Flug herausgesucht, er geht in zwei Stunden. Können Sie bei den Kollegen in Atlanta anrufen und sie ins Bild setzen? Vielleicht brauche ich ihre Unterstützung, falls jemand zu verhaften ist."

„Auf jeden Fall", sagt er.

„Noch eins. Ich muss die Akten über den Tod ihres Vaters sehen."

„Wessen Vater?"

„Caseys. Dieser Selbstmord."

Er starrt mich einen Moment verständnislos an. „Ach, richtig."

„Vor allem das Video mit Caseys Aussage wäre mir wichtig. Es könnte mir etwas über ihren inneren Zustand verraten, nachdem sie ihren Vater tot aufgefunden hat. Über ihre Emotionen. Vielleicht, warum sie jetzt ausgerastet ist und einen Freund ermordet hat."

Keegan streicht sich mit dem Rücken des Daumens über die Augenbrauen. „Okay. Ja. Kann ein Weilchen dauern. Ich bin bis über beide Ohren voll mit dringenden Angelegenheiten."

Unzufrieden versuche ich es noch einmal. „Es ist nur so, dass ich mit ihrer Mutter gesprochen habe. Die ist überzeugt, dass Andy Cox sich nicht selbst getötet hat. Sie glaubt, es war Mord."

„Ihre Mutter ist geistesgestört", sagt Keegan. „War vermutlich der Grund, warum Cox sich umgebracht hat."

Seine kaltschnäuzige Bemerkung trifft mich wie ein Schlag.

„Hören Sie, fliegen Sie nach Atlanta. Wenn Sie sie da finden, spielen die Akten von der alten Sache keine Rolle. Wenn nicht, maile ich Ihnen die Sachen zu."

Ich hatte gehofft, die Unterlagen im Flugzeug studieren zu können, aber ich sehe, dass Keegan sich nicht umstimmen lässt, also fahre ich zum Flughafen.

Der Flug dauert nur anderthalb Stunden, und als ich ankomme und mein Handy wieder einschalte, habe ich eine Nachricht von Keegan, in der er mir einen Kontaktmann bei der Polizeidirektion in Atlanta nennt für den Fall, dass ich mich irgendwem gegenüber ausweisen muss. Ich miete ein Auto und fahre zu dem Hotel, an das das Päckchen geschickt wurde.

Nachdem ich erklärt habe, wer ich bin, zeige ich der Dame an der Rezeption Caseys Foto und sie kneift die Augen zusammen. „Ja, ich glaube, die habe ich gesehen. Ich erinnere mich an diese Augen."

„Sie könnte unter dem Namen Grace Newland eingecheckt haben. Ist sie noch hier?"

Die Lady tippt etwas ein und schüttelt dann den Kopf. „Nein, sie ist vorgestern abgereist."

„Was haben Sie noch über sie gespeichert? Hatte sie ein Auto? Haben Sie vielleicht ein Kennzeichen? Hat sie irgendwelche Postsendungen erhalten?"

Sie sieht im Computer nach und zuckt dann die Achseln. „Sie hat angegeben, dass sie einen weißen Kia fährt. Kein Modell oder Kennzeichen. Danach fragen wir auch nicht. Und sie hat ein Päckchen per Eilkurier bekommen und ist unmittelbar, nachdem sie es in Empfang genommen hatte, abgereist."

„Kreditkarte?"

„Sie hat bar bezahlt."

Enttäuscht werfe ich einen Blick an die Decke. „Haben Sie Kameras in den Fluren? Im Parkhaus?"

„Ja", sagt sie.

„Ich müsste die Aufzeichnungen von dem Zeitraum sehen, in dem sie hier war." Vielleicht erkenne ich ja ihr Autokennzeichen oder dass sie ihr Aussehen noch einmal verändert hat.

Die Rezeptionistin geht nach hinten und ich höre, wie sie telefoniert. Endlich kommt sie zurück. „Es tut mir leid, aber die Aufzeichnungen werden nach zwei Tagen überspielt. Von vorgestern haben wir nichts mehr."

Ich kann es nicht fassen. „Warum haben Sie überhaupt Sicherheitskameras, wenn Sie so damit verfahren?"

„Weil die meisten Delikte im Hotel innerhalb von vierundzwanzig Stunden angezeigt werden. Und so lange heben wir die Aufzeichnungen auf. Es tut mir wirklich leid."

Unglaublich. Ich frage, ob Casey irgendwelche Erkundigungen über die Gegend eingeholt oder darüber gesprochen hat, wo sie hinwollte. Sie könne sich an kein Gespräch mit ihr erinnern, lautet die Antwort.

Ich suche den Hotelcomputer. Vielleicht hat sie hier eine Spur hinterlassen. Aber nichts von Bedeutung taucht im Browserverlauf auf. Vielleicht hat sie den Computer nicht benutzt. Inzwischen hat sie sich vermutlich einen eigenen besorgt. Über Geld scheint sie ja zu verfügen. Woher sie das wohl hat, frage ich mich. Hat sie Unterstützer?

Ich mag nicht glauben, dass ich erneut in einer Sackgasse gelandet bin. Das kann doch nicht so weitergehen.

Sie kann überallhin gereist sein – nach Norden, nach Süden, noch weiter in den Osten oder zurück in den Westen. In Georgia hat sie weder Verwandte noch Freunde, das konnte ich bereits feststellen. Aber vielleicht ist das ja gerade der Grund, warum sie hier gelandet ist.

Bevor ich zurückfahre zum Flughafen, erkundige ich mich noch am Bahnhof und am Busbahnhof. Auch das sind Sackgassen.

Casey Cox ist cleverer als die meisten Menschen, die auf der Flucht vor dem Gesetz sind. Vielleicht ist sie cleverer als ich.

21

Casey

Im Innenhof von Gran's Porch sitzt eine Frau in einem Schaukelstuhl, der bei jedem Schwung quietscht. Sie kommt mir verwirrt vor, als sei sie heute Morgen aufgewacht und habe sich an einem unbekannten Ort wiedergefunden und könne den Weg nach Hause nicht finden.

Ich kann es nicht gut haben, wenn Menschen einsam sind, also verlasse ich meine kleine Hütte und geselle mich zu ihr.

„Hallo", sage ich und streiche mir das Haar hinter die Ohren, was ich immer tue, wenn ich nervös bin. „Ich bin Grace. Darf ich mich zu Ihnen setzen?"

Sie scheint aus ihrer Versunkenheit zu erwachen. „Er gehört mir gar nicht. Der steht hier für alle, aber in dieser Jahreszeit nutzt ihn nie jemand. Es sei zu schwül, sagen alle. Als könnte man erwarten, dass Georgia Ottawa ist."

Ich verstehe das als Zustimmung, sinke in einen pollenbedeckten Gartensessel und lehne mich zurück. „Mir gefällt es hier. Ist gut für die Haut, oder?"

Sie lächelt und sieht mich jetzt an. „Sie sind aus dem Süden, was? Ich dachte zuerst, Sie sind ein Yankee."

Diesen Ausdruck habe ich nicht mehr gehört, seit ich ihn in der fünften Klasse mal in irgendeinem Buch gelesen habe.

„Woher kommen Sie?", will sie wissen.

Ich versuche mich an die Details im Leben von Grace Newland zu erinnern. „Oklahoma", sage ich lahm.

Sie sieht mich an, als sei ich gerade vom Mond gefallen. „Bestimmt nicht. Sie reden wie ich. Tiefster Süden. Sie sind kein Cowboy."

Ich hoffe, sie hat einen stärkeren Akzent als ich, aber ich korrigiere sie nicht. „Ich hab schon hier und dort gelebt. Auch im Süden."

„So viele Hiers und Dorts können es nicht gewesen sein. Dafür sind Sie zu jung."

Wie sind wir so schnell auf dieses Thema gekommen? Vielleicht war es ein Fehler rauszukommen. Ich stehe auf und streiche meine Jeans glatt. „Na ja … ich wollte nur mal Hallo sagen."

„Sie müssen nicht gleich davonrennen", sagt sie rasch. „Setzen Sie sich wieder, um Himmels willen."

Ich zögere einen Moment, dann setze ich mich langsam wieder in den Sessel.

„Ich heiße Sealy", sagt sie.

„Hallo, Sealy." Ich versuche das Gespräch in eine andere Richtung zu lenken. „Sind Sie auf der Durchreise?"

„Durchreise? Ich? Nein. Ich wohne hier."

„Ständig?", frage ich.

„Genau", sagt sie scharf. „Haben Sie damit ein Problem?"

„Nein. Es ist ein nettes Plätzchen zum Wohnen."

Sie brütet ein Weilchen vor sich hin, während ihr Blick über den Parkplatz schweift.

„Es war mal ein nettes Plätzchen. Die Leute, die das Motel eröffnet haben, das war eine anständige Familie. Haben alles selbst gemacht. Haben die Gäste behandelt wie Könige. Man hat sich hier wirklich wohlgefühlt. Als sie starben, haben die undankbaren Kinder es an irgendeinen Konzern verkauft. Die jetzigen Besitzer waren vermutlich nie hier. Und der Zigarrenfritze da drinnen, der das Ganze verwaltet, kümmert sich um nichts."

Ich würde sie gern fragen, warum sie hier wohnt, warum sie sich nicht einfach eine Wohnung oder ein Häuschen sucht, wenn sie sich die Motelpreise hier leisten kann. Aber ich will sie nicht wieder verärgern. „Da auf dem Sessel ist Vogeldreck", murmele ich und zeige auf den Sessel gegenüber meinem.

„Der ist da schon ewig. Hier macht nie jemand sauber."

Ich stehe auf. „Bin gleich zurück." Ich gehe in mein Zimmer und hole einen Lappen, mache ihn nass und reibe Seife darauf, dann schnappe ich mir eine Wasserflasche und trage alles hinaus auf den Hof. Sealy sieht auf.

„Darum kümmere ich mich jetzt gleich", sage ich. Ich knie vor dem Sessel und reibe den Vogeldreck ab. „Was für Vögel sieht man hier?"

„Weiß ich nicht", entgegnet sie. „Vögel bemerke ich nicht."

„Nein?", frage ich, während ich weiterschrubbe. „Ich liebe Vögel. Wir hatten zwei Rotkardinäle im Garten, als ich klein war. Ich habe es geliebt, wenn sie kamen. Es war, als hätten sie eine leuchtende Botschaft für mich. Oh, und meine Mutter hat immer Nektarspender für die Kolibris im Garten hängen. Die Kolibris schweben einfach davor, sie schlagen so rasend schnell mit den Flügeln, dass man es nicht wahrnehmen kann. Ich beobachte sie so gern. Hier sollte man auch so einen Nektarspender aufhängen."

„Dann gäbe es noch mehr von *dem da* auf den Stühlen."

„Das geht leicht ab", sage ich und stehe auf, damit sie mein Werk bewundern kann. Der Sessel ist jetzt wieder benutzbar. „Man könnte ihn ja an der Seite aufhängen, über dem Rasen. Es ist wirklich schön, Kolibris zu beobachten."

„Die Verwaltung hier würde für so was doch kein Geld ausgeben. Vermutlich würden sie mir auch verbieten, selbst einen Spender aufzuhängen."

In Shreveport habe ich eine Freundin, die genauso ist wie Sealy. Sie heißt Molly. Man sollte meinen, jemand, der so einen fröhlichen Namen hat, sei immer gut drauf. Aber Molly sieht nur die dunklen Seiten des Lebens, den Teil, den man auf den Negativen des Films sieht. Sie hat keinen Blick für die guten Dinge.

Ich verstehe ihre Perspektive. Aber ich reagiere anders auf das Leben. Für mich ist es eine Herausforderung, mehr zu sehen als das Dunkle und irgendwo etwas Gutes in allem zu entdecken. Es macht mir Freude, Molly auf die guten Seiten hinzuweisen, denn wenn ich das tue, erinnere ich mich auch selbst daran, dass es sie gibt. Vielleicht kann Sealy ja meine neue Molly werden.

Als ich später einkaufen gehe, komme ich an einem Haushaltswarenladen vorbei und kaufe einen Nektarspender. Nicht dreißig, wie Mom. Einer reicht. Als ich zurückkomme, mixe ich Zuckerwasser, fülle den Spender randvoll und trage ihn nach draußen. Dort hänge ich ihn an einen niedrigen Ast eines kränkelnden Baumes im Innenhof.

Es ist ein roter Farbklecks in einer farblosen Umgebung. Ich wünschte, ich könnte die Sessel in irgendeiner leuchtenden Farbe streichen. Das könnte Sealy ein Lächeln entlocken.

Sie ist jetzt drinnen, und bei dem Gedanken, dass sie den Nektarspender entdeckt, wenn sie das nächste Mal aus der Tür kommt, muss ich grinsen. Ich hoffe, die Kolibris veranstalten eine Show für sie. Der Gedanke vertreibt etwas von der Schwere, die mir auf den Schultern liegt wie ein übergroßer Wollmantel.

In dieser Nacht schlafe ich besser als jemals, seit diese ganze Geschichte angefangen hat.

22

Dylan

„Eins müssen Sie wissen. Brent Pace hat Casey Cox geliebt."

Diese Erklärung kommt von Brents bestem Freund Kip, ebenfalls Reporter bei der *Shreveport Times,* der auch privat viel Zeit mit Brent verbracht hat. Dass die beiden befreundet waren, weiß ich durch meine Erkundigungen und von Brents Facebook-Seite.

„Er hat sie geliebt?", hake ich nach. „Waren die beiden ein Paar?"

„Nein", sagt Kip. „Casey hat nicht so empfunden. Natürlich hat sie ihm ständig gesagt, dass sie ihn liebt, aber das hat sie uns allen ständig gesagt. Es war ganz klar, dass er für sie einfach ein sehr guter Freund war."

„Und Brent war damit zufrieden?"

„Ich glaube, Brent wusste genau, dass Casey verletzt ist. Und er hat vielleicht gedacht, wenn er ihr hilft, darüber hinwegzukommen, könnte sie ihn irgendwann einmal auch als mehr als einen Freund betrachten."

Ich weiß, was er meint, wenn er sagt, Casey sei „verletzt", aber ich möchte wissen, was er darunter versteht. „Verletzt? Inwiefern?"

„Der Tod ihres Vaters", sagt er. „Die Sache hat sie verfolgt. Verstehen Sie mich nicht falsch. Sie war nicht ständig deprimiert. Sie hat sich nicht selbstquälerisch darein verbissen. Sie ist immer freundlich und optimistisch und sie redet nicht darüber. Aber von Brent weiß ich, dass sie ihm gegenüber die Maske mal abgelegt und ihm alles erzählt hat. Und das hat ihn sehr beschäftigt."

„Ich habe eine Vermutung, was Casey betrifft", sage ich. „Ich denke, sie könnte eine posttraumatische Belastungsstörung haben. Es wäre nicht ungewöhnlich, nachdem sie ihren Vater so vorgefunden hat, wie es geschehen ist. Hat sie manchmal extrem auf bestimmte Situationen reagiert? Hat sie mal was gesagt, dass sie Albträume hat? Hat sie manchmal Dinge getan, die irgendwie auffällig waren?"

Kip denkt ein Weilchen nach. „Ich weiß, dass sie nicht viel schläft. Eine Freundin, Molly, hat mal ein paar Wochen mit ihr zusammengewohnt und sie sagt, dass Casey im Schlaf geredet hat oder auch nachts weinte, wenn sie schlecht geträumt hat. Sie hatte kaum Dates. Sie scheint Männer auf Abstand zu halten, als ob sie auf ihre eigene Verletzlichkeit fixiert sei. Es gibt jede Menge Jungs, die Interesse an ihr hatten, aber das hat nie zu etwas geführt. Brent ist einfach drangeblieben. In den letzten Wochen hat er nur noch für sie gearbeitet."

„Gearbeitet? Was soll das heißen?"

„Er hat sich in die Ermittlungen zum Tod ihres Vaters reingegraben."

Ich stütze die Ellbogen auf den Tisch und lehne mich vor. „Und wie hat er das gemacht?"

„Er hat in der Sache recherchiert wie für einen Artikel, den er schreiben will. Brent war gut im Recherchieren. Er hat seine ganze Freizeit für diese Sache geopfert."

„Und wonach genau hat er gesucht?"

„Das weiß ich nicht. Antworten, was damals wirklich passiert ist. Er sagte, Casey glaubt, dass ihr Vater ermordet wurde, und er hat versucht, Beweise zu finden. Er hat Leute interviewt und versucht herauszufinden, was in den Wochen vor dem Tod ihres Vaters passiert ist. Vermutlich wollte er Casey ermöglichen, einen Schlussstrich unter alles zu ziehen. Einmal hat er mir gesagt, Casey habe einen Verdacht, wer der Mörder sei, aber sie könne es nicht beweisen."

„Das hat er Ihnen erzählt? Hat er gesagt, wen sie verdächtigt?"

„Nein, er hat wohl bemerkt, dass ihm da ein bisschen zu viel herausgerutscht war. Mehr hat er nicht gesagt."

Ich notiere mir das. „Hat er Ihnen jemals Informationen zugeschickt, Kopien von etwas, was er aufgenommen hatte?"

„Nein", sagt Kip. „Wir sind nicht so in die Details gegangen. Wie schon gesagt, an dieser Sache war er in seiner Freizeit dran."

Hatte Keegan nicht gesagt, die Polizei hätte Brents Laptop und Computer und sein Smartphone beschlagnahmt? Vielleicht hatten sie noch keine Zeit, die Daten durchzusehen. Ich notiere mir, unbedingt zu fragen, ob ich mir die Sachen ansehen kann.

„Die Sache ist die: Casey ist zu clever, um so etwas zu tun", bemerkt Kip. „Ich meine, selbst wenn sie aus irgendeinem absonderlichen Grund jemanden hätte umbringen wollen, dann hätte sie es geschickter angestellt. Sie hätte keine Fußabdrücke am Tatort hinterlassen. Sie hätte es nicht so aussehen lassen, als sei sie schuldig. Dafür ist sie viel zu klug. Und deswegen hat man sie auch noch nicht gefunden."

Der Einwand ist nur zu berechtigt. „Haben Sie selbst eine Erklärung?"

Er zuckt die Achseln. „Ich war nicht am Tatort. Ich weiß nicht, welche Beweise die Polizei hat, über die wir nicht berichtet haben. Aber ich kenne Casey und sie ist keine Mörderin."

Ich nippe an meinem Kaffee und starre einen Moment lang auf den Tisch vor mir. „Wissen Sie, manche Menschen haben innere Probleme, die man ihnen nicht ansieht. Und dann rasten sie aus und tun Dinge, die sie normalerweise nie tun würden. Wenn jemand sich angegriffen fühlt oder traumatisiert ist, kann der unbedeutendste Vorfall zum Trigger werden … und ihn in eine Situation zurückversetzen, in der er ohnmächtig war, und dann ist die Reaktion unvorhersehbar. So ist es jedenfalls bei Menschen mit posttraumatischer Belastungsstörung."

Kip streicht sich übers Kinn. „Mag schon sein. Aber wenn Sie Casey kennen würden …"

Das habe ich nun schon so oft gehört, dass ich beschließe, sie tatsächlich besser kennenzulernen. Wieder zu Hause, forsche ich nach weiteren Fotos und Videos, diesmal auf der Facebook-Seite ihrer Schwester. Warum sie die nach dem ganzen Medienrummel noch immer öffentlich einsehbar gelassen hat, kann ich mir nicht erklären. Jedenfalls kann ich alles sehen, was sie gepostet hat. Es gibt ein Video von Hannahs Geburtstagsfeier. Casey hat ihre kleine Nichte auf dem Schoß und bringt sie zum Lachen, während Hannah die Aufnahme macht. Casey ist sichtlich vernarrt in das Kind. Ihre Augen strahlen glücklich, nur wenn die Kamera sie ganz nah zeigt, erkenne ich Schatten in ihrem Blick.

Ich suche in allen sozialen Medien die Seiten aller Freunde von Casey, die ich finden kann, und schaue mir die geposteten Videos an. Ich stoße auf etliche, die Casey nicht zeigen. Aber dann finde ich eins mit ihrem Namen im Titel und klicke es rasch an. Es zeigt irgendeine Party und Casey sitzt auf einem Campingtisch und spricht einen Beitrag für die Hochzeit einer Freundin.

„Als Barbie dich kennengelernt hat, Jake", sagt sie in die Kamera, „da habe ich zuerst gedacht, du bist nicht gut genug für sie. Aber dann habe ich dich näher kennengelernt und gesehen, wie fürsorglich und zuvorkommend du bist und wie du ihre Bedürfnisse über deine stellst. Und es hat nicht lange gedauert, da habe ich gedacht: ‚Das ist die perfekte Beziehung.' Ihr passt so gut zusammen. Es heißt ja, Gegensätze ziehen sich an. Aber ich denke, *Gleichheiten* ziehen sich an."

„Gleichheiten?", wirft Brent ein und stellt sich hinter sie. „Das ist doch kein Wort."

„Jetzt ist es eins", sagt Casey. „Ich habe es soeben benutzt. Hast du's nicht gehört?"

Brent lacht und Casey fährt fort. „Nein, im Ernst. Ihr beide seid euch so ähnlich, dass ihr bei all diesen Testspielen, wie gut man zueinanderpasst, bestimmt immer dieselbe Punktezahl kriegt. Ihr seid perfekte Partner füreinander und das meine ich im besten Sinn. Ich freue mich schon auf all die Partys zur silbernen und goldenen und eisernen Hochzeit." Ihre Stimme bricht ab und sie tupft sich ein paar Tränen aus den Augen.

Brent stupst Casey an. „Du tust ja so, als ob du die beiden nie wiedersiehst. Als ob sie sich in Luft auflösen, sobald sie sich das Jawort gegeben haben. Aber auch nach der Hochzeit werden wir uns doch weiter sehen."

Casey lächelt. „Vielleicht. Die Dinge verändern sich, aber das ist okay. Jetzt müssen sie füreinander an erster Stelle stehen. Und sie gründen eine Familie." Sie sieht wieder in die Kamera. „Leute, es wird absolut fantastisch werden. Ich hoffe, ich finde auch mal so jemanden wie Jake."

Im Hintergrund zeigt Brent auf sich selbst und zuckt die Achseln, als wolle er der Kamera und jedem, den es sonst noch interessiert, sagen, dass er zu haben wäre. Casey hat es später bestimmt auch gesehen. Ich frage mich, ob ihr davor schon klar war, dass er für sie schwärmt.

Das war typisch Brent, muss ich denken. Er ist immer endlos lange mit einem Mädchen ausgegangen, bevor er es ernst werden ließ, fast als hätte er Angst, er würde das Mädchen als gute Freundin verlieren, wenn daraus mehr wurde als Freundschaft.

Auf dem Video sind noch etliche weitere Beiträge, die mich vermuten lassen, dass es wohl als Einlage für die Hochzeitsfeier gedacht war, ein Geschenk, das das frisch vermählte Paar immer wieder an die Feier erinnern würde. Aber Caseys Beitrag ist mit Abstand der beste. Er kam von Herzen, er ist anrührend und enthält nicht die kleinste Spur von Spott oder Ironie.

Ich überfliege andere Videos, sehe eine wagemutige Casey, die sich an einem Ast über eine Schlucht mit einem tosenden Fluss schwingt und mit lautem Geschrei hineinstürzt. Viele Videos zeigen sie als Teenager. Sie war nicht risikoscheu.

In vielen Filmen ihrer Freunde ist sie bei irgendwelchen Feiern und gemeinsamen Unternehmungen im Hintergrund zu sehen. Sie scheint immer zufrieden, lächelnd, glücklich; sie redet weniger als andere und scheint mehr zuzuhören.

Ehe ich mich versehe, sind drei Stunden vergangen und ich mache mir bewusst, was ich heute über Casey Cox erfahren habe. Ich muss allen zustimmen, die behaupten, Casey sei kein Typ, der plötzlich ausrastet und jemanden umbringt. Sie kommt mir nicht vor wie eine wandelnde Zeitbombe.

Wenn ich ehrlich bin, wünschte ich mir eine Freundin wie sie oder zumindest wie sie zu sein scheint. Die könnte ich gerade jetzt gut gebrauchen. Der Gedanke, jemanden wie sie hinter Gitter zu bringen, widerstrebt mir. Aber wenn sie den Freund meiner Kindertage umgebracht hat, dann ist das genau der Ort, wo sie hingehört.

Immer wieder läuft alles zurück auf den Tod ihres Vaters. Da müssen sich entscheidende Hinweise verbergen. Und da Brent der Sache auf der Spur war, als er starb, wird es mich vielleicht zu Casey führen, wenn ich denselben Pfad verfolge.

•••

Am Montagmorgen kreuze ich ohne Vorwarnung auf dem Polizeirevier auf und gehe in den dritten Stock, wo Keegan seinen Arbeitsplatz hat. Er sitzt mit Ohrhörern in den Ohren vor seinem Laptop und sieht irgendeine Videoaufzeichnung an. Es ist eine unprofessionelle Aufnahme eines Gesprächs mit einer Frau. Keegan bemerkt mich nicht. „Detective“, sage ich.

Als er sich umdreht, reißt das Kopfhörerkabel aus dem Laptop. Die Wiedergabe springt um auf den Laptoplautsprecher, sodass ich Brents Stimme höre, die eine Frage an die Frau richtet. Ich kann sie nicht vollständig verstehen, aber ich höre den Namen *Andy Cox.* Keegan schließt hastig den Laptop. „Dylan, mein Junge! Ich wusste nicht, dass Sie heute vorbeikommen wollten“, sagt er übermäßig herzlich, springt auf und streckt mir die Hand entgegen, als sei er äußerst erfreut, mich zu sehen. „Sagen Sie mir, Sie haben das Mädchen.“

„Noch nicht“, antworte ich. „Aber vielleicht können Sie mir helfen, damit es bald so weit ist.“

Er setzt sich wieder. „Schießen Sie los.“

„Ich habe mit einem Kollegen von Brent gesprochen, der mit ihm befreundet war, und erfahren, dass Brent an einem Fall gearbeitet hat.“

„Was meinen Sie mit ‚einem Fall'? Er war kein Polizist."

„Aber er war Journalist. Er hat versucht, ein bisschen Licht in das Rätsel um den Tod von Casey Cox' Vater zu bringen."

Keegan sitzt auf einmal kerzengerade da und ich kann deutlich sehen, dass ich einen Nerv getroffen habe. „Jetzt übertreiben Sie es aber wirklich, Dylan", sagt er leise und blickt um sich, als wolle er sichergehen, dass niemand uns hört. Dieser Kerl hat wirklich ein imposantes Ego. „Sie haben eine ganz bestimmte Aufgabe und die besteht darin, Casey Cox zu finden."

„Aber ich weiß nicht, wo sie gerade steckt", entgegne ich ebenso leise wie er. „Die Paces wollen, dass ich dranbleibe, also tue ich, was ich nur kann, um herauszufinden, wie sie tickt."

Seine Ohrläppchen färben sich rot, bevor die Rötung auch seinen kahl geschorenen Kopf überzieht. Er presst die Zähne zusammen, als er sich zu mir herüberlehnt und die Worte ausspuckt: „Warum. Sprechen. Sie. Mit. Brents. Freunden?"

Obwohl er sich solche Mühe gibt, lasse ich mich nicht einschüchtern. Was ist mit dem Typ los? „Weil es auch Freunde von Casey sind, Detective. Ich bin kein Spürhund, der die erlegte Beute nur noch nach Hause bringen muss. Sie haben sie noch nicht aufgespürt, also versuche ich, das zu tun."

Keegan fixiert mich mit einem langen, durchdringenden Blick, in dem ein Vorwurf liegt. Ich bin mir nur nicht sicher, was er mir eigentlich vorwirft.

„Jedenfalls", sage ich unbeeindruckt, „verstehe ich nicht, wo das Problem liegt, wenn ich mir die Akten über den Tod von Andy Cox ansehe."

„Das Problem ist, dass ich keinen dahergelaufenen Privatdetektiv gebrauchen kann, der ein Video ausgräbt, auf dem Casey Cox mitleiderregend und sympathisch rüberkommt. Ich brauche keine voreingenommenen Geschworenen, die denken, es sei ja kein Wunder, wenn das Mädchen zu einem Dampfkessel geworden ist, der dreizehn Jahre später in die Luft fliegt."

„Und Sie glauben nicht, ein guter Verteidiger würde den Tod ihres Vaters nicht auch wieder aufrollen?"

„Hören Sie, Dylan, ich habe hier jede Menge Beweismaterial durchzusehen, das möglichst rasch an den Staatsanwalt gehen muss, damit die Anklage erhoben werden kann, sobald wir sie finden. Ich habe keine Zeit, mich mit einem Selbstmord zu beschäftigen, der dreizehn Jahre her ist. Und natürlich will seine verrückte Witwe nicht glauben, dass er sie einfach alleingelassen hat. Angehörige wollen das nie glauben."

„Das stimmt. Aber ist es denn nicht wichtig, dass Brent an der Sache dran war?"

Keegan starrt mich einen längeren Moment lang an, bevor er den Kopf schüttelt. „Sie haben meine Antwort gehört, Dylan. Sie haben einen klar umgrenzten Auftrag. Und Sie haben keinen Grund, in einem alten Fall herumzuschnüffeln, der vor Jahren abgeschlossen wurde. Und jetzt würde ich vorschlagen: Wenn Sie Casey nicht ausfindig machen können, sollten Sie den Paces sagen, dass Sie nicht weiterkommen, damit sie ihr Geld nicht umsonst ausgeben."

Das ist nun wirklich seltsam. Will denn nicht *er*, dass sie gefunden wird? „Ich finde sie", sage ich. „Und Sie müssen sich nicht weiter bemühen. Ich kann auch zum Polizeichef gehen. Gates ist mit Brents Eltern befreundet und ihm liegt ebenfalls daran, dass wir sie kriegen. Er kann mir die Unterlagen und auch die Dateien von Brents Computer zukommen lassen."

Keegan schwitzt jetzt, Schweißperlen stehen auf seiner Oberlippe. „Gates müssen Sie damit nicht behelligen. Der hat zu viel um die Ohren. Und ich will nicht, dass er sich in meinen Fall einmischt." Er zieht ein Taschentuch heraus und wischt sich den Schweiß von der Stirn. „Also schön, ich will sehen, was ich tun kann", sagt er schließlich. „Vielleicht kann ich einen Teil der Unterlagen für Sie raussuchen, aber sicher nicht alles. Aber ich sage Ihnen jetzt schon, das wird Sie nicht weiterbringen. Sie war damals zwölf. Es ist lange her. Und wenn Sie versuchen zu entschuldigen, was sie Brent angetan hat …"

„Das ist nicht meine Absicht“, unterbreche ich ihn. „Ich möchte nur eine Erklärung finden, warum ein Mädchen, das nach allgemeiner Aussage eine sehr verlässliche Freundin ist, plötzlich ausrastet und einen so brutalen Mord begeht. Wenn ich sie finden soll, muss ich sie zuerst verstehen.“

„Jedenfalls hat sie's getan“, sagt Keegan. „Der Tatort ist voll von Spuren, die auf sie hinweisen. Ich habe die Beweisaufnahme selbst gemacht. Wir müssen der Verteidigung ja nicht noch Argumente liefern.“

„Aber warum hat sie es getan?“, beharre ich. „Das ist es, was ich wissen muss.“

„Nein, das müssen Sie nicht wissen“, entgegnet er. „Was Sie wissen müssen, ist, wo sie steckt. Wenn ich das Geld und die Zeit hätte, die Sie gehabt haben, hätte ich sie inzwischen gefunden. Ich dachte, Sie arbeiten professionell. Machen Sie Ihren Job. Bringen Sie sie her, damit wir sie ein für alle Mal hinter Gitter bringen können.“

Sein herablassendes Gebaren ärgert mich. Dann schüttele ich die Empfindung ab. Er ist eben überarbeitet und versucht ja nur, meinem toten Freund Gerechtigkeit zukommen zu lassen.

Ich nehme die Treppe hinunter ins Erdgeschoss, und als ich auf den Ausgang zugehe, bemerke ich eine ältere Frau, die das Beweismittelarchiv betritt. Sie kommt mir bekannt vor. Ja, das ist die Frau, die Brent in dem Video befragt, das Keegan vorhin angesehen hat. Ich zögere und überlege, ob ich ihr folgen und mit ihr sprechen soll, aber dann höre ich von oben Schritte. Als ich aufsehe, kommt Keegan die Treppe herunter.

Mir ist klar, dass er niemals zulassen würde, dass ich das Archiv ohne seine Zustimmung betrete. Ich muss später noch einmal wiederkommen.

23
Casey

Jemand, der gezwungen ist, in einer völlig unbekannten Stadt den erstbesten Job anzunehmen, könnte es wesentlich schlechter treffen, als in Simmons Handy-Klinik hinter der Ladentheke zu stehen. Ich mag die Menschen, mit denen ich arbeite, obwohl die es gegenseitig schwer miteinander haben.

Die Mitarbeiterin, von der mein neuer Chef erwähnt hat, dass sie auf dem College sei, ist in Wirklichkeit eine neunundsechzigjährige Witwe namens Cleta, die versucht, noch einen kaufmännischen Abschluss zu machen. Sie stellt das Radio im Laden mit Vorliebe auf Musik aus den Fünfzigern ein, wozu sie dann hüftenschwingend durch die Räume tanzt.

Die andere, Rachel, ist tatsächlich im Collegealter – um die zwanzig – und sie ist aus anderem Holz geschnitzt. Heute sitzt sie hinter dem Tresen und konzentriert sich ganz darauf, ihren Unterarm mit einem Gelschreiber zu bemalen. „Was machst du da?“, frage ich.

„Ich male mir ein Tattoo“, murmelt sie abwesend.

„Du hast doch bereits eins.“

„Das ist nicht echt“, sagt Cleta aus der anderen Ecke des Ladens. „Jedenfalls nicht ganz.“

Ich weiß nicht, ob ich sie richtig verstehe. Ich gehe zu Rachel und studiere das Paisleymuster auf ihrem linken Arm. „Dann ist nur ein Teil davon echt?“

„Ja“, sagt Rachel und zieht sorgfältig die verblassten Linien nach. „Ich wollte ein richtiges Tattoo, aber das Stechen hat ziemlich wehgetan. Ich kann keine Schmerzen aushalten. Mir ist schlecht geworden, bevor das ganze Motiv fertig war. Ich musste dann abbrechen."

„Und jetzt malst du den Rest jeden Tag neu auf?"

„Ja. Wenn ich das nicht mache, sieht es aus, als hätte ich mir was auf den Arm gekritzelt."

„Aber das hast du ja auch."

„Ja, aber wenn ich das mache, ist es Kunst."

Ich muss lächeln und bin froh, dass ich keine Tattoos habe. „Eine Freundin von mir hat sich chinesische Schriftzeichen auf die Wade tätowieren lassen. Sie wusste nicht mal, was sie bedeuten."

Rachel sieht auf. „Und hat sie es inzwischen rausgekriegt?"

„Ja, irgendwann schon. Es bedeutet: ‚Ausgang rechts.'"

„Was? Warum hat sie sich das ausgesucht?"

„Vermutlich hat sich jemand einen Scherz erlaubt", sage ich. „Aber was, wenn es nun was Ernsthaftes gewesen wäre, das aber überhaupt nicht ihren Ansichten entspricht? Vielleicht ein Koranzitat und sie wäre später Christ geworden? Oder eine Zeile von den Beatles und sie hätte später beschlossen, dass sie die Beatles grässlich findet? Bei meinem Vater war das so. Seit er Teenie war, war er ein Fan der Grateful Dead, aber als er dann anfing, mir die Sachen vorzuspielen, gefiel ihm die Band nicht mehr. Wenn er sich nun einen Totenkopf auf die Haut hätte brennen lassen, um später festzustellen, dass er gar kein Deadhead mehr war?"

Rachel sieht mich amüsiert an. „Du denkst zu viel", sagt sie.

„Ja, das habe ich schon öfter gehört."

Wir lachen viel zusammen und es ist ein schönes Gefühl, eine neue Freundin zu haben. Die Arbeit ist nicht schwer. Ich habe mich schnell eingearbeitet und am ersten Tag alle Bedienungsanleitungen gelesen und ausprobiert, wie die Geräte funktionieren. Inzwischen weiß ich genug, um Kunden zu bedienen und Reparaturen anzunehmen.

„Glauben Sie, der Typ, dem sein Handy ins Klo gefallen ist, hat es gereinigt, bevor er es uns gebracht hat?", fragt Cleta und steckt ein defektes Gerät in einen Plastikbeutel.

„Würde ich bezweifeln", sagt Rachel. „Den meisten Leuten fällt nicht gleich ein, dass sie die Sachen mit Alkohol reinigen könnten."

„Krass", sage ich. „Haben wir irgendwo feuchte Desinfektionstücher?"

„Nein, aber wir sollten welche besorgen", erwidert Rachel und sieht von ihrem Kunstwerk hoch. „Weißt du, wie viele verschiedene Keime auf so einem Handy sein können? Kolibakterien, Staphylokokken, Botulismus ..."

„Ich dachte, das sei Lebensmittelvergiftung", werfe ich ein.

„Ist ja egal ... Jedenfalls ist das alles auf diesen Handys und Smartphones. Einmal hatte ich eine Blase am Finger, die anschwoll wie ein Basketball. Ich könnte schwören, die kam von irgendeinem Keim auf irgendeinem dieser Handys."

Ich muss grinsen. „Wie ein Basketball? Wirklich?"

„Na ja, dann eben wie eine Melone."

„Es war ein Golfball", berichtigt Cleta sie. „Oder eher ein Pingpongball."

„Das ist immer noch ziemlich groß", kommentiere ich.

„Wir sollten Handschuhe tragen", ergänzt Rachel. „Wirklich. Das sollte bei diesem Job vorgeschrieben sein."

„Wir könnten ja welche anziehen, wenn wir wollten, oder nicht?"

„Klar. Aber ich tue nie etwas, wenn ich nicht muss."

Ich muss loslachen. Ich kann mich köstlich über die beiden amüsieren.

24
Dylan

Nach dem Mittagessen gehe ich noch einmal zum Polizeirevier. Nachdem ich mich vergewissert habe, dass Keegan nicht irgendwo im Erdgeschoss herumläuft, mache ich rasch die Tür zum Beweisarchiv auf. Der Raum ist nur schwach beleuchtet und es riecht staubig und feucht. Die kleine Frau, die ich am Morgen gesehen habe – die aus dem Video, das Keegan angesehen hat –, sitzt am Schreibtisch und versucht ein Fläschchen mit Tabletten zu öffnen. Ich warte und beobachte sie schweigend, bis sie die Flasche aufkriegt, einige Tabletten in ihre zitternde Hand schüttet und sich in den Mund wirft. Sie spült die Tabletten mit einem Glas Wasser herunter und steckt das Pillenfläschchen in ihre Handtasche. Dann schiebt sie die Lesebrille auf ihrer Nase höher, die sie an einer Kette trägt.

Ich bin zwar nur ein paar Schritte entfernt, aber sie hat mich nicht hereinkommen hören. Ruhig gehe ich bis zu ihrem Schreibtisch und stelle mich davor wie ein Schüler, der darauf wartet, dass der Lehrer ihn bemerkt. Ein Schild auf dem Schreibtisch verrät ihren Namen: Sara Meadows.

„Hallo“, sage ich. „Ich bin Dylan Roberts. Ich bin Privatdetektiv und arbeite mit der Kripo am Fall Brent Pace.“

Ihre Augen verengen sich. Sie nimmt die Brille ab und lässt sie an der Kette herunterfallen. „Wissen Detective Keegan und Detective Rollins davon?“, erkundigt sie sich mit verrauchter Stimme.

„Ja, Ma’am, sie wissen es. Die Familie Pace hat mich engagiert, damit ich das Mädchen finde, von dem sie glauben, dass es ihren Sohn getötet hat. Soweit ich weiß, haben Sie Brent gekannt.“

Sie setzt sich aufrecht hin und wirft einen Blick zur Tür, als erwarte sie, dass gleich jemand hereinkommt. Als sie mich wieder ansieht, sind ihre Augen matt. „Und woher wissen Sie das?“

„Ich habe Brent gekannt. Wir waren Sandkastenfreunde. Deshalb hat seine Familie mich engagiert.“ Ich weiß, dass ich ihre Frage nicht beantwortet habe, aber ich hoffe, dass ich ihr Vertrauen gewinne.

Sie ist bereits blass, aber nun wird sie kalkweiß. „Ich ... ich weiß nicht, wovon Sie reden. Haben Sie hier überhaupt Zutritt?“

„Ich habe ein paar polizeiliche Vollmachten“, sage ich.

Sie versucht aufzustehen und stößt dabei den Stuhl um. Er fällt polternd zu Boden und ich hechte vor, um sie aufzufangen, bevor sie auch stürzt. Eine Metalltür an der Rückwand des Raumes öffnet sich und eine ebenfalls kleine Frau kommt eilig herein. „Sara? Alles okay, Liebe?“

Ms Meadows richtet sich auf und bückt sich nach dem Stuhl, erreicht ihn aber nicht ganz. Ich stelle ihn für sie auf.

„Entschuldigung“, sagt sie mit rauer Stimme. „Ich brauche eine kleine Pause.“

„Aber ja, Liebe“, sagt ihre Kollegin. „Leg dich ein bisschen hin. Ich übernehme hier für dich.“

Ms Meadows verschwindet im Hinterzimmer.

„Kann ich etwas für Sie tun?“, fragt die andere Frau.

„Geht es ihr gut?“, erkundige ich mich leise. „Ich wollte gern mit ihr sprechen, aber es sieht so aus, als fühlt sie sich nicht wohl.“

Die Frau lehnt sich über den Schreibtisch zu mir vor. „Krebs“, flüstert sie. „Sie arbeitet schon so lange hier. Sie besteht darauf, weiter zu kommen, aber sie ist im Endstadium.“

Das erklärt die Tabletten.

„Was brauchen Sie?“, fragt sie. „Wenn ich kann, helfe ich Ihnen gern.“

Ich atme tief durch. „Ich wollte eigentlich mit Ms Meadows sprechen. Ich komme später noch mal vorbei.“

„Ja, tun Sie das. Wenn sie sich ein Weilchen hingelegt hat, geht es ihr sicher wieder besser." Sie senkt die Stimme zu einem Flüstern. „Wir haben hinten extra ein Bett für sie aufgestellt. Ganz ehrlich, ich verstehe nicht, warum sie nicht zu Hause bleiben will. Ich an ihrer Stelle ..."

„Es wundert mich, dass die Polizeidirektion sie noch kommen lässt", sage ich ruhig.

„Der Polizeichef will nicht, dass man ihr kündigt", sagt sie. „Er sagt, sie hat hier ihren Platz, solange sie das selbst will. Die gute Seele. Soll ich ihr etwas ausrichten?"

Ich bin mir nicht sicher, ob ich meinen Namen hinterlassen soll. Keegan könnte spitzkriegen, dass ich hier war. „Nein, das ist nicht nötig. Ich werde später mit ihr sprechen. Lassen wir sie erst mal ausruhen."

Ich verlasse die Dienststelle und besorge mir etwas zum Mittagessen. Etwa eine Stunde später gehe ich noch einmal zur Polizei und betrete das Beweismittelarchiv, ohne Keegan zu begegnen.

Ms Meadows ist zurück an ihrem Schreibtisch. Als ich hereinkomme, schaut sie auf und diesmal wirft sie einen Blick nach hinten, als wolle sie sicher sein, dass wir allein sind. Als ich vor ihrem Schreibtisch stehe, sagt sie: „Was wollen Sie?"

Ich spreche bewusst leise. „Ich weiß, dass Sie Brent Pace vor seinem Tod ein Interview gegeben haben. Darüber wollte ich mit Ihnen sprechen."

Sie schluckt nervös, dann steht sie auf und dreht sich um. Sie greift nach dem Dokument, an dem sie gearbeitet hat, und verstaut es in einem großen Aktenschrank hinter ihrem Schreibtisch. Dann schreibt Sie etwas auf einen Post-it-Zettel, kommt zurück an den Schreibtisch und reicht mir die Notiz.

„Seien Sie heute Abend um halb acht dort. Dann werde ich mit Ihnen reden."

Mein Herz stolpert, als ich den Zettel nehme und die Adresse lese. Sie wendet sich wieder ab und ich bin entlassen. Ich möchte ihr gern sagen, dass es mir leidtut, dass sie krank ist, dass ich es zu schätzen weiß, dass sie mit mir reden will, aber es ist allzu deutlich, dass sie mich schnell aus dem Raum haben will. Ich stehle mich hinaus in die Eingangshalle und gehe zu meinem Auto.

Um Viertel nach sieben fahre ich zu Sara Meadows' Haus – einem kleinen Holzhaus mit offenem Carport. Ihr Auto steht in der Einfahrt. Es ist noch hell und die Nachbarin arbeitet im Vorgarten nebenan. Ich will gerade in die Einfahrt einbiegen, überlege es mir dann aber anders und parke am Straßenrand. An der mit Spinnweben bedeckten Haustür klingele ich und nach einem Moment klopfe ich nachdrücklich. Vielleicht hört sie ja schwer.

Drinnen bellt ein Hund. Das Bellen wird zu einem Jaulen, dann wieder zum Bellen. Sie öffnet nicht und ich klopfe noch einmal, noch lauter und drücke zweimal auf die Klingel. Der Hund drinnen beruhigt sich gar nicht mehr.

„Kann ich Ihnen helfen?"

Ich drehe mich um und sehe die Nachbarin in der Einfahrt stehen. Ihre hellblaue Caprihose ist an den Knien schmutzig. „Oh, hallo", sage ich. „Ich bin mit Ms Meadows verabredet, aber sie öffnet nicht. Haben Sie sie gesehen?"

Sie zieht die Gartenhandschuhe aus. „Ich habe gesehen, wie sie von der Arbeit kam", sagt sie. „Sie muss drinnen sein."

Der Hund bellt und jault noch immer, als hätte er Schmerzen.

Die Nachbarin klopft energisch an den Seiteneingang. „Sara?", ruft sie durch die Scheibe. „Sara, ist alles in Ordnung?"

Ich vermute, die Tür führt in die Küche. Wahrscheinlich benutzt Ms Meadows meistens die statt der Haustür.

„Sara?" Die Frau dreht sich zu mir um und sagt: „Es geht ihr immer schlechter. Vielleicht kann sie nicht mehr an die Tür kommen. Ich rufe sie an." Sie zieht ein Handy aus der Tasche und wählt. Wir hören das Telefon im Haus klingeln, aber niemand geht dran.

Jetzt steht Besorgnis in ihrem Gesicht. „Warten Sie", sagt sie. „Ich hole den Schlüssel, den sie bei mir hinterlegt hat."

Ich warte, während die Frau nebenan im Haus verschwindet und dann mit dem Schlüssel zurückkommt. „Wer, sagten Sie, sind Sie?“, erkundigt sie sich und steckt den Schlüssel ins Schloss.

„Ein Freund und Kollege“, sage ich, unschlüssig, ob ich meinen Namen nennen soll.

Die Tür geht auf und die Frau betritt das Haus. Ich warte auf den Stufen. Drinnen spielt der Hund verrückt, er bellt und jault und springt aufgeregt herum. Die Frau bückt sich, um ihn zu streicheln, und das beruhigt ihn.

Die Fliegentür schließt sich hinter ihr und ich kann durch das Gitter sehen, dass sie in den nächsten Raum geht. Ich hoffe, dass Ms Meadows nach einem langen Tag in dem staubigen Archiv einfach nur schläft. Wenn die Nachbarin sie jetzt weckt, wird sie nicht ganz bei der Sache sein, wenn ich mit ihr rede. Nicht ideal, aber besser als nichts.

Dann höre ich einen Schrei.

Ich will gerade die Fliegentür öffnen, als die Nachbarin herausstolpert. Sie hat bereits den Notruf gewählt. „Hier gibt es einen Notfall“, sagt sie ins Handy. „Meine Nachbarin liegt blutend auf dem Fußboden in ihrem Haus. Ich glaube, sie ist tot.“

Blutend? Bei Krebs?

Ich stürme hinter ihr ins Haus und finde Sara Meadows in einer Blutlache. Ich knie mich hin und suche nach Lebenszeichen. „Sagen Sie ihnen, dass kein Puls zu fühlen ist“, rufe ich der Nachbarin zu.

Ich probiere es mit ein paar Wiederbelebungsmaßnahmen, aber dann sehe ich die Schusswunde direkt über dem Herzen. Ich lasse meinen Blick durch den Raum schweifen. Im Fenster zum Garten ist ein Loch.

Sara Meadows wurde ermordet.

25
Casey

„Grace, ich glaube, dieses Gerät ist wieder in Ordnung", sagt Mr Simmons und reicht mir ein Android-Smartphone. „Aber checken Sie es noch mal durch, ob irgendetwas neu aufgespielt werden muss. Kalender, Mail-Programm, Fotos, Sie wissen schon. Wenn die letzten Dateien schon Wochen alt sind oder das ganze Ding völlig leer ist, dann sagt uns das was. Gehen Sie auch ins Netz und checken, ob der Browser funktioniert."

Leute, die ihre Handys ins Wasser fallen lassen, wären wohl überrascht zu erfahren, dass alles, was wir hier dann damit machen, warten ist, bis sie wieder trocken sind. Ja, die Techniker nehmen die Geräte auseinander, ersetzen vielleicht den Akku, aber dann warten sie einfach ab. Oft schaltet sich das Gerät wieder ein, wenn sie es wieder zusammensetzen, und dann berechnen sie so viel für die Reparatur, dass man glauben könnte, sie hätten chirurgische Magie angewendet.

Mr Simmons verschwindet in der Werkstatt und ich lehne mich auf den Tresen, tippe auf dem Smartphone herum und hoffe, dass ich nichts verpfusche. Im Kalender sind die Termine aktuell, der scheint also zu funktionieren. Im Mail-Programm erscheinen neue Nachrichten, das dürfte auch in Ordnung sein.

Schließlich tippe ich auf die Fotos und es dauert ewig, bis sie hochgeladen sind. Ich will schon nach hinten zu Mr Simmons durchrufen, dass dieser Kunde vielleicht seine Fotos verloren hat, als schließlich doch ein paar Bilder erscheinen.

Ich tippe auf ein Foto. Es zeigt einen ungepflegten Mann, der an einem Küchentisch Kaffee trinkt. Als ich gerade zum nächsten Foto weiterwischen will, fällt mein Blick auf die Zeitung, die hinter dem Mann auf dem Buffetschrank liegt.

Obwohl es auf dem Display winzig klein ist, erkenne ich das Bild auf der Zeitung – es zeigt Laura, Miss Lucys verschwundene Enkeltochter. Ich vergrößere den Ausschnitt, bis ich die Überschrift lesen kann. „Freiwillige suchen Wald nach verschwundenem Mädchen ab“.

Ich runzele die Stirn. Miss Lucy hat gesagt, dass solche Suchaktionen in den ersten Wochen nach Lauras Verschwinden durchgeführt wurden. Warum sollte jemand wohl eine so alte Zeitung aufheben?

Vielleicht ist das Foto im Handy schon alt. Ich prüfe das Aufnahmedatum. Es stammt vom letzten Monat.

Jetzt ist mein Interesse geweckt und ich öffne weitere Fotos, studiere Details über das Haus oder die Wohnung. Es gibt ein Bild von einem blonden Baby in einer Babyschaukel. Ich wische weiter – eine Frau in den Fünfzigern, vermutlich seine Frau, mit hochgestecktem blondiert-grauem Haar und Tränensäcken unter den Augen, in denen man Einkäufe befördern könnte.

Auf diesem Bild findet sich noch ein Artikel über Laura. Diesmal lautet die Überschrift: „Vierzehnjährige aus Shady Grove verschwunden“.

Ein weiterer zwei Jahre alter Artikel, der noch in diesem Haus liegt. Warum?

Ich sehe mir die Frau genauer an. Sie trägt ein eng anliegendes schulterfreies Top, für ihr Alter und ihre Größe entschieden zu gewagt, aber dazu hat sie eine passende Kette mit Anhänger gewählt.

Ein solches Schmuckstück habe ich schon mal gesehen – es ist ein alter Kamee-Anhänger. Ich vergrößere das Foto. Der Anhänger sieht aus wie der, den Laura auf dem Foto trägt, das sie in dem Partykleid für die Schuljahresschlussfeier zeigt.

Das ist unmöglich. Aber Kamee-Anhänger sind nicht gerade selten. Muss ein Zufall sein. Als ich die Fotos durchgesehen habe, öffne ich den Internetbrowser und sehe mir den Suchverlauf an. Den meisten Leuten ist nicht bewusst, dass sie eine Liste mit jedem Artikel hinterlassen, den sie je gelesen haben. In diesem Fall ist es höchst einfach. Ich überfliege die Seiten. Es gibt weitere Artikel über Laura, die meisten davon mehr als ein Jahr alt. Er muss mit diesem Smartphone alles gelesen haben, was über sie erschienen ist.

Vielleicht ist es ein Bekannter der Familie, ein Verwandter oder Nachbar. Sein Interesse für Laura ist vielleicht nichts weiter als Sorge um einen Mitmenschen in der Nachbarschaft. Aber irgendetwas stört mich.

Ich sage Mr Simmons, das Gerät sei in Ordnung, suche mir aber den Einlieferungsbeleg heraus und notiere mir Adresse und Telefonnummer des Besitzers. Frank Dotson. Ich werde Sandra fragen, ob sie ihn kennt.

Ich sorge dafür, dass ich vorn im Laden bin, als der Kunde sein Gerät abholt. Er sieht tatsächlich ungepflegt aus, ist unrasiert und hat verfilztes, schmutziges Haar. Er riecht nach Zigaretten und Schweiß. Seine Zähne sind gelb und einer der Schneidezähne fehlt.

Er hat viel zu viel Interesse an mir, lächelt mich an, wobei seine Zahnlücke schwarz gähnt, und fragt, ob ich neu in der Stadt bin. Ich sage ja, ich sei gerade erst hergezogen.

„Was führt Sie denn nach Shady Grove?“, fragt er.

Ich zögere einen Moment, dann beschließe ich es zu riskieren. „Ich habe Freunde hier. Die Dalys.“

Er kneift die Augen zusammen und wischt sich dann über die Oberlippe, auf der sich Schweißperlen gebildet haben. „Ich glaube nicht, dass ich sie kenne“, sagt er.

Ich weiß, dass es nicht stimmt. Er ist bestens über die Dalys im Bilde, zumindest durch Zeitungsartikel über ihre verschwundene Tochter.

Jetzt hat er es doch eilig wegzukommen und ich stecke den Zettel mit seiner Adresse in die Hosentasche. Irgendwas stimmt nicht mit diesem Menschen oder mit seiner Frau. Ich kann mir die Sache ruhig mal ansehen. Hab ja sowieso nichts Besseres zu tun.

26

Dylan

Ich überlege, Sara Meadows' Haus zu verlassen, bevor die Polizei kommt, aber da ich im Haus war und sie praktisch gefunden habe, werden sie Einzelheiten wissen wollen. Außerdem will ich auch erfahren, was passiert ist. Hat jemand sie erschossen, weil sie mit mir sprechen wollte?

Die Nachbarin ist hysterisch und scheint mich völlig vergessen zu haben. Ich bleibe im Carport, an Ms Meadows Wagen gelehnt. Als die Beamten erscheinen, gehe ich ihnen in der Einfahrt entgegen, sage, wer ich bin und dass ich mit dem örtlichen Polizeirevier zusammen an einem Fall arbeite. Ich erzähle ihnen, was ich weiß, und höre dann der Aussage der Nachbarin zu. Sehr rasch erklären sie das Haus zum Tatort und beginnen damit, es abzusperren. Der Polizeifunk kommt überhaupt nicht mehr zur Ruhe, als durchgesickert ist, dass es sich um Sara Meadows handelt, die Dame aus dem Beweisarchiv, mit der sie alle zusammengearbeitet haben.

„Sie sagen, Sie waren mit ihr verabredet?", fragt mich einer der Beamten.

Ich schaue in den Garten und frage mich, ob der Killer es schwer gehabt hat, ums Haus zu gelangen und seinen Schuss abzufeuern. Es gibt ein Gartentor, aber das ist offen. „Ja. Ich habe heute Mittag auf der Dienststelle bereits mit ihr gesprochen. Sie bat mich, um halb acht hier zu sein." Ich ziehe den Zettel mit ihrer Adresse heraus und reiche ihn ihm. „Ich war ein bisschen früh dran. Aber niemand hat aufgemacht. Ich habe sonst niemanden gesehen. Die Nachbarin war gerade im Vorgarten. Sie hat Sie informiert."

Die Nachbarin schluchzt jetzt und ich höre, wie sie zu Protokoll gibt, dass sie außer mir niemanden gesehen hat.

„Worum ging es denn?", fragt der Beamte, der mit mir gesprochen hat.

„Was?"

„Ihre Verabredung. Warum wollten Sie sie sprechen?"

„Wie gesagt, ich arbeite an dem Mordfall Brent Pace. Sie kannte Brent und ich wollte etwas über das letzte Gespräch erfahren, das sie mit ihm geführt hat."

Ich schaue wieder auf das Gartentor. „Mir fällt gerade auf, dass das Gartentor hinten offen ist. Vielleicht gibt es Fußspuren des Täters."

Der Polizist folgt meinem Blick. „Hören Sie, Sie dürfen noch nicht gehen. Die Kollegen werden sicher noch weitere Fragen an Sie haben."

Sicher. Ich hoffe nur, dass Keegan und Rollins nicht gleich hier auftauchen. Aber selbst wenn nicht – die beiden werden bald genug erfahren, dass ich mit ihr gesprochen habe. Keegan wird nicht begeistert sein.

Aber er hat mir schließlich nicht zu sagen, was ich tun darf und was nicht. Ich arbeite für die Paces und das mit Billigung des Polizeichefs.

Ich verlasse den inzwischen abgesperrten Tatort und setze mich auf den Kofferraum meines Wagens. An der Vorderfront des Hauses gibt es keine Einschusslöcher oder Glasscherben. Ich weiß, dass die Seitentür verschlossen war, weil die Nachbarin erst den Schlüssel holen musste.

Ich versuche mir vorzustellen, was passiert ist. Ein Szenario entsteht vor meinem inneren Auge. Jemand hat hinten im Garten gewartet, dass sie nach Hause kam. Er kann einen Schalldämpfer benutzt haben, da die Nachbarin nichts gehört hat. War der Täter noch da, als ich geklingelt habe? Wie lange davor war sie getötet worden? Wer immer es war, er wollte sie nicht ausrauben. Er wollte sie nur tot sehen.

Je länger ich darüber nachdenke, umso sicherer bin ich mir, dass die Sache nichts mit meinem Besuch zu tun hat. Niemand außer der

Kollegin von heute Morgen hat gewusst, dass ich mit ihr gesprochen habe, und ich bezweifle, dass sie irgendetwas daran ungewöhnlich gefunden hat.

Was hat Sara Meadows mir erzählen wollen? Und vor allem: Was war auf dem Video, das Keegan sich angesehen hat, als ich heute Morgen in sein Büro kam?

Nachdem ich den Beamten, die den Fall übernommen haben – dankenswerterweise sind es nicht Keegan und Rollins –, alles gesagt habe, was ich weiß, lassen sie mich gehen und ich fahre nach Hause, setze mich ins dunkle Wohnzimmer und starre die Wand an.

Ich muss an andere Todesfälle denken, die auch blutig waren, und schließe die Augen. Meine Kameraden, die gerade noch Witze gerissen haben und in der nächsten Sekunde von einer Bombe zerfetzt wurden. Ich hatte versucht, alle Einzelteile zu finden und sie wieder zusammenzusetzen ... eine absonderliche Reaktion. Die Psychiater haben mir immer wieder gesagt, sie sind tot und nichts, was ich hätte tun können, hätte sie gerettet. Aber mich verfolgt der Gedanke, dass ich genau das Falsche getan habe.

Irgendwie muss ich den Tod anziehen. Er zielt immer wieder auf mich und trifft dann die Menschen neben mir.

Ich bin hungrig, aber der Kühlschrank ist leer. Ich fahre los und will mir bei McDonalds etwas zu essen besorgen, und als ich in der Schlange darauf warte, meine Bestellung aufzugeben, muss ich an Hannah Boon denken, Caseys Schwester. Wenn ich ihr erzähle, dass ich Sara Meadows tot aufgefunden habe, nachdem ich herausgefunden habe, dass Brent ein Interview mit ihr aufgezeichnet hat, bevor er ermordet wurde – ein Interview, in dem es um ihren Vater ging –, wird sie dann offen mit mir sprechen? Ich verzichte auf mein Abendessen und fahre zu Hannahs Haus. Inzwischen dürfte ihr Mann daheim sein und sie bringt vermutlich gerade das Baby zu Bett. Der Zeitpunkt ist höchst ungünstig, das weiß ich, aber ich muss sie sprechen.

Ein großer hagerer Mann mit dem Baby auf dem Arm öffnet die Tür. „Hallo“, sagt er ausgesprochen freundlich.

„Ist Hannah da?", frage ich und merke dann erst, wie unhöflich ich bin. „Ich bin Dylan Roberts", schiebe ich schnell nach. „Ich habe am Freitag mit ihr gesprochen."

Sein Blick wird plötzlich kühl. „Sie hat keine Zeit."

„Es ist wirklich wichtig", sage ich. „Ich wollte heute Abend mit einer Frau sprechen, die etwas über den Tod ihres Vaters weiß, aber bevor das Gespräch stattgefunden hat, wurde sie ermordet."

Er schnappt nach Luft, starrt mich an und verschwindet dann im Haus. Wenig später kommt er mit Hannah zurück. Sie scheint zu zögern. „Was noch?", fragt sie. „Ich habe Ihnen alles gesagt, was ich weiß."

„Bitte, nur ein paar Minuten", sage ich.

„Wer ist tot?", will sie wissen.

„Eine Frau, die im Beweismittelarchiv der hiesigen Polizei gearbeitet hat. Ihr Name war Sara Meadows. Sie kannte Ihren Vater."

Sie murmelt ihrem Mann etwas zu. Er nimmt das Baby und verschwindet nach oben. Sie kommt aus dem Haus, sieht in beide Richtungen die Straße entlang und lässt mich dann eintreten. Mir wird bewusst, dass alles, was ich ihr sage, vielleicht an Keegan weitergereicht wird. Vielleicht hat die Kripo auch Abhörgeräte installiert, dann kriegen sie gleich alles direkt mit. Ich muss vorsichtig sein.

„Ich versuche mir ein Bild zu machen, was Brent Pace in den letzten Tagen vor dem Mord gemacht hat", sage ich. „Auf dieser Spur bin ich auf diese Frau gestoßen, die Ihren Vater gekannt hat, und sie hatte Informationen, die mit seinem Tod zu tun haben. Sie hat mich für heute Abend halb acht zu sich nach Hause bestellt, aber als ich hinkam, war sie tot. Erschossen."

Tränen schießen Hannah in die Augen, dann reckt sie das Kinn und presst die Lippen aufeinander. Sie winkt mir, ihr in den Garten zu folgen. Dort steht ein Campingtisch, aber sie geht daran vorbei und führt mich zu einer rustikalen schmutzigen Bank weiter hinten im Garten. „Ich weiß nicht, ob wir nicht abgehört werden", sagt sie leise.

Sie sieht mich an, Verzweiflung im Blick. „Ich habe ein Kind und einen Mann. Ich kann nicht riskieren, dass sie mich auch umbringen. Wenn jemand Sie fragt, müssen Sie sagen, ich hätte Ihnen nichts erzählt. Und dass ich überzeugt bin, dass Dad sich das Leben genommen hat.“

„Abgemacht“, sage ich. „Erzählen Sie mir einfach, was hier vorgeht.“

„Ich weiß nichts Genaues“, sagt sie und schüttelt den Kopf. „Casey hatte ihre eigenen Theorien, aber ich weiß nicht, wie viel davon wirklich zutrifft. Das Einzige, was ich Ihnen sagen kann, ist: Sie können den Leuten, mit denen Sie zusammenarbeiten, nicht trauen.“

Ich runzele die Stirn. „Ich arbeite mit niemandem zusammen. Ich arbeite auf eigene Faust.“

Die Hintertür geht auf. Hannahs Mann kommt heraus und sieht sich suchend um.

„Ich muss gehen“, sagt sie.

Als sie aufsteht, versuche ich es noch mal. „Es gibt ein Video“, sage ich. „Ich habe es auf Keegans Computer gesehen. Es zeigt Brent im Gespräch mit Sara Meadows. Ich habe Keegan überrascht. Er hat mich nicht gleich bemerkt, aber als er mich sah, hat er den Laptop sofort zugemacht. Er wollte nicht, dass ich das Video sehe.“

Hannah dreht sich abrupt um. „Wenn Sie Casey finden, dann werden sie sie auch umbringen. Sie wollen sie nicht ins Gefängnis bringen. Sie wollen sie tot, so wie jeden anderen auch, der versucht, sie zu überführen.“

„Ich suche nicht nur nach Casey“, sage ich. „Ich suche nach der Wahrheit.“

„Aber alles, was Sie über diesen Fall zu wissen glauben, ist falsch. Man hat Sie angelogen. Alle Ihre Ermittlungen beruhen auf nichts als einer Lüge.“

„Ich muss sie sprechen“, sage ich.

Hannah starrt mich an. „Sie sagten doch, die Frau ist tot.“

„Ich meine nicht Sara Meadows. Ich meine Casey. Können Sie ein Treffen arrangieren?“

„Natürlich nicht", sagt sie. „Ich weiß nicht, wo sie ist."

Ihr Mann wartet noch immer hinter dem Haus auf sie. Ich mache meinen nächsten Zug.

„Ich weiß, dass Sie ihr ein Päckchen nach Atlanta geschickt haben."

Alle Farbe weicht aus Hannahs Gesicht.

„Wenn Sie mir nur eine Telefonnummer oder eine Mail-Adresse nennen könnten. Wenn ich nur kurz mit ihr sprechen könnte. Es muss nicht direkt sein."

„Ich habe Ihnen bereits gesagt: Ich weiß nicht, wo sie ist."

Es ist deutlich, dass sie nicht nachgeben wird, also schreibe ich rasch meine Kontaktdaten für sie auf – Mail-Adresse, Handy, Postadresse, für den Fall, dass sie es sich doch noch überlegt. „Bitte. Wenn Casey diesen Mord nicht begangen hat, dann kann ich ihr vielleicht helfen."

Hannah lacht bitter auf. „Ja, das haben wir schon einmal gehört." Sie zeigt auf das Gartentor. „Sie können da rausgehen."

Dann marschiert sie zu ihrem Mann und zurück ins Haus und ich höre, wie innen der Sicherheitsriegel vorgelegt wird.

27
Casey

An meinem nächsten freien Tag nehme ich den Highway 280 Richtung Alabama. In Auburn fahre ich ab, suche einen Parkplatz und rufe Hannah von meinem Wegwerfhandy an. Wenn die Polizei die Verbindung nachverfolgt, werden sie auf einen Sender in Auburn stoßen und annehmen, dass ich dort bin. Ich hoffe allerdings, dass unsere Vorsichtsmaßnahmen ausreichend waren und verhindern, dass sie etwas von meinen Anrufen erfahren. Ich würde lieber sterben, als Hannah in Schwierigkeiten zu bringen.

Zuerst schicke ich eine SMS. *Kann ich anrufen?*

Schon ein paar Minuten später antwortet sie. *Jetzt gerade nicht. Bin mit Emma beim Einkaufen. Ruf in einer Stunde an. Alles bei dir okay?*

Ich schreibe zurück: *Ja, melde mich in einer Stunde. Nimm nicht ab, wenn dein offizielles Handy in der Nähe ist oder du im Auto bist.*

Hab dich lieb, kommt zurück.

Ich tippe: *Ich dich auch.*

Ich nutze die Zeit bis zum Anruf, um mir etwas zu essen zu kaufen, dann esse ich im Auto und warte, dass die Zeit vergeht. Ich habe keinen Hunger. Aber ich zwinge mich zu kauen und zu schlucken, zu kauen und zu schlucken. Ich zähle die Minuten. Ob Hannah Emma zu Mom bringt? Reicht die Zeit für sie, um einen sicheren Ort zu finden?

Schließlich ist eine Stunde vorbei. Ich wähle ihre Nummer und sie ist sofort dran. „Emma ist bei Mom. Ich habe gesagt, ich hätte noch ein paar Dinge zu erledigen. Ich laufe wieder durch den Park. Ich fühle mich verfolgt, als ob man mich beobachtet."

„Glaub mir, das tun sie bestimmt. Wo ist dein offizielles Handy?"

„Im Auto. Glaubst du, sie haben das angezapft?"

„Sie wollen mich unbedingt finden. Ich will dich nicht in Schwierigkeiten bringen."

„Casey, es gibt was, was ich dir sagen muss", sagt sie und ich höre, dass sie ein bisschen außer Atem ist vom Laufen. „Der Typ, der dich finden soll – der, den die Paces engagiert haben –, heißt Dylan Thomas. Er war gestern Abend bei mir."

Furcht brennt mir im Magen wie Säure. Ich wünschte, ich hätte nichts gegessen. „Was wollte er?"

„Er hat erzählt, er wollte mit einer Frau sprechen, die bei der Polizei gearbeitet hat, im Archiv oder so. Sie hat Dad gekannt und Brent hat ein Interview mit ihr aufgezeichnet, bevor er starb."

„Ja, ich habe das Video", sage ich. „Es war auf dem Stick, den du mir geschickt hast."

„Er ist zu ihr gefahren, um mit ihr zu reden. Jemand hatte sie erschossen."

Die Säure wird zu Übelkeit. Noch ein Tod. Hört das denn nie auf? Über meiner Lippe bilden sich Schweißperlen.

„Denkt er, das hatte etwas damit zu tun, dass er sie sprechen wollte?", frage ich zitternd.

„Er glaubt, davon hat niemand gewusst."

„Arbeitet dieser Dylan für Keegan?"

„Er arbeitet für Brents Eltern", sagt Hannah. „Und er hat gemerkt, dass irgendwas faul ist. Der Tod dieser Frau hat ihn aufgeschreckt. Er sagt, er ist ein Kindergartenfreund von Brent – sie waren lange befreundet – und er will einfach nur die Wahrheit rauskriegen. Er hat angedeutet, dass er versteht, dass die Dinge nicht so sind, wie sie aussehen. Oh, noch was. Er sagt, er hat Keegan überrascht und gesehen, wie der sich das Interview angesehen hat, das Brent mit dieser Frau gemacht hat."

Darüber muss ich einen Moment nachdenken. Wenn dieser Dylan Hannah das erzählt hat ... Das wirkt nicht so, als wolle er sie manipulieren, sondern als sei er wirklich perplex. „Meinst du, wir können ihm trauen?“

„Natürlich nicht. Er wird dafür bezahlt, dass er dich findet.“

„Aber ich meine, könnten wir ihm zutrauen, dass er die Wahrheit aufdeckt? Ist er sauber? Vertrauenswürdig?“

Hannah stößt einen langen Seufzer aus. „Ich weiß nicht. Ganz ehrlich, ich glaube, er ist ein anständiger Kerl, der versucht, das Richtige zu tun. Etwa, die Wahrheit rauszufinden. Aber ich habe nicht immer das beste Urteilsvermögen, wenn es um Menschen geht.“

„Vielleicht sollte ich ihm das Video schicken“, sage ich. „Ich könnte irgendwo eine Mail-Adresse anlegen, in einer Bibliothek oder so, und es ihm anonym zusenden.“

„Wenn du das machen willst, kann ich dir seine Kontaktdaten geben. Hat er mir dagelassen.“

Es kann nicht schaden, mir die Daten zu notieren, und ich bitte Hannah, sie mir vorzulesen.

„Casey, sei vorsichtig. Wenn du ihm etwas zuschickst, kann er vielleicht herausfinden, wo du steckst. Selbst dass du mich anrufst ...“

„Es ist in Ordnung“, sage ich. „Ich bin weit weggefahren, um dich anzurufen. Das Funksignal wird sie nicht auf meine Fährte bringen. Das Telefon ist nicht auf meinen Namen registriert. Ich benutze es nur diesmal. Nächstes Mal nehme ich ein anderes.“

„Du denkst auch an alles. Woher weißt du all diese Sachen?“

„Ich lese viel.“

„Dieser Dylan ... also, er ist eigentlich bisher sehr respektvoll gewesen. Ich habe den Eindruck, er will den Job gut erledigen, für den er bezahlt wird. Aber man könnte ihm vielleicht auch zutrauen, dass er die Wahrheit herauskriegt. Irgendwem wirst du vertrauen müssen, wenn du je deine Unschuld beweisen willst.“

Ich sage ihr nicht, dass ich keine Idee habe, wie ich meine Unschuld beweisen soll. Ich will nur überleben. Als hätte sie meine Gedanken gelesen, sagt Hannah: „Casey, du musst es irgendwem erzählen. Du kannst das nicht einfach so auf dir sitzen lassen.“

„Wenn sie mich nicht finden, ist das alles, was ich mir wünschen kann."

„Nein, ist es nicht! Du fehlst uns." Ihr versagt die Stimme und ich weiß, dass sie weint. Hannah ist normalerweise der Fels in der Brandung und sie weint nicht so leicht, deshalb tut es umso mehr weh, das zu hören. Sie spricht weiter, in etwas höherer Tonlage. „Wir wollen, dass du wieder nach Hause kommen kannst. Ich könnte es nicht ertragen, wenn wir dich nie wiedersehen. Mom ist so depressiv. Sie kauft wie verrückt ein und stellt das ganze Haus mit überflüssigen Sachen voll, die sie dann hin- und herräumt. Ich will, dass sie zum Arzt geht, aber man muss so lange auf einen Termin warten. Und je länger es dauert, umso schlimmer wird es mit ihr, Casey."

„Ich weiß. Aber wenn sie mich umbringen oder in den Knast stecken, wäre es für sie noch schlimmer."

„Das muss ja nicht passieren. Es muss einen Weg geben, die Wahrheit zu beweisen. Vielleicht ein Reporter oder so."

„Brent war Reporter." Meine Entgegnung lässt sie für einen langen Moment verstummen.

Ich frage nach Emma und sie berichtet schniefend über die jüngsten Entwicklungsschritte ihrer Tochter. Ich höre zu, solange ich kann. Ich mag noch nicht auflegen. Dieses Gespräch ist meine letzte Verbindung nach zu Hause, aber ich weiß, dass ich auflegen muss. Endlich bringe ich es fertig. Während der ganzen Rückfahrt rollen mir die Tränen über die Wangen.

Zurück in Shady Grove sehe ich mir das Video mit Sara Meadows noch einmal an. Ja, das sollte Dylan Roberts in der Tat zu sehen kriegen. Aber es ist ein großes Risiko, es ihm zuzusenden. Keegan weiß nicht, dass ich es habe. Was würde er tun, wenn er es erführe? Nicht, dass er mich umbringen würde. Wenn er wüsste, wo ich bin, wäre ich bereits tot.

Aber es stimmt, irgendjemandem muss ich vertrauen und dieser Dylan ist wenigstens kein Polizist. Er hat keine Verbindung zu Keegan und seinen schmutzigen Kumpanen. Er hat meinen Vater nicht gekannt, aber er kannte Brent. Vielleicht würde er *ihm* glauben, wenn schon nicht mir.

Ich gehe los und kaufe einen USB-Stick. Ich stecke ihn in meinen Laptop und kopiere alle Informationen von Brent auf den Stick, dann wische ich ihn ab, um meine Fingerabdrücke zu entfernen. Auf dem Rückweg gehe ich bei Simmons Handy-Klinik vorbei und nehme einen Handykarton mit. Den werde ich nehmen, dann sieht es so aus, als bekäme Dylan Roberts ein Handy zugeschickt. Das wird ja hoffentlich keinen Verdacht erregen, falls jemand es überhaupt mitbekommt.

Ich gehe nach Hause und entwickle ein Firmenlogo, das professionell aussieht, dann suche ich ein Internetcafé und drucke das Logo samt falscher Absenderadresse dort aus und klebe es auf das Päckchen. Anschließend fahre ich nach Atlanta; der Poststempel darf nicht aus Shady Grove sein. Vermutlich hat Dylan mich sowieso schon bis Atlanta verfolgt. Es ist Mitternacht, als ich dort bin, und ich werfe das Päckchen in den erstbesten Briefkasten in der Hoffnung, dass es gleich morgen früh weggeht. Dann fahre ich zurück nach Shady Grove. Als ich zurück bin, ist es zwei Uhr nachts, ich bin müde, aber der Schlaf will nicht kommen. Ich liege wach, starre an die Decke und denke an Brent. Ich bin schuld, dass er tot ist. Und jetzt auch Sara Meadows. Wie konnte ich zulassen, dass das geschieht?

Ich hätte die Gespenster meiner Vergangenheit für mich behalten sollen. Ich habe Brent zu dicht an mich herangelassen, habe mich mit ihm zu sicher gefühlt. Irgendwann war ich zum Essen bei ihm und wir haben Wein getrunken und meine Schutzmauern sind eingestürzt. Ich habe ihm Dinge erzählt, die ich all die Jahre für mich behalten hatte. Und das hätte ich besser auch weiter tun sollen.

Sein Blut klebt an meinen Händen. Ich werde nie Gerechtigkeit für mich selbst oder für Dad erwirken können, aber zumindest habe ich etwas gelernt. Ich werde nie wieder so schwach sein oder irgendwen in Gefahr bringen. Ich werde nie mehr einen Menschen in den Gefahrenbereich meiner tickenden Zeitbombe lassen. Und ich werde nie mehr zulassen, dass der Alkohol mir mein Urteilsvermögen raubt.

Ich hoffe nur, dass ich mich an diese Vorsätze halten kann. Ich mag Menschen und das macht es mir schwer, auf Distanz zu bleiben. Alles wäre so viel leichter, wenn ich besser allein sein könnte.

28
Dylan

Die Explosion macht mich taub. Die Erde bebt und ein heißer Windstoß wirft mich zu Boden. Ich krieche auf allen vieren herum, suche Tillis oder Unger. Unger finde ich, tot, mit abgerissenen Beinen. Ich schreie nach Hilfe, aber niemand kommt. Nur wenige Meter vor mir sehe ich eine weitere Sprengfalle, genau dort, wo mein Kommandant gerade hinläuft. *Nüücht!,* schreie ich und hechte in seine Richtung, um ihn fortzuziehen, bevor er hineinläuft, aber die Entfernung zwischen uns wird größer und größer und ich kann den Abstand zwischen uns nicht überwinden. Die Bombe geht hoch und schleudert uns beide durch die Luft.

Mit einem Ruck setze ich mich auf, fröstelnd von der Klimaanlage in meinem dunklen Schlafzimmer. Mein Herz schlägt wild und ich bin schweißgebadet. Dann erst merke ich, dass ich nicht in meinem Bett bin, sondern auf dem Fußboden vor der Wand. Meine Hände sind blutbeschmiert und zittern. Es war wieder einer dieser Albträume, ein Flashback zu dem Tag, als scheinbar jeder, den ich kannte, in Stücke zerfetzt und auf afghanischem Territorium verstreut wurde.

Sobald es hell wird, muss ich meine Therapeutin sehen.

Ich mache den Fernseher an in der Hoffnung, mein Gehirn von dem Schrecken abzulenken. Andy Griffith spielt Stunde um Stunde, bis endlich die Sonne aufgeht. Um acht Uhr rufe ich Dr. Coggins an. „Doc, hier ist Dylan Roberts. Ich muss Sie sprechen“, sage ich auf den Anrufbeantworter. „Bitte, können Sie heute einen Termin für mich einschieben? Es ist wichtig.“

Ich lege auf mit dem Gefühl, nicht gehört worden zu sein, aber eine

Viertelstunde später ruft sie zurück. „Dylan, ich könnte um zehn für Sie da sein. Ginge das?"

„Ja", sage ich. „Vielen Dank."

Ich dusche und wasche mir das angetrocknete Blut ab, aber ich kann meine Hände nicht dazu bringen, nicht mehr zu zittern. Sara Meadows' Tod hat mich in die ganz falsche Richtung gestoßen. Rückfall, wird Dr. Coggins sagen. Vielleicht sollte ich Brents Eltern erklären, dass ich den Job nicht weitermachen kann. Vielleicht kann ich überhaupt nie mehr einen Job machen.

Ich fahre zur Praxis meiner Ärztin und erzähle ihr von meinem Traum, davon, wie ich Sara Meadows tot aufgefunden habe, von meiner Suche nach einer Mordverdächtigen. Sie beruhigt mich, wie immer, liest mir aus der Bibel vor und betet für mich. Deswegen habe ich mich für sie entschieden, weil sie nicht nur Therapeutin ist, sondern auch Christin und weiß, dass in meinem Hirn nicht nur Erinnerungen an den militärischen Kampf herumspuken, sondern auch ein geistlicher Kampf in mir tobt. Sie versteht was von PTBS, aber sie sieht mehr als nur die psychologische Seite. Sie lässt mich die schlimmste Stunde meines Lebens noch einmal schildern, dann noch zwei weitere Male, und das möglichst detailliert. Man nennt es kognitive Albtraumtherapie; sie soll bewirken, dass mein Unterbewusstes aufhört, die Bilder in mir im Schlaf immer wieder hochzuspülen. Wenn ich bei wachem Bewusstsein in die traumatische Situation zurückgehen kann, muss ich es vielleicht irgendwann einmal nicht mehr im Traum tun.

„Sie machen Fortschritte, Dylan", sagt sie, als die Stunde fast vorbei ist.

„Wie kommen Sie darauf?"

„Sie haben angerufen. Sie sind gekommen. Sie haben mitgearbeitet. Sie *wollen* gesund werden. Das ist ein großer Schritt vorwärts."

Ich schlucke schwer. „Ich möchte nicht, dass diese Geschichte mich für den Rest meines Lebens behindert. Ich bin grade mal dreißig."

„Das wird sie auch nicht. Ich weiß, Sie können diese kleinen Fortschritte nicht erkennen, aber ich sehe sie sehr wohl."

Beim Verabschieden teile ich ihr mit, dass ich in nächster Zeit verreisen werde. „Rufen Sie an, wenn Sie mich brauchen“, sagt sie. „Und vereinbaren Sie einen Termin, wenn Sie zurück sind. Gehen Sie mir nicht verloren, Dylan.“

Ich hoffe, ich gehe mir selbst nicht verloren.

29
Dylan

Am nächsten Tag schlafe ich lange und schaue mir endlose Folgen von *Alle lieben Raymond* an, völlig ohne Sinn und Verstand. Ich habe rasende Kopfschmerzen und dieses bedrückende, erstickende Gefühl, das in mir den Wunsch weckt, allem ein Ende zu machen.

Den größten Teil des Tages verbringe ich mit Selbstgesprächen, in denen ich mir Gründe nenne weiterzuleben und Gründe, es nicht zu tun. Anschließend quäle ich mich stundenlang mit einem Hass auf mich selbst für mein Selbstmitleid.

Ich greife zu meiner Bibel und lese die beiden Samuelbücher. Sie erinnern mich daran, dass ich nicht der Einzige bin, der traumatische Erfahrungen gemacht hat. Als David nur knapp Sauls Speer entkommen war, hatte er vermutlich auch eine Form von PTBS. Aber er hat es hingekriegt, in einer Höhle zu überleben, während er diesen Verrat verarbeitete. Und später ist ihm sein Leben auch noch mehrmals ernsthaft entgleist und er hat das teuer bezahlt. Aber er hat weitergelebt.

Das kann ich auch.

So etwa gegen Mitternacht, als das Leben am hoffnungslosesten aussieht, entscheide ich mich für die Hoffnung. Anschließend schlafe ich sogar bis zum Morgen durch.

Am Morgen beschließe ich, dass ich in dieser Jagd nach Casey Cox nicht von großem Nutzen bin. Ich weiß nicht, wo sie ist, und jeder weitere Schritt führt mich in eine Sackgasse oder Schlimmeres. Vielleicht ziehe ich mich einfach aus der Sache raus.

Um zehn gehe ich joggen und zwinge mich, mindestens eine Meile zu laufen. Es wird die Endorphinproduktion ankurbeln, was ich bitter nötig habe. Ich schleppe mich durch die Gegend, schwitze meine Kleidung durch und kann es kaum erwarten, bis ich wieder an meiner Wohnung bin. Als ich dort ankomme, steht der Postbote vor der Tür; ich warte, bis er fertig ist, und sehe in den Briefkasten.

Rechnungen, Werbung und ein kleines Päckchen von einer Handyfirma. Ich habe nichts bestellt, aber es ist tatsächlich an mich adressiert.

Ich nehme es mit hoch in die Wohnung, wo immer noch *Alle lieben Raymond* läuft. Ich schalte das Licht an und nehme eine Flasche Wasser aus dem Kühlschrank. Beim Trinken greife ich nach dem kleinen Päckchen und prüfe noch einmal die Anschrift. Der Absender ist jemand aus Atlanta und der Poststempel bestätigt das. Stirnrunzelnd reiße ich das Klebeband auf und öffne den Karton.

In dem dick mit Papier ausgepolsterten Karton liegt ein USB-Stick.

Mir stockt der Atem. Kann die Sendung von Casey sein?

Ich nehme meinen Laptop vom Küchentresen, lasse mich auf die Couch fallen, dann stecke ich den Stick ein. Bis der Computer den neuen Datenträger erkannt hat und anzeigt, trinke ich die Wasserflasche leer. Dann klicke ich auf den Stick. Er enthält einen Ordner mit dem Titel: „Fall Andy Cox".

Unglaublich. Wer hat mir das geschickt? Sara Meadows vor ihrem Tod? Nein, sie kannte ja kaum meinen Namen. Keegan? Vielleicht reagiert er am Ende doch noch auf meine Bitte. Aber er hätte nichts in Atlanta aufgegeben. Der Stick *muss* von Casey sein.

Ich klicke auf ein Video, warte, bis es hochgeladen ist und auf dem Bildschirm erscheint. Ms Meadows trägt dieselbe Bluse wie auf dem Video, das Keegan neulich angeschaut hat. Es muss dasselbe Video sein.

„Dies ist Brent Pace." Als ich die Stimme meines Freundes höre, setzt mein Herz fast aus. „Ich spreche hier mit Sara Meadows, einer Mitarbeiterin der Polizeidienststelle in Shreveport. Sie arbeitete zum Zeitpunkt von Andrew Cox' Tod im Beweismittelarchiv und tut das auch heute noch. Ms Meadows, Sie sagten, Sie seien mit Officer Cox über etliche Jahre vor seinem Tod gut bekannt gewesen."

Während ich mir die Aufnahme ansehe, bleibt mir der Mund offen stehen. Sie spricht von ihrem Verdacht gegen einige Beamte des Reviers.

„Es gab einige Tote, als Leute versuchten, sich zu wehren. Die Gerichtsentscheidungen in diesen Mordfällen standen im Widerspruch zu den vorhandenen Beweismitteln. Andy hat in diesen Fällen recherchiert, hatte herausgefunden, was für das erpresste Geld gekauft worden war und wie die Täter ihre Spuren verwischt hatten, welche falschen Namen sie verwendet hatten. Nach ein paar Wochen kam er zu mir und war ehrlich erschüttert über das, was er aufgedeckt hatte. Drei Wochen später war er tot."

Brent stellt die Frage, die ich auch gestellt hätte. „Haben Sie mit irgendjemandem auf der Dienststelle darüber gesprochen?"

„Nein, ich hatte Angst. Ich dachte, dann bringen sie mich auch um", entgegnet sie. „Aber ich habe mir notiert, welche Beweismittel hereinkamen und was davon unberücksichtigt blieb, zum Beispiel Blutspuren unbekannter Herkunft. Die Spurensicherung stellt das Beweismaterial sicher, aber die leitenden Ermittler entschieden, was davon relevant war. Alles andere blieb unberücksichtigt. Und auffälligerweise kam es immer so hin, dass in den rätselhaften Todesfällen immer dieselben Leute ermittelten."

Ermittlungen in Mordfällen? *Kriminalbeamte?* Was sagt sie da? Ich lausche weiter ihrer Aussage. Dann stellt Brent ihr die Frage, die mich auch beschäftigt.

„Warum hätten sie das Foto überhaupt in die Liste der Beweismittel aufnehmen sollen, wenn sie die Sache vertuschen wollten?", fragt Brent.

„Ich glaube, die meisten Leute bei der Spurensicherung sind in Ordnung. Sie haben ihren Job ordentlich gemacht. Die Täter hatten am Tatort die Spuren so gut verwischt, wie sie konnten, aber alles konnten sie nicht beseitigen. Wenn die Spurensicherung etwas gefunden hatte, was die zuständigen Ermittler belastete, haben die es einfach verschwinden lassen."

Ich lehne mich zurück und stütze den Kopf in beide Hände. Ich starre auf das Video, vollkommen fassungslos, unfähig, irgendetwas sonst wahrzunehmen.

Nehmen wir an, es stimmt, was sie sagt. Wenn Keegan und Rollins schmutzige Geschäfte betreiben, was bedeutet das? Haben sie auch in Brents Fall die Beweise manipuliert? Haben *sie* Brent umgebracht? Und Ms Meadows?

Ich greife zur Fernbedienung und schalte den Fernseher aus. Dann spule ich das Video zurück und zwinge mich, mich voll und ganz darauf zu konzentrieren. Sara Meadows erwähnt, dass sie eine Kopie der ersten Beweismittelliste der Spurensicherung gemacht hat. Hat sie sie Brent gegeben? Ich sehe das Video zu Ende, dann gehe ich zurück zu den anderen Dateien auf dem Stick. Ja, da ist die Datei mit dem Titel „Beweisaufnahme".

Deswegen also wollte Keegan nicht, dass ich die Unterlagen zu sehen kriege. Es steckt zu viel Ungereimtes darin.

Ich spüre, wie meine Energie zurückkehrt und in meinen Adern pulsiert, in meinen Muskeln, meinen Knochen. Es sind nicht nur die Endorphine vom Joggen. Ich habe wieder ein Ziel.

All das sagt mir noch nichts darüber, ob Casey Brent getötet hat, aber es stellt Fragen zu seinem Tod. Und dass sie mir den Stick geschickt hat, sagt mir, dass sie will, dass ich die Wahrheit kenne.

Andererseits ist sie extrem clever. Sie könnte versuchen mich zu täuschen. Aber niemand, mit dem ich über sie gesprochen habe, hat auch nur andeutungsweise durchblicken lassen, sie sei durchtrieben oder schwer durchschaubar. Alle waren sich einig: Casey ist eine loyale Freundin. Und mit Sara Meadows habe ich selbst gesprochen. Sie war vorsichtig … verängstigt … und sie wollte reden.

Es macht mich krank, dass die alte Frau, die dieses brandgefährliche Geheimnis bis jetzt hüten konnte, am Ende doch noch dafür sterben musste. Und Brent könnte für dasselbe Geheimnis gestorben sein.

Wurde Ms Meadows erschossen, weil Keegan mitbekommen hat, dass ich gestern mit ihr gesprochen habe? Oder hat er beschlossen, sie ins Visier zu nehmen, nachdem er das Video gesehen hatte? Hat der Krebs zu lange gebraucht, um sie umzubringen?

Ich fühle mich, als würde ich wieder in den Trümmern einer Sprengfalle herumkriechen. Ich muss auf mich aufpassen. Plötzlich fühle ich mich verfolgt. Vielleicht hören sie meine Anrufe ab, vielleicht sogar meine Wohnung. Verfolgungswahn fühlt sich anders an als PTBS. Viel realer. Ich muss Hannah eine Nachricht zukommen lassen, über eine Mail-Adresse, die Keegan nicht auf dem Schirm hat. Ich muss Casey unbedingt sprechen.

Wenn das alles wahr ist und Keegan und seine Kohorten in die Sache verwickelt sind, dann will er Casey nicht vor Gericht sehen. Er will sie tot sehen.

Hat Hannah nicht genau davor gewarnt?

Ich muss hier weg. Ich werde nach Atlanta zurückkehren, beschließe ich. Höchstwahrscheinlich steckt sie irgendwo in erreichbarem Umkreis der Stadt. Ich muss alle Möglichkeiten in Betracht ziehen und sehr vorsichtig vorgehen. Noch kann ich nicht sicher sein, dass sie nicht doch ein psychopathischer Killer ist.

Der Psychopath ist entweder meine Informationsquelle oder mein Zielobjekt. Ich muss nur noch herausfinden, was.

30
Casey

Brents USB-Stick in meine schweißnasse Hand gepresst, zähle ich im Geist die Tage und versuche auszurechnen, ob Dylan die Kopie wohl schon haben kann. Was, wenn er Brents Material nicht traut? Wenn er es an Keegan weitergibt?

Lähmende Angst überfällt mich. Wenn es nun genau das Falsche war, das Material an ihn zu schicken? Der Fall ist dreizehn Jahre her. Warum sollte er mir glauben? Die korrupten Bullen sind damals davongekommen. Und jetzt musste wieder jemand sterben, den ich liebe.

Ich habe keinen Einfluss darauf, was Dylan mit meinem Material anstellen wird. Deshalb zwinge ich mich, mich lieber darauf zu konzentrieren, was ich über Frank Dotson herausfinden kann, und den Hinweisen auf Laura Daly nachzugehen. Aber auch in diesem Fall sind mir praktisch die Hände gebunden. Ich kann schließlich nicht einfach zur Polizei gehen und ihnen alles erzählen. Sie würden sowieso nur sagen, der Mann sei eben an dem Fall interessiert, weil es um ein Mädchen aus der Nachbarschaft ging, und Kamee-Anhänger seien nun wahrlich keine Seltenheit. Nein, ich darf nicht riskieren, irgendwelche Aufmerksamkeit auf mich zu ziehen.

Ich habe ja schon gesagt, dass ich kein Held bin. Aber trotzdem geht mir die Sache nicht aus dem Kopf. Schließlich gebe ich Frank Dotsons Adresse bei Google Maps ein und finde heraus, dass er nur zwei Straßen von den Dalys entfernt wohnt. Vielleicht war Dotson deswegen so auffällig interessiert an dem Fall. Aber dann hat er mich angelogen. Hätte er nicht eher so was sagen müssen wie: „Ach ja, die Leute, deren Tochter verschwunden ist“, wenn er nichts zu verbergen hat?

Ich suche auf Google nach „Frank Dotson, Shady Grove, Georgia". Keine Treffer. Ich ändere „Frank" in „Francis". Jetzt kriege ich etliche Links angezeigt.

Die meisten sind Einträge auf People Check oder Yasni, aber dann finde ich einen Zeitungsausschnitt aus Shady Grove, der aus dem Polizeibericht zitiert:

Eine Anzeige wegen häuslicher Gewalt führte am Sonntag zu einem Polizeieinsatz bei Francis Dotson, 185 Candrell Road. Seine Frau wies Verletzungen an Gesicht und Brustkorb auf. Dotson wurde festgenommen und steht nun unter Anklage wegen Körperverletzung und häuslicher Gewalt.

Der Artikel sagt nichts darüber, ob er schuldig gesprochen wurde oder eine Haftstrafe verbüßt hat, und auch nicht, ob die Ehe bestehen blieb. Ich überfliege die anderen Links. Weiter unten stoße ich auf einen weiteren Zeitungsbeitrag zwei Jahre später. Wieder hatte seine Frau ihn angezeigt, weil er sie verprügelt hat, und wieder war er verhaftet worden.

Er hat also ein Problem mit Gewalt. Ob die Polizei, als Laura verschwand, überhaupt in Erwägung gezogen hat, dass er in die Sache verwickelt sein könnte, frage ich mich.

Ich beschließe mir anzusehen, wo er wohnt. Ich maskiere mich ein bisschen mit Sonnenbrille und Kopftuch. Als ich das erste Mal vorbeifahre, sehe ich ein kleines Haus, vor dem der Rasen schon lange nicht gemäht wurde. Alle Vorhänge und Fensterläden sind geschlossen. Es gibt keinen ersten Stock, aber anscheinend ein Kellergeschoss.

Ich fahre um den Block herum, bis ich direkt hinter dem Haus bin, und erkunde, ob ich einen Blick in Dotsons Garten werfen kann. Aber der hohe Bretterzaun verhindert das.

Ich fahre noch einmal vorn am Haus vorbei. Vielleicht kommt ja zufällig gerade jemand heraus. Natürlich wäre es lächerlich zu glauben, dass Laura mir dort direkt vor die Füße stolpert, aber vielleicht gibt es die Ehefrau ja noch. Auf den Fotos auf seinem Handy war doch eine Frau zu sehen. Meine Recherche hat auch nichts ergeben, was auf eine Scheidung hindeutet, aber das will nicht viel heißen. Das Haus wirkt verlassen. Im Carport steht kein Auto.

Beim Wegfahren rufe ich Miss Lucy an. Nach ein paar Minuten Small Talk frage ich nach dem, was mir auf der Seele liegt. „Kennen Sie oder Sandra einen gewissen Frank Dotson?"

„Ich nicht", sagt Miss Lucy. Sie legt die Hand auf ihr Handy und ich höre ihre Stimme nur gedämpft, als sie Sandra nach ihm fragt. „Ja, sie kennt ihn", sagt sie dann wieder vernehmbar. „Sie sagt, er wohnt nur zwei Straßen weiter. Warum wollen Sie das wissen, Kindchen?"

„Er war vor ein paar Tagen bei uns im Laden. Hat mich nur interessiert." Ich erzähle ihr nicht, dass er vorgegeben hat, die Dalys nicht zu kennen.

„Haben Sie schon eine Wohnung gefunden?", fragt Miss Lucy.

„Nein, noch nicht. Ich habe ein paar Anrufe getätigt und jetzt warte ich auf Rückmeldung."

„Das Angebot steht noch: Sie könnten die Wohnung über Sandras Garage bekommen. Wir würden Sie liebend gern als Mieterin haben."

Das Angebot ist verlockend, aber ich will Miss Lucy und Sandra nicht in mein chaotisches Leben hineinziehen. Selbst wenn ich nur einmal dort übernachte, könnte man sie schon beschuldigen, eine gesuchte Verbrecherin zu verstecken. „Vielen Dank, Miss Lucy. Das ist wirklich sehr nett, aber ich brauche etwas Größeres."

Das stimmt nicht. Ich könnte sehr gut in einer Einzimmerwohnung über irgendjemandes Garage leben, aber ich möchte lieber etwas von einer Vermietungsgesellschaft mieten, wo niemand sein Leben in Gefahr bringt, wenn er mich für vertrauenswürdig hält.

Ein Anruf kommt rein. Das muss einer der angefragten Vermieter sein. Ich beende das Gespräch mit Miss Lucy und nehme den anderen Anruf an. Es gibt eine freie Wohnung, die meinen Preisvorstellungen entspricht und nicht weit von der Handy-Klinik entfernt liegt. Ich sage dem Vermieter, ich könnte sie mir sofort ansehen.

Vielleicht fahre ich auf dem Weg dorthin noch einmal bei Frank Dotson vorbei.

31
Casey

Ich sehe mir die Wohnung an und beschließe, dass sie okay ist, leiste eine Anzahlung und erkläre dem Vermieter, dass ich sofort einziehe. Ich werde ein paar Möbel kaufen müssen, aber viel brauche ich nicht. Eine Matratze, ein Stuhl, ein kleiner Fernseher, das muss reichen. Auf dem Rückweg fahre ich noch einmal bei Dotson vorbei, parke in der Nebenstraße und beobachte das Haus ein Weilchen, immer noch in der Hoffnung, dass jemand herauskommt. Mit dem ungepflegten Rasen und der abblätternden Farbe wirkt das Haus im Vergleich zur gepflegten Nachbarschaft abbruchreif. Vermutlich drückt es die Grundstücks- und Häuserpreise dort. Hinter allen Fenstern im Erdgeschoss sind die Vorhänge zugezogen und im Kellergeschoss sind die Fenster mit Brettern vernagelt.

Warum macht man so was?

Ich will gerade fahren, als eine Tür an der Seite des Hauses aufgeht. Ich rutsche etwas tiefer in meinen Sitz und sehe Frank und eine Frau herauskommen. Es ist die Frau von den Fotos. Ihr Haar ist gelblich, der Farbton, den man kriegt, wenn man selbst färbt und es nicht kann. Ich beschließe herauszufinden, wohin sie wollen. Ich ducke mich, bis sie vorbei sind, dann wende ich und folge ihnen in einigem Abstand.

Sie verschwinden nach einer Weile in einer Kneipe in der West 36th Street in einem schäbigen Viertel der Stadt, das ich noch nicht kannte. Vermutlich hat jede Stadt ihre heruntergekommenen Ecken. Ich mag nicht hineingehen, also sitze ich einfach im Wagen und warte, ob die beiden wieder auftauchen, aber das könnte dauern. Dann fällt mir ein, dass ich ihre Abwesenheit ja auch nutzen könnte, um zum Haus zurückzufahren und herauszukriegen, ob ich irgendwas drinnen hören kann. Kaum ist mir der Gedanke gekommen, als der vernünftige Teil meines Hirns auch schon alle Alarmglocken schrillen lässt. Es ist lächerlich und riskant. Ich werde sowieso schon wegen Mordes gesucht. Will ich jetzt auch noch Hausfriedensbruch auf dem Kerbholz haben?

Aber ich muss einfach immerzu an Laura Daly denken. Wenn mein Verdacht nun stimmt? Wenn sie wirklich irgendwo in diesem Haus steckt und nur noch niemand sich die Mühe gemacht hat, das zu überprüfen? Ich könnte einfach an die Haustür gehen. Das ist schließlich noch nicht illegal. Schließlich fasse ich mir ein Herz und fahre hin. Ich parke ein wenig weiter unten in der Straße, gehe über den rissigen Gehsteig bis zum Haus und dort auf die Veranda. In einem alten Blumentopf steht eine tote Pflanze, die modrig riecht, als ob das Wasser im Topf faulig ist. Ich umgehe den Topf und versuche, durch das Fenster ins Haus zu sehen, aber auch hier sind die Vorhänge vorgezogen.

Ich drücke auf die Klingel. Kein Hundegebell, keine Schritte sind zu hören. Dann klopfe ich, laut genug, dass es für jeden zu hören ist, der vielleicht im Haus ist. Auch jetzt nur Schweigen. Ich gehe ums Haus herum bis zu der seitlichen Tür, aus der die beiden gekommen sind, und starre auf das zugenagelte Kellerfenster direkt über dem Boden. Ich kann mir nicht helfen. Ich bücke mich und rüttele an den Brettern.

Und dann höre ich etwas.

Drinnen weint ein Baby.

Ich halte die Luft an. Frank Dotson kommt mir zu alt vor, um ein Baby zu haben, und seine Frau sieht auch nicht so aus, als könnte sie noch Kinder kriegen. Aber auch auf den Fotos habe ich doch ein hellblondes Baby gesehen. Vielleicht ist es ein Enkelkind. Oder es wohnt noch jemand hier. Hastig gehe ich zurück zu meinem Auto, plötzlich besorgt, jemand könnte herauskommen und mich wegfahren sehen.

Auf dem Weg ins Motel rufe ich Sandra Daly auf der Arbeit an. Beim zweiten Klingeln geht sie dran. „Hi, Grace", begrüßt sie mich. „Was gibt's?"

„Ich wollte nur sagen, dass ich eine Wohnung kriegen kann", antworte ich und bemühe mich, enthusiastisch zu klingen. „Ich wollte nur kurz fragen, ob Sie mir sagen können, dass die Lage okay ist."

„Oh, sicher. Wo wäre die Wohnung?"

Ich nenne die Adresse und sie meint, sie wüsste nichts, was dagegen spricht. „Ich kann heute Abend einziehen", sage ich. „Ich bin ganz begeistert." Wir reden noch über dies und das, dann bringe ich ihn schließlich ins Gespräch.

„Hat Ihre Mutter Ihnen erzählt, dass ich neulich einen Nachbarn von Ihnen getroffen habe?"

„Ja", sagt sie. „Frank Dotson, oder?"

„Ja. Kennen Sie ihn gut?"

„Nein, eigentlich nicht. Aber er hat damals bei der Suche nach Laura geholfen. Er war immer wieder bei den Freiwilligentrupps dabei. Scheint ein netter Kerl zu sein. Seine Nachbarn würden es allerdings gern sehen, wenn er mal den Rasen mähen und sein Haus anständig streichen würde."

„Hat er Kinder?" Die Frage kommt unvermittelt und ich hoffe, dass sie keine Fragen stellt. Jedenfalls jetzt noch nicht.

„Ich glaube nicht, aber das muss nicht stimmen. Eine Freundin von mir wohnt ein paar Häuser weiter. Die kann ich ja mal fragen. Warum interessiert Sie das?"

Ich suche nach einer Erklärung. „Ich bin gerade bei ihm vorbeigefahren, weil er bei uns im Laden was liegen gelassen hatte. Aber es war niemand da, jedenfalls sah es nicht so aus. Niemand hat aufgemacht und das Auto stand nicht in der Einfahrt. Aber ich habe ein Baby schreien hören. Allerdings ist er wohl zu alt für ein Baby, oder?"

Sandra scheint nicht allzu interessiert. „Vielleicht war es der Fernseher."

„Ja, kann sein. Klang aber eher nach einem echten Baby. Würden

Sie Ihre Freundin mal fragen, ob es in diesem Haus ein Baby gibt? Vielleicht ein Enkelkind? Ich fühle mich nicht wohl bei dem Gedanken, dass ein Baby vielleicht allein da drin ist."

Sie lacht. „Ach, ich bin mir sicher, er würde kein Baby allein lassen. Vielleicht hat er Besuch und der wollte nicht an die Tür gehen."

„Ja, das könnte sein."

„Na, jedenfalls frage ich meine Freundin mal."

Ich weiß, dass sie sich jetzt fragt, warum mich die Sache so interessiert. „Es ist nur so, er hat ein paar Dinge gesagt, die mich stutzig gemacht haben."

Plötzlich wird Sandra ganz still. „Grace, geht es hier um Laura?"

Ich schließe die Augen. „Nein, wieso? Überhaupt nicht. Ich habe nur gedacht, dass mir irgendwas an ihm seltsam vorkam, und der Gedanke, dass da ein Baby im Haus ist …"

Sandra sagt jetzt nichts mehr und ich beschließe, dass ich schon genug Schaden angerichtet habe. „Also, ich bin jetzt gleich im Motel und muss Schluss machen. Ich will ja noch packen."

Als sie auflegt, parke ich den Wagen auf dem Motelparkplatz, stelle den Motor ab und lehne mich im Sitz zurück. Was um alles in der Welt tue ich da? Ich muss verrückt sein. Die Wahrheit ist: Ich bin doch wohl sehr viel unheimlicher als dieser Frank Dotson. Wenn Sara wüsste, dass sie es hier mit jemandem zu tun hat, der des Mordes verdächtigt wird, würde sie sich vor mir fürchten und nicht vor ihm.

32
Dylan

„Dylan, mein Junge!" Keegans enthusiastische Stimme am Telefon rüttelt mich auf. Hat er schon erfahren, dass ich in Sara Meadows' Haus war, als man sie fand? Fragt er sich, was ich weiß? Die Vorstellung, dass er mit all diesen Toden – dem von Andy Cox, Brent Pace und jetzt Sara Meadows – etwas zu tun haben könnte, jagt mir einen Schauder über den Rücken. Aber ich muss meine Rolle weiterspielen, bis ich die nötigen Beweise habe.

„Hallo", erwidere ich. „Was gibt's?"

„Ich habe Neuigkeiten für Sie", sagt er. „Wir haben überprüft, wer alles von außerhalb der Stadt auf Brent Paces Facebook-Seite zugegriffen hat. Es gab mehrere Zugriffe von zwei Orten – aus Atlanta und aus Auburn, Alabama. Jeweils von Servern in öffentlichen Bibliotheken. Wir glauben, dass könnte Casey sein."

Ich frage mich, ob er mir nur etwas vormacht, um mich auf eine aussichtslose Suche zu schicken, damit ich aus der Stadt bin und aus dem Weg. Allerdings darf ich nicht ausschließen, dass er die Wahrheit sagt.

„Ja, ich weiß, dass sie in Atlanta war."

„Sie steckt irgendwo, von wo sie mit dem Auto leicht nach Atlanta oder Auburn kommt. Clever ist sie ja. Sie geht nicht da ins Internet, wo sie tatsächlich einen Unterschlupf gefunden hat. Und das ist vermutlich irgendwo im Umkreis von ein paar Stunden von beiden Orten."

„Okay", sage ich. „Ich werde mal ermitteln, ob es Schnittmengen im Umkreis dieser Städte gibt."

„Sie müssen da unbedingt hin", sagt Keegan. „In alle Städte in erreichbarem Umkreis. Kriegen Sie raus, ob jemand sie gesehen hat."

Wenn ich ihm vertrauen würde, würde ich fragen, warum er nicht an alle Zeitungsredaktionen in Georgia und Alabama eine Suchmeldung geschickt hat. Vielleicht will er jetzt plötzlich nicht mehr, dass irgendwer anders sie verhaftet. Sie könnte ja plaudern und die Kollegen dort könnten ihr Glauben schenken.

Als ich auflege, fröstele ich. Ich hole mir eine Landkarte, ziehe einen Radius von 150 Meilen um Auburn und um Atlanta und sehe mir die Schnittmenge genauer an.

Ich beschließe, mit dem Auto zu fahren. Und in jeder Polizeidienststelle und jedem Postamt in der betreffenden Gegend Caseys Bild herumzuzeigen und zu fragen, ob jemand sie gesehen hat. Schlafen kann ich heute Nacht sowieso nicht, also packe ich und mache mich auf den Weg. Gegen Morgen müsste ich dort sein.

33
Casey

Am nächsten freien Tag fahre ich wieder nach Alabama und rufe meine Schwester an. Ich habe sie schon per SMS vorgewarnt und der vorgeschlagene Zeitpunkt passt ihr diesmal. Sie hat das Baby nicht dabei und ist auch nicht an einem Ort, wo Gefahr besteht, dass sie abgehört werden kann. Ich kann den Wind hören. Sie muss wieder im Freien sein.

„Was hast du mit den Kontaktinfos von Dylan Roberts gemacht?“, will sie wissen. „Hast du dich bei ihm gemeldet?“

Ich zögere einen Moment. „Ich würde dir lieber keine Details erzählen“, entgegne ich dann. „Je weniger du weißt, umso besser, falls sie dich noch mal vernehmen.“

„In Ordnung. Jedenfalls hoffe ich, du hast es gemacht“, sagt sie. „Je länger ich darüber nachdenke, umso überzeugter bin ich, dass es richtig wäre.“

„Können wir das Thema wechseln?“, bitte ich.

„Klar“, erwidert sie. „Was ist los?“

„Ich habe ein Problem“, sage ich.

Sie lacht. „Noch eins, außer dass du wegen Mord gesucht wirst und die wirklichen Killer dir auf den Fersen sind?“

Das ist nicht witzig. Ich weiß nicht, was ich sagen soll.

„Entschuldige“, sagt Hannah. „Worum geht's?“

Ich seufze. Dann erzähle ich ihr von Miss Lucy und wie ich sie kennengelernt habe. „Diese Frau hat eine Enkeltochter, die verschwunden ist. Vor zwei Jahren. Sie ist jetzt sechzehn, falls sie noch am Leben ist.“

„Oh, das ist schrecklich."

„Es gibt kein Lebenszeichen von ihr", berichte ich meiner Schwester. „Und keinen einzigen Hinweis, was ihr passiert sein könnte oder wo sie sein kann. Nur … jetzt glaube ich, dass ich es vielleicht weiß."

Hannah holt deutlich hörbar Luft. „Was soll das heißen, du weißt es vielleicht?"

„Also, neulich kam ein Kunde in den Laden, in dem ich arbeite. Er hat sein Handy zur Reparatur dagelassen und ich habe mir die Fotos darauf angesehen. Seine Frau trug darauf eine Kette wie die, die Laura besaß. Und sie scheinen alle Zeitungsmeldungen über Laura aufgehoben zu haben."

„Über das verschwundene Mädchen?"

„Ja", bestätige ich. „Ich hatte ein ganz komisches Gefühl dabei. Ich meine, warum sollte jemand alte Zeitungsartikel aufheben?"

„Casey, du musst dich unbedingt da raushalten! Du hast selbst Probleme genug. Und du solltest nicht in Fotos von fremden Leuten herumschnüffeln."

„Ich weiß, aber hier geht es um ein verschwundenes Mädchen. Vielleicht ist sie in Gefahr. Und ihre Familie vermisst sie doch jeden Tag."

„Was hast du gemacht?", fragt Hannah, als ob sie die Antwort schon wüsste und ganz und gar nicht billigt.

Ich seufze. „Na ja, ich hab geklingelt, als ich wusste, dass er nicht zu Hause war. Ich wollte wissen, ob ich irgendwas hören kann."

„Du bist an seine Haustür gegangen? Bist du übergeschnappt?"

„Hör mir zu. Ich habe drinnen ein Baby schreien hören."

„Ein Baby? Du hast doch gesagt, sie ist sechzehn."

„Aber weißt du nicht mehr? Diese anderen Mädchen, die vermisst wurden … die aus Ohio … und Jaycee Dugard? Die hatten auch Babys bekommen. Vielleicht ist Laura das auch passiert!"

„Casey, du ziehst voreilige Schlüsse! Du musst unbedingt damit aufhören!"

Ich weiß, dass sie recht hat.

Jetzt senkt sie die Stimme zu einem verschwörerischen Flüstern.

„Wenn irgendjemand mitkriegt, dass du um das Haus herumschleichst, könnte er die Polizei rufen. Und was denkst du wohl, was passiert, wenn sie dich schnappen und herausfinden, dass du in Shreveport wegen Mordes gesucht wirst? Das ist gefährlich!“

„Weiß ich ja“, sage ich und Tränen steigen mir in die Augen. Ich schlage mir die Hand vor den Mund.

„Casey, ich will dir doch nur helfen. Hör zu. Wenn du so unvorsichtig bist, dann kannst du auch gleich nach Hause kommen. Dann wäre alles umsonst, wenn sie dich am Ende doch kriegen und umbringen.“

Ich bin einen Moment still. Als ich weiterspreche, ist meine Stimme rau. „Es ist nur ... wenn ich schon in meinem eigenen Leben kein Held sein kann, dann vielleicht für jemand anderen.“

Ich kann hören, dass Hannah jetzt weint. „Casey, ich weiß, dass dieses Mädchen dir am Herzen liegt. Ich weiß, dass du immer allen helfen willst, aber wenn es wirklich stimmt ... wenn dieser Kerl sie tatsächlich gekidnappt hat ... und sie da unten in seinem Keller gefangen hält, dann ist er gefährlich. Erzähl mir nicht, dass du dieses Risiko eingehen willst.“

„Ich gehe kein Risiko ein“, sage ich. „Aber wenn ich nichts für sie tue, wer dann?“

„Geh zur Polizei!“, sagt sie.

„Polizei?“, frage ich zurück. „Du weißt, das geht nicht.“

„Casey, nicht jeder Polizist in jeder x-beliebigen Stadt ist korrupt. So dürfen wir nicht denken. Viel wahrscheinlicher ist, dass sie so sind wie Dad. Aufrecht. Leute, die jeden Morgen aufstehen und ihr Leben aufs Spiel setzen. Die mit jedem Wagen, den sie rauswinken, riskieren, über den Haufen geschossen zu werden. Und die es trotzdem tun, weil sie an Gerechtigkeit glauben.“

„Ja, du hast ja recht. Die meisten sind in Ordnung. Es ist nur ... die korrupten scheinen immer am längeren Hebel zu sitzen.“

„Du könntest der örtlichen Polizei einen anonymen Hinweis zukommen lassen. Schick ihnen, was du an Beweisen hast. Sie können dann entscheiden, was sie tun wollen, und du wärst aus der Sache raus. Du weißt ja nicht, ob sie nicht auch schon an deinen Verdächtigen gedacht haben. Vielleicht gibt es schon eine Akte über ihn. Vielleicht braucht es nur noch einen Anstoß, damit sie eine Hausdurchsuchung machen."

„Er wohnt ganz in der Nähe von Lauras Familie", sage ich. „Ich meine, wenn ich ein Bulle wäre, dann würde ich doch zuerst mal alle in der Nachbarschaft unter die Lupe nehmen, oder?"

„Ja, vielleicht."

„Von Lauras Mutter weiß ich, dass sich der Typ immer an den Suchaktionen beteiligt hat. Dad hat doch immer gesagt, so was passiert nicht selten. Der Täter mischt sich in die Ermittlungen ein. Für Psychopathen eine Art Machtspielchen."

„Aber glaubst du nicht, die Polizei weiß das auch? Und hat jeden überprüft, der bei der Suche mitgemacht hat?"

„Vermutlich doch."

„Also, schick ihnen anonym zu, was immer du in der Hand hast. Du musst ihnen sonst gar nichts sagen. Nur, dass du sicher weißt, dass er Artikel über diese Laura sammelt und diesen Anhänger hat und dass du gehört hast, dass im Haus ein Baby geschrien hat."

„Ich werd's mir überlegen", sage ich.

„Am besten, Casey, du vergisst die ganze Sache. Du kannst hier nicht die Heldin spielen. Du bringst dich um Kopf und Kragen. Ich muss dich wohl kaum daran erinnern: Wenn sie dich kriegen, dann wanderst du nicht in den Knast. Sie wollen dich tot sehen. Ich will nicht noch jemanden verlieren. Ich habe jetzt schon das Gefühl, dass ich dich bereits verloren habe."

„Du hast mich nicht verloren", sage ich. „Es gibt mich noch."

„Aber nicht mehr lange, wenn du dich nicht da raushältst. Eines Tages werde ich keine Anrufe mehr von dir kriegen und ich werde nicht mal wissen ..." Ihr versagt die Stimme. „Casey, das Mädchen tut mir ehrlich leid, aber es gibt andere Wege, ihr zu helfen. Wege, die dir nicht die Polizei auf den Hals hetzen."

Als ich das Gespräch schließlich beende, muss ich mir eingestehen, dass ein Teil meines Konflikts darin besteht, dass ich am liebsten *gar nichts tun will.* Dass ich ein Feigling bin. Genau deswegen bin ich ja auch nicht nach Shreveport zurückgekehrt und habe um mein Recht gekämpft. Deswegen habe ich meine Sicht der Dinge niemandem mitgeteilt. Ich will nicht, dass sie mich einsperren. Und ich will nicht sterben.

Aber ich will auch nicht, dass ein anderes Mädchen irgendwo eingesperrt ist. Schon gar nicht, wenn jetzt auch noch ein Baby im Spiel ist. Allein der Gedanke überwältigt mich. Ich mache mich auf den Heimweg und wünsche mir, ich hätte das Rückgrat, einen Menschen zu retten. Irgendjemanden. Auch, wenn das nicht ich selbst sein werde.

34
Casey

Trotz der Warnung meiner Schwester, mich aus der Sache herauszuhalten, tue ich alles, was mir einfällt, um herauszufinden, ob Frank Dotson Kinder oder Enkel hat. Und ob sie an dem Tag, als ich an der Tür geklingelt habe, im Haus gewesen sein könnten. Mir ist bewusst, dass ich voreilige Schlüsse ziehe – nein, dass ich absurd überzogene Schlüsse ziehe. Ja, ich habe ein Baby schreien hören. Das heißt noch lange nicht, dass er Laura Daly gekidnappt hat.

Aber eines Nachmittags erwähnt Rachel bei der Arbeit, dass sie in der Kneipe war, in der ich auch Dotson und seine Frau habe verschwinden sehen.

„Bist du da öfter?“, erkundige ich mich.

Sie zuckt die Achseln. „Zwei-, dreimal die Woche. Treffe mich da mit Freunden. Du solltest auch mal mitkommen.“

„Ja, vielleicht mach ich das mal.“ Ich bemühe mich, möglichst gleichgültig zu klingen. „Kennst du einen Frank Dotson und seine Frau?“

Sie nickt, während sie ein Handy öffnet, um den Akku zu wechseln. „Ja, Frank kenn ich. Es ist seine Stammkneipe.“

„Und? Wie ist er so?“

Sie sieht mich an. „Keine Ahnung. Er ist nicht sehr gesellig. Warum? Bist du interessiert?“

„Interessiert?“ Ich grinse. „Weit davon entfernt! Nein, er war neulich hier im Laden. Und er war mir ein bisschen unheimlich.“

Sie lacht. „Unheimlich, ja, das trifft's ganz gut. Aber seine Frau ist noch viel unheimlicher. Klebt förmlich an ihm und tut alles, was er sagt. Und trinkt noch mehr als er.“

„Haben sie Kinder?", frage ich.

Sie schüttelt den Kopf. „Nö, nie welche gehabt. Sie wirken auch nicht grade wie die geborenen Eltern."

„Also auch keine Enkel …?"

Wieder lacht sie. „Bisschen schwierig, Enkel zu haben, wenn man keine Kinder hat, oder?"

Das muss ich zugeben. „Weißt du, seit wann sie verheiratet sind?"

„Solange ich sie kenne", antwortet sie. „Aber wie gesagt, so gut kenne ich sie nicht. Sie trinken beide viel und sie streiten sich ständig."

Ich starre sie an. „In der Öffentlichkeit?"

„Ja, wenn Arelle zu viel getrunken hat, dann fährt sie ihm schon mal über den Mund. Meist zerrt er sie dann ziemlich schnell nach Hause. Würde mich nicht überraschen, wenn ihm bei solchen Gelegenheiten auch mal die Hand ausrutschen würde."

Ich beobachte, wie sie den alten Akku entsorgt. „Hast du schon mal gesehen, dass er handgreiflich geworden ist?"

„Nein, gesehen hab ich's nicht. Aber sie hat schon mal ein blaues Auge oder Prellungen. Sie sei gefallen, heißt es dann."

„Hat sich schon mal jemand in ihren Streit eingemischt? In der Kneipe, meine ich?"

„Nein. Meist fängt er nur an zu fluchen und zerrt sie raus."

„Und was sagt sie so, wenn sie redselig wird?"

„Keine Ahnung. Man kann sie kaum verstehen. Letztes Mal ging es darum, dass er seine Augen im Zaum halten und nicht mit dem Mädchen an der Bar flirten sollte. Wenn ich so drüber nachdenke, dann geht es eigentlich immer darum. Dass er seine Blicke zu lose herumwandern lässt."

Beim Gedanken daran muss ich schaudern. Eine Kundin kommt und ich bediene sie. Als sie wieder weg ist, nehme ich den Faden wieder auf. „Ist dieser Frank dir schon mal zu nahe gekommen?"

„Spinnst du? Nee, ich halte bewusst Abstand zu ihm. Dir etwa? Fragst du deshalb?"

Ich überhöre die Frage und sie kümmert sich um den nächsten Kunden.

Als ich am Nachmittag von der Arbeit nach Hause fahre, mache ich mir Gedanken über das, was ich erfahren habe. Es gibt keine Kinder in dem Haus, kein Baby, das schreien könnte, keine Enkel. Und was bedeutet das? Ich könnte den Fernseher gehört haben. Aber so klang es eigentlich nicht. Einen Augenblick lang überlege ich, zur Polizei zu gehen und zu erzählen, was ich gehört habe, was ich auf den Fotos gesehen habe. Ich kann sie ja bitten zu prüfen, ob hier ein Kind vernachlässigt wird. *Ach ja, und wenn Sie schon mal da sind, können Sie auch gleich nach der vermissten Laura Daly suchen.*

Mir ist klar, wie verrückt das klingen würde, wenn ich kein Beweismaterial habe. Ein Zeitungsartikel im Hintergrund eines Fotos, eine Kette, die jeder haben könnte, ein schreiendes Baby, wenn ich an einem zugenagelten Fenster rüttele. Das würde niemanden überzeugen. Schon gar nicht, weil man nicht davon ausgeht, dass Laura Daly ein Baby hat. Und es würde nur unnötige Aufmerksamkeit auf mich lenken – eine, die sich unbefugt auf dem Grundstück herumtreibt und deren Wissbegier sie noch ans Messer liefern wird.

Ich muss mich entscheiden, ob ich Laura retten will oder mich selbst. Beides wird mir wohl nicht möglich sein.

35
Casey

Die Entscheidung sollte mir leichtfallen. Ich sollte einfach tun, was richtig ist, und versuchen, Laura zu helfen. Aber dass ich wegen Mordes gesucht werde, hat mein Universum auf ziemlich wackelige Füße gestellt. Die kleinste Neigung zur einen oder anderen Seite könnte dazu führen, dass sie mich kriegen.

Zuerst versuche ich mir einzureden, dass ich kein Feigling bin, wenn ich mein Bauchgefühl in dieser Sache ignoriere. Es ist Überlebensinstinkt. Und meine Chance aufzugeben, heil aus dem ganzen Schlamassel herauszukommen, um Laura zu retten, wo ich doch gar nicht sicher sein kann, dass sie in diesem Haus ist, wäre nicht sehr klug.

Statt meine Zeit damit zu verplempern, Frank Dotsons Haus zu beobachten, sollte ich lieber nach allen verfügbaren Beweisen suchen, damit ich mich zu Hause verteidigen kann, wenn es mal so weit kommt. Alles über Keegans und Rollins' finanzielle Situation herausfinden, beweisen, dass sie Kriminelle sind, die sich als Bullen tarnen, beweisen, dass sie meinen Vater umgebracht und seinen Selbstmord vorgetäuscht haben, beweisen, dass sie Brent auf dem Gewissen haben und es mir in die Schuhe schieben wollen.

Aber all diese Dinge habe ich jahrelang zu beweisen versucht und es ist mir nicht gelungen. Wenn ich sie überführen will, muss ich riskieren, dass sie mich finden.

Wieder steigt der Gedanke an Selbstmord in mir auf, aber ich verbanne ihn rasch. Ich will nicht, dass irgendjemand sagt: „Da sehen Sie's. Ich hab schon immer gesagt, dieser Familie liegt der Selbstmord im Blut. Erst der Vater, jetzt die Tochter." Nein, niemand soll noch mehr Anlass haben zu glauben, dass mein Vater sich das Leben genommen und es seiner zwölfjährigen Tochter überlassen hat, ihn dann zu finden.

Aber wenn sie mich fassen und nach Shreveport zurückschleppen, ist der Tod sowieso unvermeidlich. Ich werde keine Gelegenheit haben zu reden.

Einsamkeit ist ein Nebeneffekt meiner Wirklichkeit. Ich muss mit Hannah reden, einfach, um diese Einsamkeit ein wenig zu lindern. Obwohl ich müde bin und am Abend noch einmal Dotsons Haus observieren wollte, fahre ich zwei Stunden weit aus der Stadt heraus. Ich kaufe noch ein Wegwerfhandy, aktiviere es und rufe meine Schwester an. Ich lasse es zweimal klingeln, lange genug, um einen unbeantworteten Anruf zu registrieren. Dann gebe ich ihr eine Stunde Zeit, um einen sicheren Ort aufzusuchen. Ich weiß, das könnte alles umsonst sein und sie findet keine Gelegenheit, sich wegzustehlen, wann sie will. Aber als ich dann anrufe, nimmt sie ab.

„Hallo", sagt sie.

„Wo bist du?", frage ich.

„Auf dem Parkplatz bei Walgreens. Ich wollte im Dunkeln nicht irgendwo rumlaufen, wo es kein Licht gibt."

„Gut. Tut mir leid, dass ich dich abends noch mal aus dem Haus geholt hab."

„Alles in Ordnung mit dir?", will sie wissen.

„Ja. Ich musste nur einfach mal deine Stimme hören."

„Ich bin froh, dass du anrufst", sagt sie. „Hör zu. Ich habe eine Nachricht für dich."

Ich atme tief durch. „Von wem?"

„Von Dylan Roberts."

Mein Herz macht einen Satz. „Hannah, du hast ihm doch nicht gesagt, dass wir miteinander telefonieren?"

„Nein, aber wenn du ihm diesen Datenstick geschickt hast, dann kann er sich das denken. Er hat mir eine Nachricht an die Adresse meiner Schwiegereltern geschickt, mit einem Sportgeschäft in Seattle als Absender, so wie auf deinem Päckchen an mich."

Ich seufze. „Haben sie es aufgemacht?"

„Nein, sie glauben, es ist wieder etwas für Jeffs Geburtstag."

„Was hat er geschrieben?"

„Die Nachricht lautet: ‚Sagen Sie ihr, sie soll eine Pseudomail-Adresse anlegen und unter der folgenden Adresse mit mir Kontakt aufnehmen. Dringend. Langsam sehe ich klarer.'"

Sie liest mir die Mail-Adresse vor und ich notiere sie. „Glaubst du, ich kann es riskieren, mit ihm Kontakt aufzunehmen?"

„Du bist clever. Mach es so, wie du es mit mir machst. Fahr möglichst weit weg von da, wo du steckst. Geh in eine Bibliothek. Leg eine Mail-Adresse an. Wenn man den Mail-Verkehr überprüft, stoßen sie auf die Bibliothek, nicht auf dich."

„Und er? Woher weiß ich, ob er auch clever genug ist? Sie könnten ihn überprüfen und meine Mails abfangen."

„Nein, so dumm ist er nicht. Er kennt sich in diesen Dingen aus", sagt sie. „Ich glaube, du solltest es so machen. Ich möchte, dass du weißt, was er weiß."

„Ich werd drüber nachdenken", sage ich. Eine lange Pause entsteht und wieder höre ich den Wind durch das Telefon. Ich stelle mir meine Schwester vor, wie sie nachts allein im Dunkeln auf dem Parkplatz steht. „Du musst zurück nach Hause."

„Warte", sagt sie. „Du hast wegen dieser Laura doch noch nichts unternommen?"

„Nein. Noch nicht."

„Ich flehe dich an, Casey, bleib in Deckung", sagt sie. „Verdirb bloß nicht alles, weil du irgendein Mädchen retten willst. Das ist den Preis nicht wert."

Ich weiß, dass meine Schwester es gut meint. Aber auf der Rückfahrt nach Shady Grove habe ich viel Zeit zum Nachdenken. Laura Dalys Leben soll es nicht wert sein, dass ich ein Risiko eingehe? Und wenn ich nun die Einzige bin, die eine Ahnung hat, wo sie sein könnte? Wie dürfte ich mir den Gedanken aus dem Kopf schlagen? Und jetzt könnte es um zwei Menschen gehen, nicht nur um einen. Um Laura und um das Baby. Wenn sie nun wirklich in diesem Haus stecken?

In meiner neuen Wohnung will der Schlaf nicht kommen. Gegen vier Uhr morgens gebe ich es auf, stehe auf und schaue aus dem Fenster hinaus ins Dunkel. Die Straßenlampe vor meinem Haus flackert, unschlüssig, ob sie ihren schützenden Schein weiter auf die Straße werfen oder doch lieber verlöschen soll.

Ich will nicht, dass mich jemand auslöscht. Ich sehe in den Nachthimmel hinauf, an dem die Sterne funkeln. Dann frage ich Gott, ob ich überhaupt noch eine Daseinsberechtigung habe. Oder haben meine vielen Lügen mir bereits meine Seele geraubt? Bin ich nichts weiter als eine Lügnerin mit gefälschten Papieren? Oder sieht Gott in mir ein lebendiges, atmendes, mitfühlendes Mädchen, dem das Schicksal von Laura Daly am Herzen liegt?

Dafür, dass ich mir nicht mal sicher bin, dass ich überhaupt an Gott glaube, denke ich ziemlich viel an ihn. Die Ironie entgeht mir nicht.

Als die Sonne das Dunkel vom Himmel drängt und der Tag langsam heraufzieht, habe ich meine Entscheidung getroffen. Ich werde Laura Daly helfen, wenn ich kann. Egal, was das für mich bedeutet.

36
Dylan

Ich überlege, ob ich Keegan und Rollins anhand des Materials, das Brent zusammengetragen hat, anzeigen sollte. Aber schnell wird mir klar, was dann passieren würde: Man würde mich als inkompetent und paranoid abstempeln, eben als einen schwer gestörten Kriegsveteranen, der bei jedem unvorhergesehenen Lärm die Nerven verliert. Sara Meadows' Aussagen sind weitgehend spekulativ; jedenfalls enthalten sie nichts, das beweiskräftig genug wäre, um Keegan aufs Kreuz zu legen. Und der Staatsanwalt würde im Zweifel für den Angeklagten entscheiden. Für den sind Polizisten ja immer die Guten. Nein, ich kann es nicht tun. Noch nicht.

Ich muss systematisch vorgehen. Ich kann mit dem beginnen, was Brent gesammelt hat, und muss dann tiefer graben. Ich muss den beiden auch die anderen Morde nachweisen, muss das Geld finden, das sie erpresst haben, auflisten, was sie damit gekauft haben. Ich muss die Möglichkeit in Betracht ziehen, dass Sara Meadows dement war. Aber nein, das ergibt keinen Sinn. Warum hätte man sie umbringen sollen, wenn man ihre Anschuldigungen als die Aussagen einer verwirrten alten Frau hätte abtun können?

Mein Hirn mag klare Strukturen, es ordnet die Dinge gern übersichtlich. Irgendwas an diesem Fall reimt sich nicht. Casey entspricht nicht dem Bild einer Mörderin. Sie hat nichts an sich, was darauf hindeutet, dass sie töten würde. Und jetzt, nachdem ich Brents Unterlagen gesehen habe, ist die Theorie, dass Keegan mit drinsteckt, viel plausibler. Dieses Muster würde mehr Sinn ergeben, als dass ein ansonsten anständiges Mädchen plötzlich ausrastet.

Aber kann ich überhaupt mir selbst trauen? Zweifel kreisen wie Geier über meinem Verstand, über meinen Theorien, begierig, sich auf sie zu stürzen und sie zu verschlingen. Alles stelle ich jetzt infrage: meine Kompetenz, meine Objektivität, mein kriminalistisches Handwerkszeug. Was, wenn man mich hier einfach reinzulegen versucht?

Nein, so ist es nicht, sage ich mir selbst. Ich halte mich an die Beweise. Ich tue die Dinge so, wie ich sie gelernt habe. Aber meine Selbstgespräche helfen mir nicht. Ich muss mit meiner Ärztin sprechen.

Von irgendwo unterwegs nach Georgia rufe ich Dr. Coggins an.

Sie nimmt ab und der Klang ihrer Stimme erinnert mich daran, dass es mitten in der Nacht ist. „Oh, es tut mir leid, dass ich Sie geweckt habe", sage ich. „Mir war nicht bewusst, wie spät es ist."

Ich höre Bettdecken rascheln, dann die Stimme ihres Mannes, dann wieder ihre Stimme, diesmal klarer. „Hallo, Dylan. Was gibt es?"

Plötzlich weiß ich nicht mehr, was ich sagen wollte. Ich kann ihr ja nicht erzählen, was alles geschehen ist. „Ich hätte bis morgen warten sollen."

„Jetzt haben Sie mich ja schon geweckt", sagt sie. „Dylan, sagen Sie mir, was los ist."

Ich komme mir wie ein Idiot vor. „Erinnern Sie sich, dass ich Ihnen erzählt habe, dass ich als Privatdetektiv unterwegs bin?"

„Ja."

„Also, jetzt stehe ich am Scheideweg. Ich habe Informationen bekommen, die alles auf den Kopf stellen. Jetzt habe ich das Gefühl, als ob die Guten eigentlich die Bösen sind und der vermeintliche Schurke der Gute. Und ich habe noch einen Job zu erledigen … nämlich diese Person zu finden, die vielleicht bösartig ist, wahrscheinlich aber zu den Guten gehört."

Ich weiß, dass ich Unsinn rede. Dass ich mich anhöre, als sei ich betrunken oder high.

„Dylan", sagt Dr. Coggins. „Gefühle sind nicht immer das Beste, worauf man sich verlassen sollte, besonders dann nicht, wenn PTBS im Spiel ist. Als Sie diesen Albtraum hatten und sich die Hände verletzt haben, da hatten Sie das *Gefühl*, Sie wären wieder in der Situation von damals und erlebten alles noch einmal. Aber das stimmte nicht."

Ich denke über ihre Worte nach. „Aber jetzt ist es kein Flashback. Jetzt ist es die Realität."

„Dylan, Sie wollen diese Chance nicht vertun. Mein Rat ist: Bringen Sie den Job zu Ende, für den man Sie angestellt hat. Ziehen Sie die Sache durch. Lassen Sie sich nicht von Ihren Gefühlen beeinflussen. Machen Sie es so, wie Sie's gelernt haben."

Ich habe mein Handwerk gelernt und ich weiß, dass ich kurz davor bin, Casey zu finden. Wenn ich sie in die Finger kriege, kann ich sie vielleicht schützen, bis ich Wahrheit und Lüge auseinandersortiert habe. „Sie haben recht", sage ich.

Sie schweigt einen Moment, dann sagt sie: „Soll ich Ihnen nicht doch ein Rezept ausstellen, ein Mittel, damit Sie besser schlafen?"

Vermutlich möchte sie das tun, damit ich sie nicht so schnell wieder mitten in der Nacht aus dem Schlaf reiße. „Nein, danke, Doc. Vielleicht später mal ..."

Ich ergebe mich in mein Schicksal. Ich werde die Sache durchziehen und Casey Cox finden.

Caseys Foto und was man ihr zur Last legt, habe ich an jede Polizeidienststelle und jeden Sheriff in Georgia gemailt mit der Bitte, sie sollen mit mir Kontakt aufnehmen, falls jemand sie gesehen hat. Aber die Wahrheit ist: Derartige Suchanliegen gehen dort jede Woche dutzendweise ein. Und wenn es eine kleine Dienststelle ist, schaut da vielleicht tagelang niemand in die Mails.

Es gibt 536 eigenständige Kommunen in Georgia. Alle kann ich unmöglich besuchen. Als der Tag anbricht, versuche ich mich in Caseys Denken hineinzuversetzen. Ich fahre die Orte an, die direkt an der I-75 liegen, und erkundige mich in Bibliotheken, Postämtern und bei der örtlichen Polizei, ob sie meine Suchanfrage erhalten haben.

Niemand hat Casey Cox gesehen.

Alle meine Annahmen können falsch sein. Vielleicht ist sie gar nicht in Georgia. Sie könnte auch in Florida stecken oder in South Carolina … oder an jedem anderen Fleck dieses Landes.

Was weiß ich denn genau? Dass Sie mindestens zweimal über einen Server in Auburn, Alabama, Facebook-Seiten aufgerufen hat. Dann dürfte sie irgendwo in erreichbarer Entfernung zu dieser Stadt sein. Vermutlich aber nicht in Alabama, weil sie dort Verwandte hat und wissen muss, dass man dort nach ihr suchen wird. Der Osten von Georgia eignet sich ebenso gut als Ausgangspunkt für meine Suche wie jeder andere.

In Barnesville betrete ich die kleine Polizeidienststelle, die mit drei Mann besetzt ist. Der Sheriff dort hat meine Mail noch nicht gelesen, also zeige ich Caseys Foto und erkläre, dass sie sich als Grace Newland ausgibt. Sie überprüfen rasch, ob sie vielleicht unter den letzten Verhaftungen war. Niemand von den Anwesenden hat sie gesehen, aber sie wollen wissen, was man ihr vorwirft. Ich berichte, dass sie in Shreveport unter Mordverdacht steht und dass es sehr wichtig ist, dass sie mich anrufen, falls sie irgendeinen Hinweis auf ihren Aufenthaltsort erhalten. Ob sie gefährlich sei und bewaffnet, wollen sie wissen.

Ich bekenne, dass ich das nicht weiß, und empfehle, erst einmal davon auszugehen, bis sich das Gegenteil herausstellt.

Als ich das Revier wieder verlasse, frage ich mich, ob ich damit einen Fehler gemacht habe. Allein diese Aussage könnte dazu führen, dass irgendein Hilfssheriff, der groß rauskommen will, sie einfach über den Haufen schießt.

Als auch bei der Post und in der Bibliothek niemand sie gesehen hat, schüttele ich den Staub von meinen Füßen und fahre weiter zum nächsten Ort. Zunächst will ich mir alle Orte vornehmen, die direkt am Highway liegen; später kann ich dann auch kleinere Straßen nehmen und meine Kreise weiter ziehen. Das dürfte ein langwieriges Unterfangen werden. In jedem Ort entlang des Highways halte ich und hinterlasse meine Informationen über Casey.

Die Müdigkeit zehrt an mir und lässt mir abstruse Ideen in den Kopf steigen. Es ist, als sei sie ein Phantom, als gebe es sie gar nicht. Wie kann sie mir immer gerade ein paar Schritte voraus sein und sich doch nicht packen lassen? So etwas ist mir noch nie passiert. Normalerweise finde ich meine Anhaltspunkte, zerlege sorgfältig ausgetüftelte Pläne, versetze mich in den Kopf des Menschen, den ich suche. Aber Casey ist nicht die typische Kriminelle.

Mir wird plötzlich bewusst, dass sie in meinem Denken beinahe schon mythische Kräfte und Fähigkeiten erlangt hat. Sie ist auch nur ein Mensch, rufe ich mir ins Gedächtnis. Sie kann nicht an alles gedacht haben. Irgendwann checke ich in einem Motel ein und versuche ein wenig zu schlafen, aber es gelingt mir wieder nicht. Nach einer Weile suche ich die Computerecke des Motels, setze mich an einen Monitor, lege das E-Mail-Konto an, das ich mir ausgedacht habe, und logge mich ein, um zu sehen, ob sie sich gemeldet hat.

Dass sie es tatsächlich getan hat, trifft mich wie ein kleiner Schock. Der Name, den sie verwendet hat, lautet KeinUntergang. Rasch klicke ich auf ihre Nachricht und öffne sie.

„Hier bin ich", schreibt sie. „Was wollen Sie?"

Mir stockt der Atem. Ich schicke ein Stoßgebet zum Himmel – *Bitte, Jesus!* – und beginne zu tippen.

„Ich habe alles gelesen und angesehen, was Sie mir von Brents Unterlagen zugeschickt haben", schreibe ich. „Ich habe Sara Meadows gefunden und wollte mit ihr reden. Sie bat mich, am Abend zu ihr nach Hause zu kommen, aber als ich dort ankam, war sie tot."

Schweiß perlt mir auf der Haut, ich beginne einen neuen Absatz.

„Ich muss in Betracht ziehen, dass stimmt, was Brent herausgefunden hat. Das bringt mich in eine sehr schwierige Lage."

Ich wische mir die Hände an der Jeans ab und lege sie wieder auf die Tastatur. Ich weiß nicht, was ich schreiben soll. Irgendwie muss ich sie erreichen, von Mensch zu Mensch. Dies könnte meine einzige Chance sein. Also öffne ich mein Herz und versuche so offen wie möglich zu sein.

„Ich glaube, Sie und ich haben eine Menge gemeinsam. Wir leiden beide unter einer posttraumatischen Belastungsstörung. Man kann einen Menschen, den man geliebt hat, nicht tot vor sich auf dem Boden liegen sehen, ohne dass es die Seele beschädigt. Ich glaube an Gott und habe den Eindruck, er sagt mir, ich solle sie anhören. Aber ich brauche mehr eindeutige Beweise. Ich kann Ihnen nicht vorwerfen, dass Sie untergetaucht sind, aber vielleicht ist es an der Zeit, aus der Deckung zu kommen. Vielleicht ist es an der Zeit, mit der Wahrheit ans Licht zu kommen. Vielleicht kann ich Ihnen helfen."

Ich weiß nicht, warum mein Herz rast, als sei ich fünf Meilen gerannt, und meine Augen tränen wie in einem scharfen Wind. „Haben Sie Albträume?", schreibe ich.

„Erschrecken Sie leicht? Reagieren Sie manchmal extrem auf harmlose Anlässe? Fürchten Sie manchmal, dass Sie verrückt werden? Mir geht es so. Und wenn Sie als Zwölfjährige Ihren Vater ermordet aufgefunden haben, Ihnen vermutlich auch. Ihre Erfahrungen mit der Polizei haben Sie zusätzlich verstört, statt Ihren Glauben zu stärken, dass die Gerechtigkeit siegt. Ich kann Ihnen nicht versprechen, dass das der Fall sein wird, aber ich möchte alles tun, was in meiner Macht steht."

Ich lehne mich zurück und wische mir über das schweißfeuchte Gesicht. Dann werfe ich einen Blick zur Tür. Im Korridor treibt sich niemand mehr herum.

Die Hände wieder auf der Tastatur, schreibe ich weiter. „Sagen Sie mir, was ich wissen muss. Geben Sie mir Fakten, die sich überprüfen lassen. Und wenn möglich, rufen Sie mich an. Ich habe ein Einmalhandy; das ist sicher. Die Nummer ist 318-555-2753. Prägen Sie sich die ein, dann können Sie sie im Notfall benutzen."

Ich unterschreibe nicht namentlich. Als wüsste ich nicht mehr, wer ich bin. Aber *sie* wird es wissen.

Bevor ich die Mail abschicke, schlage ich die Hände vors Gesicht und spreche ein stummes Gebet, dass Gott die Dinge richtig regelt, dass sie die Mail bekommt und auch bald liest, dass wir miteinander ins Gespräch kommen und dass Gottes Geist mich leitet, sodass ich Wahr und Falsch unterscheiden und die Wahrheit ans Licht bringen kann.

Ich warte noch ein paar Minuten in der Hoffnung, dass sie gleich antwortet, aber eigentlich weiß ich, dass sie das nicht tun wird. Sie wird keinesfalls ihr eigenes Handy oder ihren Laptop verwenden. Sie wird erst ein paar Stunden fahren und dann einen öffentlichen Computer benutzen. Es kann Tage dauern, bis ich wieder von ihr höre.

Ich schließe das Mail-Programm, gehe zurück auf Login und mache mich auf den Weg in mein Zimmer. Ich versuche zu schlafen, aber das will nicht gelingen.

Im Lauf der Nacht nicke ich ein paarmal kurz ein und hoffe, das reicht, damit ich morgen nicht wie ein Zombie durch die Gegend laufe. Bevor ich abreise, setze ich mich noch kurz an den Computer. Sie hat nicht geantwortet. Aber sie wird es tun. Wenn sie mir nichts zu sagen hätte, hätte sie sich nicht gemeldet und das Risiko in Kauf genommen, dass sie sich verrät. Ich fahre aus der Stadt und ertappe mich dabei, dass ich für Casey Cox bete: um Schutz, um Kraft und um den Mut, die Wahrheit zu sagen. Und darum, dass ich sie finde, bevor Keegan es tut.

37
Casey

Ich habe vor Dotsons Haus Stellung bezogen und warte darauf, dass Frank und Arelle wieder mal ausgehen. Etliche Abende haben sie sich nun schon nicht blicken lassen und sind zu Hause geblieben. Weil ich arbeite, kann ich nur abends kommen, aber ich muss es einfach tun. Es ist wie eine Sucht.

Am Samstag bin ich erschöpft, aber ich kann trotzdem nicht schlafen. Ich kann nicht mal was essen. Ich kaue auf dem Essen herum, weil ich weiß, dass ich Energie brauche, aber ich bin fast zu müde, um zu schlucken. Schließlich zwinge ich mich dazu.

Ich fahre die drei Stunden bis nach Mobile, um zu checken, ob ich eine Mail von ihm bekommen habe. Die Bibliothek riecht schimmelig und verstaubt. Die PCs stehen frei zugänglich auf einem großen runden Tisch. Hier sitzen die Leute stundenlang und verschwenden ihre Zeit auf Facebook. Ich muss warten, bis ein Platz frei wird. Es dauert eine Stunde, bis endlich jemand aufsteht. Ich setze mich vor den PC und öffne mein E-Mail-Konto unter meinem Nicknamen KeinUntergang. In der Mailbox ist eine Antwort.

Ein Zittern überkommt mich, als die Nachricht lese, und ich sehe mich um, um sicherzugehen, dass niemand hinter meinem Rücken mitliest. Ich verkleinere den Zoom, damit die Schrift nicht so gut lesbar ist.

„Ich glaube, Sie und ich haben eine Menge gemeinsam. Wir leiden beide unter einer posttraumatischen Belastungsstörung. Man kann einen Menschen, den man geliebt hat, nicht tot vor sich auf dem Boden liegen sehen, ohne dass es die Seele beschädigt. Ich glaube an

Gott und habe den Eindruck, er sagt mir, ich solle sie anhören ... Haben Sie Albträume? Erschrecken Sie leicht? Reagieren Sie manchmal extrem auf harmlose Anlässe? Fürchten Sie manchmal, dass Sie verrückt werden? Mir geht es so. Und wenn Sie als Zwölfjährige Ihren Vater ermordet aufgefunden haben ...“

Seine Worte treiben mir Schweißperlen auf die Stirn. Es ist fast, als könne er in meiner Seele lesen und hätte die Filme gesehen, die so oft in meinem Kopf laufen.

Ermordet. Er schreibt *ermordet*, nicht einfach *tot*. Er glaubt Brent. Er ist noch nicht davon überzeugt, dass *ich* unschuldig bin, aber zumindest scheint er es nicht mehr völlig auszuschließen, dass Keegan schmutzige Finger hat.

Oder ist das alles nur ein Trick? Woher soll ich wissen, dass es nicht Keegan ist?

Ich drücke auf Antworten und schreibe: „Nein, ich schlafe nicht viel. Albträume sind unerfreuliche Bettgenossen. Und Sie haben recht: Ich verlasse mich nicht auf die Justiz. Dass Sie an Gott glauben, freut mich für Sie. Ich hoffe, es gibt Ihnen Halt.“

Ich überlege fieberhaft, was ich ihm sagen kann, welches Körnchen Wahrheit etwas ausrichten kann, selbst wenn ich hier an Keegan schreibe.

„In dieser Welt gibt es das wirklich Böse“, tippe ich. „Ich habe ihm ins Gesicht gesehen. Es wäre ein akzeptabler Preis, wenn ich mich für den Rest meines Lebens verstecken müsste, um diesem Bösen zu entkommen. Wenn es nur nicht so allgegenwärtig wäre.“

Ich überlege einen Moment und wünschte, ich wäre besser vorbereitet.

„Ich habe Ihnen alles geschickt, was ich in Händen habe. Haben Sie den Mut, das Böse aufzuspüren, das mich quält – selbst wenn das bedeutet, dass der Job, für den man Sie angeheuert hat, ebenfalls im Dienst dieses Bösen steht?“

Jetzt habe ich Tränen in den Augen. Ich blinzele sie weg.

„Hier sind ein paar Namen. Keegan, Sy Rollins, die beiden auf jeden Fall. Sie sollten weder deren Freunden vertrauen noch Keegans Sohn. Keegan und Rollins sind nicht nur korrupt, sie sind brutal. Das Böse sitzt in der Abteilung Kapitalverbrechen und verkündet Urteile über Leute wie mich.“

Mehr wage ich nicht zu schreiben. Ich schicke die Mail ab und gehe hastig zu meinem Auto. Ich habe das Gefühl, Dylan hätte ein Tagebuch gelesen, das ich gar nicht geschrieben habe. Woher weiß er so viel über mich? Fakten sind das eine, aber die *Wahrheit* liegt tiefer. Sie trifft mitten ins Herz. Er kann doch unmöglich wissen, was in meinem Kopf vorgeht.

Und trotzdem hat er den Nagel auf den Kopf getroffen.

Woher er wohl seine posttraumatische Belastungsstörung hat? Ist er offiziell mit PTBS diagnostiziert oder ist es wie bei mir ... dass man einfach mit den Folgen eines Traumas kämpft, ohne der Sache einen Namen zu geben? Was er darüber schreibt, wie es ist, dem Tod ins Auge zu schauen ... Unheimlich. Er weiß, wovon er spricht.

Ich fühle mich durchschaut ... irgendwie verletzt. Aber auch bestätigt. Irgendwie ist es gut, *gesehen* zu werden – selbst wenn er mich nie zu Gesicht bekommen hat.

Zurück in Shady Grove mag ich nicht in meine Wohnung fahren. Ich weiß, ich bin viel zu aufgewühlt, als dass ich schlafen könnte, und ich will nicht die ganze Nacht wach liegen, die Decke anstarren und grübeln.

Ich fahre zu meinem neuesten Stammplatz – einem schlecht einsehbaren Plätzchen in Dotsons Straße. Auch in seinem Haus wohnt das Böse. Aber vielleicht kann ich wenigstens an dieser Stelle etwas dagegen tun.

Nach zwei Stunden, in denen nichts geschieht, sehe ich an Dotsons Auto die Lichter angehen. Die beiden kommen aus dem Haus, setzen sich ins Auto und fahren aus der Einfahrt. Ich schaue durch mein kleines Fernglas, um zu erkennen, ob die Frau auch im Auto sitzt. Ja, sie sitzt neben ihm; ihr Profil zeichnet sich deutlich gegen das Licht der Straßenlampe ab. Wieder einmal folge ich ihnen zu ihrer Stammkneipe.

Das ist meine Chance.

Ich kann zu ihrem Haus zurückfahren und versuchen herauszufinden, ob die Kellerfenster zum Garten hin auch zugenagelt sind.

Ich schaffe es noch in einen Baumarkt, bevor er schließt, und kaufe ein Stemmeisen, ein paar Schraubenzieher und eine Taschenlampe. Im Kofferraum habe ich einen Rucksack, den ich heraushole, als ich wieder beim Wagen bin. Ich verstaue meine Einkäufe darin und lege den Rucksack auf den Beifahrersitz.

Einen Moment lang sitze ich einfach im Auto und starre durch die Windschutzscheibe. Plane ich hier gerade tatsächlich einen Einbruch? Nein, sage ich mir selbst. Ich plane eine Rettungsaktion. Aber natürlich ist mir vollkommen klar, wie unglaubwürdig das klingen wird, wenn man mich erwischt.

Ich habe Dylan aufgefordert, dem Bösen entgegenzutreten. Ich muss bereit sein, dasselbe zu tun. Weil ich es mir schuldig bin. Ein Leben steht auf dem Spiel – vielleicht zwei –, und wenn ich Beweise dafür finde, dass sie da drin sind, kann ich sie vielleicht retten. Ich muss es einfach tun.

Ich fahre zurück zu Dotsons Haus. Mit klopfendem Herzen parke ich ein paar Häuser weiter vorn zwischen zwei Grundstücken, damit jeder der Besitzer annimmt, ich sei bei seinem Nachbarn. Dann gehe ich in der Dunkelheit zu Dotsons Haus.

Durch ein Tor schlüpfe ich in den Garten hinter dem Haus und mache die Taschenlampe an. Die beiden Kellerfenster auf der Rückseite sind ebenfalls von außen vernagelt. Warum sollte jemand seine Fenster vernageln, wenn er nichts zu verbergen hat? Oder wenn er nicht verhindern will, dass jemand aus dem Fenster steigt? Ich gehe zu dem Fenster, durch das ich das Baby habe schreien hören. Die Steine auf der kleinen Terrasse davor sind kaputt und ich stolpere fast über die Scherben. Vor dem vernagelten Fenster knie ich mich hin und suche nach den Schrauben. Es dauert ein Weilchen, bevor ich die erste Schraube gelockert habe; dann entdecke ich vier weitere. Ich arbeite langsam, aber stetig, während mir der Schweiß in die Augen rinnt. Im Hof nebenan geht Licht an und für einen Moment erstarre ich und warte ab, ob jemand über den Zaun schaut. Als alles ruhig bleibt, arbeite ich weiter, aber bis ich zu den beiden letzten Schrauben komme, hat mich die Ungeduld gepackt. Mein Handgelenk schmerzt und ich arbeite nicht schnell genug. Frank und seine Frau könnten jeden Moment zurück sein und ich hätte meine Chance vertan. Hastig setze ich mein Stemmeisen an und reiße das Holz samt den beiden letzten Schrauben los. Es knarrt und ächzt und ich werfe einen Blick auf das Licht im Nebenhaus. Aber ich sehe niemanden und setze mein Werk fort.

Hinter dem Glas erkenne ich innen ebenfalls eine Bretterverschalung. Wer vernagelt denn seine Kellerfenster von innen *und* außen? Es ergibt keinen Sinn – außer wenn man jemanden drinnen festhalten will.

Ich klopfe heftig an die Scheibe und lausche. Da ist es wieder. Babygeschrei, als hätte ich das Kind aufgeweckt. Es ist *nicht* der Fernseher. Es ist wirklich ein Baby. Ich werde hier nicht das Feld räumen, bis ich weiß, wer da unten im Keller ist.

Ich weiß, dass ich die Nachbarn aufmerksam machen könnte, wenn ich die Scheibe einschlage, aber jetzt kann ich nicht mehr zurück. Ich greife zum Stemmeisen und stoße damit kräftig gegen die Scheibe. Die Aktion macht zu viel Lärm, aber das Glas springt, und als ich noch einmal dranstoße, fällt es in Scherben zusammen. Ich entferne die Scherben und schneide mir dabei in die Hand, aber ich gebe nicht auf. Dann klopfe ich gegen das Brett an der Innenseite.

„Ist jemand da drin? Können Sie mich hören?"

Plötzlich höre ich ein Klopfen, dann die Stimme eines Mädchens. Sie klingt weit weg, gedämpft. „Helfen Sie mir!"

Mir bleibt fast das Herz stehen. „Ich versuche es!", antworte ich. „Wer sind Sie?"

„Laura", sagt sie. „Laura Daly."

Der Name trifft mich wie ein Schlag. Ich zwinge mich, mich zusammenzureißen. Ich setze mich auf den Boden und trete mit beiden

Füßen gegen das Brett, um es loszukriegen, aber es rührt sich nicht von der Stelle. Ich sehe mich um und entdecke eine Kellertür zwischen den Fenstern, die ich vorher nicht bemerkt hatte. Ich versuche, sie zu öffnen, aber natürlich ist sie verschlossen. Wenn ich nur einen Bolzenschneider hätte.

Ich gehe zurück zum Fenster und hämmere mit dem Stemmeisen gegen die Bretterverschalung. „Warten Sie“, sage ich so laut, wie ich mich traue. „Ich hole Sie hier raus! Geben Sie nicht auf!“

Das Baby weint noch immer, aber ich kann hören, dass sie jetzt näher am Fenster sind und auf eine Fluchtgelegenheit warten. Ich schicke ein Stoßgebet zum Himmel, während ich weiterarbeite. „Ich weiß, Sie kennen mich nicht, und ich kenne Sie nicht. Aber ich kenne Sandra und Miss Lucy. Bitte, vertrauen Sie mir.“

Ich stemme mich gegen die Bretter, versuche sie loszubekommen, aber sie sitzen zu fest. Ich schlage mit dem Stemmeisen zu in der Hoffnung, das Holz würde zersplittern. Wenn ich nur genug Zeit habe, kann ich es schaffen.

„Keine Bewegung!“

Licht blitzt auf und blendet mich. Ich lasse mich zurückfallen und hebe die Hände.

„Waffen weg!“

„Ich habe keine Waffen“, entgegne ich.

„Waffen weg!“

Ich bin umstellt. Jetzt ist es so weit. Ich lege das Stemmeisen weg. Jemand packt mich und wirft mich zu Boden. Mein rechtes Ohr landet im Dreck. Als sie mir die Handschellen anlegen, schreie ich: „Es ist Laura Daly! Sie ist da unten im Keller. Ich habe mit ihr gesprochen. Sie hat gesagt …!“

Niemand hört mir zu. Sie zerren mich ins Auto, während das Blut vom Schnitt in meiner Hand tropft, und stoßen mich auf den Rücksitz.

Auf dem Polizeirevier wiederhole ich meine Geschichte. Sie entdecken meinen Führerschein in meiner Brieftasche, die sie in meinem

Auto gefunden haben. Wo mein Auto wohl jetzt ist, frage ich mich. Haben sie es hergefahren oder steht es noch in der Straße bei Dotsons Haus? Ob sie wohl merken, dass Grace Newland nicht mein richtiger Name ist, dass sie tot ist und dass ich ihre Identität gestohlen habe?

Das ist das Schlimmste, was passieren konnte, denke ich. Dann korrigiere ich mich selbst. Das Schlimmste, was passieren kann, ist, dass Laura Daly nie gefunden wird, dass Frank Dotson sie weiter da unten in seinem Keller gefangen hält. Das Schlimmste, was passieren kann, ist, dass sie gerade Hoffnung geschöpft hat, nur um zu erleben, wie sie zerstört wird. Wenn Frank Dotson erfährt, dass man versucht hat, in sein Haus einzubrechen, könnte er sie umbringen, um jede Spur seines üblen Tuns zu vertuschen.

Ich muss einfach hier rauskommen, um das zu verhindern. „Ich sage Ihnen doch", beteuere ich und meine Stimme zittert, „Laura Daly, das Mädchen, das seit zwei Jahren vermisst wird, ist in diesem Haus. Warum glauben Sie mir nicht?"

„Wenn das stimmt, warum haben Sie nicht die Polizei geholt?", will der Kriminalbeamte wissen.

„Weil die Polizei einem nie glaubt", sage ich. „Das hier ist das perfekte Beispiel. Ich habe versucht, sie zu retten, und jetzt sitze ich hier in Handschellen und nicht er! Werden Sie wenigstens das Haus durchsuchen? Holen Sie sich einen Durchsuchungsbefehl. Durchsuchen Sie das Haus. Sie ist da unten im Keller. Sie hat ein Baby. Ich habe mit ihr gesprochen!"

„Sie hat gesagt, sie ist Laura Daly?"

„Ja! Wie oft soll ich das noch sagen? Bitte", sage ich. „Was ist, wenn ich die Wahrheit sage? Sie könnten dem Mädchen das Leben retten."

Sie wollen wissen, wer ich bin, wo ich herkomme, und ich versuche mich an alles zu erinnern, was ich mir über Grace Newland eingeprägt habe. Ich sage, dass ich in Simmons Handy-Klinik arbeite, wo ich wohne, dass ich Lucy und Sandra Daly kenne. Ich versuche sie von den Fragen nach meiner Identität abzulenken, aber sie wollen wissen, wo ich noch überall eingebrochen habe, was ich stehlen wollte, wo ich mein Raubgut verstecke. Ich weiß, es ist nur eine Frage der Zeit, bis sie herausfinden, dass ich nicht die bin, die ich zu sein vorgebe, dass ich in Wirklichkeit Casey Cox bin, gesucht wegen Mordes in Shreveport, Louisiana. Ich bin keine kleine Einbrecherin. Ich bin eine Mordverdächtige auf der Flucht, die sich unter fremdem Namen durchschlägt.

Schließlich verwarnen Sie mich und ein Richter setzt die Kaution fest. Ich soll tausend Dollar zahlen. Ich rufe Miss Lucy an. Statt ihr zu berichten, dass sie mich verhaftet haben, beginne ich mit dem Wichtigsten. „Ich weiß, wo Laura ist."

Miss Lucy zieht scharf die Luft ein. „*Was?*"

„Ich hab sie gefunden", sage ich. „Sie ist im Keller von Frank Dotsons Haus. Ich glaube, sie hat ein Baby."

Auf Miss Lucys Seite herrscht eisiges Schweigen. Sekunden verstreichen. „Haben Sie die Polizei benachrichtigt?"

„Ja, aber sie haben mich verhaftet, als ich versuchte, in das Haus einzubrechen, um sie zu befreien. Jetzt bin ich im Knast."

„Grace!"

„Ich brauche Ihre Hilfe", schluchze ich. „Sie müssen eine Kaution für mich hinterlegen. Tausend Dollar. Ich habe das Geld. Ich zahle es zurück, sobald ich hier raus bin."

„Kindchen! Natürlich ... aber haben Sie der Polizei von Laura erzählt?"

„Ja, aber sie glauben mir nicht. Sie müssen sie überzeugen. Laura lebt!"

Miss Lucy bricht in Schluchzen aus: „O Gott, wenn das wahr ist ..."

„Es *ist* wahr! Ich schwöre es, Miss Lucy." Jetzt strömen die Worte nur so aus mir heraus. „Er wird ihr etwas antun. Er kann ja nicht zulassen, dass sie sie finden. Jetzt, wo er weiß, dass jemand ihm auf die Schliche gekommen ist, wird er durchdrehen und etwas Schlimmes tun."

Ich höre, wie sie mit gedämpfter Stimme mit Sandra spricht. „Grace, wir sind in ein paar Minuten da."

Ich weiß, dass ich mich darauf verlassen kann. Ich lege auf und betrachte die Schnittwunde an meiner Hand.

„Das muss genäht werden", sagt die Beamtin.

„Das ist mir jetzt egal", flüstere ich.

Sie verschwindet irgendwo und kommt mit einem Verbandskasten zurück. „Hier, wir sollten es zumindest verbinden. Zahlt jemand eine Kaution für Sie?"

„Ja."

„Dann sollten sie möglichst rasch in ein Krankenhaus."

„Nein", sage ich. „Alles in Ordnung. Der Verband wird reichen. Der Schnitt ist nicht tief."

Sie verbindet mir die Hand und diese kleine freundliche Geste lässt mich in Tränen ausbrechen.

Während ich darauf warte, dass Miss Lucy und Sandra eintreffen, wird mir klar, dass es vieles gibt, wofür ich dankbar sein kann. Wie es aussieht, hat die Polizei meine Identität nicht weiter überprüft und noch nicht festgestellt, dass das Mädchen, das ich angeblich bin, tot ist. Vielleicht gab es heute Nacht viele Einbrüche und sie hatten noch nicht die Zeit dazu. Jetzt, wo man weiß, dass ich in Shady Grove bin, werde ich verschwinden müssen. Aber ich kann Laura nicht ihrem Schicksal überlassen, möglicherweise dem Tod. Wenn sie sie nicht finden, muss ich noch mal zu Dotsons Haus, auch auf die Gefahr hin, dass sie mich schnappen. Und mich des Mordes anklangen. Auch auf die Gefahr hin, dass ich sterbe.

38
Casey

Ich sitze im Auto und warte darauf, dass Sandra und Miss Lucy zurückkommen. Sie haben die Hausdurchsuchung bei Dotson aus einem Polizeiwagen heraus beobachtet. Ich habe hier gewartet und war fast nicht fähig zu atmen.

Aber ich weiß, sobald sie aus dem Wagen steigen, dass sie schlechte Nachrichten mitbringen. Sandra sieht mich und bricht in Tränen aus.

Ich steige aus und gehe zu den beiden hinüber. „Haben sie sie gefunden?"

„Nein." Sie sieht so verzweifelt aus, dass es mir das Herz bricht.

„Haben sie auch im Keller gesucht?"

Miss Lucys Augen sind rot und verschwollen, aber sie nimmt sich zusammen. „Sie haben überall gesucht. Es gab weder ein Baby noch Laura. Sie haben seine Frau vernommen, aber gesagt, sie sei geisteskrank. Vielleicht war sie es, die du gehört hast."

„Nein, sie war ja bei *ihm!* Sie war mit ihrem Mann in der Kneipe. Dort wird man das bestätigen können. Ich habe nicht mit ihr gesprochen. Ich habe mit Laura gesprochen. Sie hat mir doch selbst ihren Namen genannt."

„Sie war nicht da, Grace."

Sandra klingt, als sei sie zornig auf mich, und das kann ich ihr nicht verübeln. Ich habe die Hoffnung in ihr geweckt, dass sie ihre Tochter zurückbekommt, nur um dann so enttäuscht zu werden.

Aber ich weiß, was ich gehört habe. „Er hat sie weggebracht. Er wusste, dass man sie suchen würde. Nachdem sie mich verhaftet haben … und bevor der Durchsuchungsbefehl ausgestellt war … Dass sie jetzt bei der Hausdurchsuchung nicht mehr da war, heißt nicht, dass sie nie da war."

Jetzt sieht Sandra mich an, als sei ich es, die geisteskrank ist, und ich weiß, dass sie sich fragt, welche Stimmen ich in meinem Kopf höre. Mir ist übel. Sie werden mir nie glauben. Laura wird nie gerettet werden.

„Sandra, ich habe das nicht erfunden."

„Und was nützt es mir, wenn ich Ihnen glaube?", fragt Sandra. „Es ändert ja doch nichts." Dann geht sie eilig ins Haus. Miss Lucy bleibt bei mir stehen.

„Kommen Sie her", sagt sie.

Ich falle ihr in die ausgebreiteten Arme. Es fühlt sich an wie in den Armen meiner Mutter, bevor sie krank wurde. An ihre Schulter gelehnt, breche ich in Tränen aus und sie schluchzt ebenfalls.

„Es tut mir so leid", schluchze ich. „Aber ich weiß, dass sie da war. Warum sie sie nicht gefunden haben, kann ich auch nicht erklären, aber sie war dort."

„Ich glaube Ihnen ja, Kindchen", sagt Miss Lucy. „Ich weiß, Sie haben es gut gemeint."

Der zweite Satz streicht den ersten durch. Ich entziehe mich ihrer Umarmung, wische mir die Tränen vom Gesicht und putze mir die Nase. Ich will einfach nach Hause. Will nur noch ins Bett fallen und mir die Decke über die Ohren ziehen. Ich will allein sein und weinen.

Und ich möchte dieser Familie ein bisschen Frieden verschaffen, wenn das überhaupt möglich ist.

Ich lasse Miss Lucy in der Einfahrt stehen und wende mich zum Gehen. „Kindchen, kommen Sie zurecht?"

„Ja, geht schon", sage ich und steige ins Auto.

„Sie werden keine Dummheiten machen, oder?"

Ich antworte nicht. Ich steige ein, verriegele die Tür und fahre los. In meiner Wohnung mache ich mir nicht die Mühe, das Licht anzuschalten. Ich lasse Handtasche und Schlüssel einfach auf den Fußboden fallen und steige in meinen Klamotten ins Bett. Wenn ich nicht mehr aufwache, könnte mir das nur recht sein.

39
Dylan

Keegans Anruf kommt, als ich gerade die I-75 verlasse und auf den Highway 280 abbiege. Ich hoffe, man hört meiner Stimme nicht an, wie sehr ich den Kerl verabscheue.

„Wir haben etwas rausgefunden", sagt Keegan mit kaum verhohlenem Triumph in der Stimme. „Caseys Deckname – Grace Newland – gehört einem Mädchen aus Oklahoma City, das vor zwei Jahren verstorben ist. Und mir kam da der Gedanke … ob Casey vielleicht auch etwas mit *diesem* Tod zu haben könnte?"

„Hat sie nicht", erwidere ich. „Das habe ich bereits recherchiert. Der Totenschein besagt, dass sie eines natürlichen Todes gestorben ist. Ihre Familie betreibt immer noch eine Facebook-Seite unter ihrem Namen. Ich habe sie bis zum Zeitpunkt ihres Todes zurückverfolgt. Sie hatte Krebs. Es gibt Bilder, die sie ohne Haare zeigen, im Krankenhaus, von der Krankheit gezeichnet."

Keegan klingt enttäuscht. „Na, das hat ja ganz den Anschein, als ob Sie mir einen Schritt voraus sind."

Ich kann förmlich riechen, dass ihm das kein bisschen gefällt. „Das ist nicht schwer", sage ich und füge dann rasch hinzu: „Sie haben jede Menge mehr zu tun als ich."

Als ich auflege, schicke ich ein Stoßgebet zum Himmel, dass ich meinen Vorsprung halten kann, bis ich Casey gefunden habe.

Ich habe inzwischen an alle Polizeidienststellen in Georgia eine zweite Mail mit einem Foto von ihr geschickt und gefragt, ob eine gewisse Grace Newland irgendwo gesehen wurde. Bisher waren alle Antworten abschlägig. Niemand, der geantwortet hat, hat sie gesehen.

Ich komme mit meiner Suche in den Orten direkt am Highway 280 an der Grenze zu Alabama zu Ende und nehme die Ausfahrt nach Auburn, von wo Casey mir ihre Mail geschickt hat.

Ein paar Tage lang konzentriere ich meine Nachforschungen auf die Städte im Umkreis von Auburn, aber sie führen mich nicht weiter. Casey scheint wie vom Erdboden verschluckt. Auch die Sozialversicherung kann mir nicht weiterhelfen; Casey hat anscheinend keinen Job angenommen oder irgendwo eine Kreditkarte beantragt, auch nicht unter ihrem Decknamen.

Aber ich habe noch nicht von allen Polizeidienststellen Antwort bekommen. In den kleineren Städten auf dem Land geht es noch gemächlicher zu und man arbeitet vielleicht auch noch nicht selbstverständlich mit modernen Kommunikationsmitteln; vielleicht ist meine Mail-Anfrage dort noch gar nicht gelesen worden. Alle Dienststellen, von denen ich in den nächsten zwei Tagen nichts höre, werde ich anrufen.

Dann kommt ein Anruf von der Polizei aus Shady Grove. „Wir haben Ihre Nachricht erhalten“, erklärt mir ein Mann, der sich als Sergeant Baxter vorstellt. „Tut mir leid, dass wir uns erst jetzt melden. Wir sind hier knapp mit Personal und haben Ihre Mail erst heute gelesen.“

„Und – haben Sie etwas für mich?“, frage ich.

„Ja, tatsächlich. Grace Newland lebt hier in Shady Grove.“

Ich komme fast von der Straße ab und steuere rasch einen Ausweichplatz an. „Sind Sie ganz sicher?“

„Ja. Kein Zweifel möglich. Das Bild zeigt eindeutig sie. Wir haben sie vor ein paar Tagen festgenommen. Sie hat eine Kaution hinterlegt. Wenn wir gewusst hätten, dass sie wegen Mord gesucht wird …“

„Weswegen haben Sie sie verhaftet?“, unterbreche ich ihn und greife nach Papier und Stift, um mir die Details zu notieren.

„Einbruch. Ich glaube, wir können sie verhaften. Wir haben ihre Adresse, Automodell und -nummer, Arbeitgeber …“

Volltreffer! Er gibt mir alle Details und ich notiere sie sorgfältig.

„Erzählen Sie mir mehr von diesem Einbruch. Was genau hat sie getan?"

Baxter gibt mir die nüchternen Fakten. „Sie wurde bei einem Einbruch überrascht."

„Hat sie etwas gestohlen?"

„Nein, sie war noch nicht ins Haus gekommen. Sie hat angegeben, der Hausbesitzer, ein gewisser Dotson, hielte dort ein Mädchen gefangen, das seit zwei Jahren vermisst wird."

„Was für ein Mädchen?"

„Eine gewisse Laura Daly. Eine hübsche Vierzehnjährige, die von einem Picknick am See verschwunden ist. Die Leute haben den ganzen Bundesstaat nach ihr durchkämmt, aber man hat sie nicht gefunden."

„Auch keine Leiche?"

„Nichts. Der Fall ist natürlich nicht abgeschlossen, aber seit anderthalb Jahren haben wir keine ernsthaften Hinweise mehr in der Sache."

„Bis jetzt." Ich denke einen Moment über diese Information nach. Wenn Casey das Risiko eingegangen ist, dass man sie erkennt, muss sie davon überzeugt gewesen sein, dass das Mädchen da drin ist. Bis jetzt ist es ihr immer wieder gelungen, die Polizei auszutricksen – und mich ebenfalls. Es muss etwas wirklich Gravierendes gewesen sein, das sie veranlasst hat, ein solches Risiko einzugehen.

Oder ist sie vielleicht doch nur eine skrupellose Kriminelle, die Einbrüche begeht, um über die Runden zu kommen? „Haben Sie ihre Geschichte überprüft?", will ich wissen.

„Selbstverständlich. Wir haben das Haus der Dotsons noch am selben Abend durchsucht. Es war niemand dort außer Dotson und seiner Frau. Die ist eine stadtbekannte Alkoholikerin. Grace Newland – oder Casey Cox, wenn das ihr wirklicher Name ist – hat ausgesagt, sie habe durch ein vernageltes Kellerfenster mit Laura Daly gesprochen. Laura hätte ihr selbst diesen Namen genannt. Aber wir vermuten, dass es Dotsons Frau war, mit der sie gesprochen hat. Oder dass Casey Wahnvorstellungen hat."

Die Casey, die ich allmählich entdecke, hat keine Wahnvorstellungen. Kein einziger von ihren Freunden hat so etwas auch nur im Mindesten angedeutet. Und das hätten sie sicher getan, wenn es helfen könnte zu erklären, warum sie einen Mord begangen haben könnte.

„Haben Sie das Kellergeschoss durchsucht?"

„Selbstverständlich. Ein ganz normaler Keller. Regalweise alter Kram. Das Traurige an der Sache ist, dass das Mädchen die Familie von Laura Daly kennt und Hoffnungen geweckt hat. Hat beteuert, dass sie Laura gefunden hätte, dass sie ein Baby schreien gehört hat. Sie waren voller Hoffnung, dass man ihre Tochter finden würde. Als das dann nicht der Fall war, waren sie am Boden zerstört. Sie hatten Casey geglaubt. Vielleicht tun sie das immer noch. Es muss die Hölle für sie sein."

„Woher kennt Casey die Familie? Haben sie das erwähnt?"

„Nein, das ist nicht zur Sprache gekommen."

Ich versuche mir vorzustellen, in welcher Beziehung sie zueinander stehen. Ist Casey nach Shady Grove gekommen, weil sie die Dalys bereits kannte? Aber alle anderen Bekannten aus ihrem früheren Leben hat sie anscheinend bewusst gemieden. Oder hat sie die Familie erst dort kennengelernt?

„Kann ich mit ihnen reden? Mit den Dalys?"

„Ich wüsste nicht, warum nicht. Sie müssen begreifen, dass sie es mit einer Geisteskranken zu tun haben."

Beinahe hätte ich Casey verteidigt, kann mich aber gerade noch bremsen. Er nennt mir die Adresse. Ich will ihn gerade nach Dotsons Anschrift fragen, als mir klar wird, dass ich die auch selbst herausfinden kann.

„Wollen Sie, dass wir sie wieder festnehmen? Das ließe sich bis heute Abend machen."

Ich kann es selbst kaum fassen, dass ich zögere. Vor meinem inneren Auge sehe ich den Ring aus Polizeiwagen um ihren Wohnblock, die sensationslüsternen Nachbarn. Casey, die im Schlafanzug an die

Tür kommt, gefilzt wird, dann in Handschellen vor den Augen der gaffenden Menge abgeführt.

Ich will nicht, dass das passiert. Ich glaube noch nicht, dass sie eine Mörderin ist.

„Nein“, sage ich und bin mir voll darüber im Klaren, dass ich diesen Mangel an Urteilsvermögen vielleicht bald bereuen werde. „Mir liegt daran, dass sie nicht zu früh gewarnt wird. Sie entwischt einem sehr leicht. Wir sollten die Wohnung erst umstellen, wenn wir sicher sind, dass sie zu Hause ist. Sobald ich genau weiß, dass das der Fall ist, rufe ich Sie an und Sie können sie festnehmen.“

Ich kann spüren, dass der Mann am anderen Ende der Leitung enttäuscht ist. „Okay, dann unternehmen wir erst einmal nichts. Ich hoffe, Sie lassen sich nicht allzu lange Zeit. In dieser Stadt verbreiten sich Gerüchte wie ein Lauffeuer. Wenn jemand mitkriegt, dass Sie nach ihr suchen, bekommt sie vielleicht sehr bald Wind davon.“

„Ich bin da, so schnell ich kann“, sage ich. „Schon unterwegs.“

„Glauben Sie, sie ist gefährlich? Könnte sie bewaffnet sein?“

Ich zögere wieder. „War sie es denn neulich Abend?“

„Nein. Keine Waffen, außer einem Stemmeisen und ein paar Schraubenziehern. Sie beharrte darauf, dass wir ihr glauben, sie hätte Laura Daly gesehen. Es war wirklich eine Enttäuschung, dass sie sich da geirrt hatte. Wir alle hier wollen dieses Mädchen finden.“

Ich beende das Gespräch und sitze dann einen langen Augenblick lang in meinem Auto. Ich habe sie. Zum Greifen nah, kaum eine Autostunde entfernt. In Kürze werde ich das Mädchen treffen, das meine Gedanken nun schon seit Tagen beherrscht.

Wenn ich nur wüsste, was ich mit ihr anfangen soll.

40
Dylan

Es ist dunkel und in Caseys Wohnung brennt kein Licht. Eine kurze Suche auf dem Parkplatz bringt mich nicht zu einem weißen Kia. Trotzdem gehe ich zu ihrer Wohnungstür und klopfe leise. Drinnen ist nichts zu hören. Casey dürfte nicht zu Hause sein.

Statt zu warten, fahre ich zum Haus der Dalys. Wenn sie die einzigen Freunde sind, die sie in der Stadt hat, wissen sie vielleicht, wo sie steckt. Auf mein Klopfen öffnet eine ältere Frau. „Hallo", sagt sie mit einem herzlichen Lächeln. Etwas an ihr erinnert mich an meine Großmutter.

„Hi", sage ich. „Ich bin Dylan Roberts. Ich würde gern mit Sandra Daly sprechen."

„Das ist meine Tochter", antwortet die Frau. „Ich bin Lucy. Kommen Sie doch herein, ich hole sie gleich."

Ich warte direkt am Eingang. Zwei Jungen sitzen vor dem Fernseher. Einer hat einen Ordner und ein Buch auf dem Schoß und macht anscheinend Hausaufgaben. Der andere hat Kopfhörer auf den Ohren und spielt irgendein Videospiel. Als sie mich bemerken, sage ich „Hi", sie antworten kurz und vertiefen sich dann wieder in ihre Beschäftigungen.

Ich höre Schritte die Treppe herunterkommen und sehe eine jüngere Frau – vermutlich Sandra –, die etwas zögernd näher kommt. Ihre Augen sind rot und verschwollen und von dunklen Ringen umgeben.

„Geht es um Laura?"

Augenblicklich wird mir klar, dass man bei einem unangekündigten

Besucher in diesem Haus gleich befürchtet, dass er Überbringer der schlimmsten Nachrichten ist. „In gewisser Weise ja. Aber ich habe keine neuen Informationen über sie“, sage ich schnell. „Können wir uns hier irgendwo ungestört unterhalten?“

Sie führt mich in die Küche und weist auf einen Stuhl am Tisch. „Worum geht es denn?“, fragt sie und setzt sich ebenfalls. Miss Lucy zieht sich einen dritten Stuhl heran.

Abwechselnd schaue ich Sandra und ihre Mutter an. „Mein Name ist Dylan Roberts, ich bin Privatdetektiv und arbeite im Moment für die Kriminalpolizei in Shreveport, Louisiana.“

Sandra legt eine Hand ans Herz. „Shreveport? Glauben Sie, Laura ist dort?“

„Nein, Ma'am“, erwidere ich rasch. „Ich suche nach jemand anderem. Ein gewisse Grace Newland.“

„Grace?“, fragt Sandra nach. „Was ist mit ihr?“

„Ich hatte gehofft, Sie können mir sagen, wo ich sie finde. Ich war bereits bei ihrer Wohnung, aber sie ist nicht zu Hause.“

Sandra wirft ihrer Mutter einen stirnrunzelnden Blick zu, dann sieht sie wieder mich an. „Ich verstehe nicht ganz. Warum kommen Sie zu uns?“

„Die örtliche Polizei hat mir gesagt, sie seien befreundet. Weil die Angelegenheit dringend ist, haben sie mir Ihre Adresse gegeben. Ich arbeite an einem Fall, in den eine gewisse Casey Cox verwickelt ist. Inzwischen haben wir ermittelt, dass sie hier lebt, und zwar unter dem Namen Grace Newland.“

Lucy bleibt fast der Mund offen stehen. „Nein, da muss es sich bestimmt um einen Irrtum handeln.“

„Die Polizei in Shady Grove hat sie anhand von Fotos eindeutig identifiziert. Man hat sie vorgestern Abend verhaftet.“

Lucy und Sandra tauschen erstaunte Blicke. Dann wendet Sandra sich wieder an mich. „Warum wollen Sie sie finden?“, will sie wissen.

Weil sie wegen Mordes gesucht wird? Nein, das will ich nicht sagen, also umgehe ich das Thema. „Wir brauchen ihre Aussage in einem

Fall aus Shreveport. Wenn Sie mir vielleicht sagen können, wo ich sie finde oder mit wem sie hier sonst noch zu tun hat ..."

Lucy steht abrupt auf, jede Spur von Freundlichkeit ist plötzlich verschwunden. „Ich weiß, wer Sie sind", sagt sie scharf.

„So?", entgegne ich.

„Ja. Sie sind dieser Exfreund. Der, vor dem sie geflohen ist."

Für einen Moment bin ich sprachlos und mir fällt keine Antwort ein. „Welcher Exfreund?"

„Der, der sie geschlagen hat", sagt Lucy. „Verschwinden Sie von hier, und zwar auf der Stelle."

Ich folge dieser Aufforderung nicht. „Nein, Ma'am, ich bin nicht ihr Exfreund. Um genau zu sein, habe ich sie noch nie gesehen. Sie können bei der Polizei in Shreveport anrufen und sich das bestätigen lassen. Ich weiß nicht, was sie Ihnen erzählt hat, aber Grace Newland ist nicht die, für die sie sich ausgibt."

Sandra steht auf und greift nach dem Schnurlostelefon in einem Ladegerät auf der Theke. Sie drückt nur eine Taste – anscheinend hat sie die Polizei in ihrer Kurzwahlliste gespeichert.

Lucy fixiert mich mit Blicken wie ein Wachtposten und ich stehe auf und warte, bis Sandra ihre Auskunft über mich eingeholt hat. Als man ihr bestätigt, dass meine Angaben stimmen, legt sie auf und nickt ihrer Mutter zu. „Sie sagen, es stimmt. Wie es aussieht, wird Grace wegen Mordes gesucht."

„Aber das muss ein Irrtum sein. Dieses Mädchen ist nicht kriminell. Ich werde Ihnen keinesfalls helfen, sie zu finden."

Sandra seufzt. „Mama, wir müssen ..."

„Nein!", fällt ihr die ältere Frau ins Wort. „Ich kenne das Böse. Ich habe viel zu lange damit gelebt. Und Sie können mir nicht weismachen, dass dieses Mädchen unrecht ist."

„Das habe ich auch nicht gesagt", erwidere ich. „Sie ist vielleicht unschuldig. Aber sie ist auf der Flucht vor dem Gesetz. Sie hatte nie einen Freund. Das ist nur eine erfundene Geschichte. Aber sie hatte einen guten Bekannten, der zufällig auch ein Freund von mir ist und der vor Kurzem brutal ermordet wurde. Und die Polizei hält sie für die Täterin. Seitdem ist sie untergetaucht."

Lucy wird blass und ich fürchte schon, sie fällt in Ohnmacht. Sandra geht zu ihr und legt die Arme um sie.

„Sie hat uns nie um etwas gebeten", sagt Lucy, „und alles, was wir ihr angeboten haben, hat sie abgelehnt."

Sandra legt die Hände an den Mund. „Wir haben ihr angeboten, sie könne bei uns wohnen. Über der Garage. Aber sie hat abgelehnt." Jetzt bemerkt sie, dass die Kinder im Flur vor der Küche stehen. „Jungs, ab nach oben."

„Aber ich will mithören", erwidert der Ältere.

„Nichts da. Ihr geht hoch!", kommandiert Sandra streng und die beiden verschwinden. Ich höre die Schritte bis zur halben Treppe und weiß, dass sie von dort weiterlauschen.

„Mrs Daly, wie haben Sie Grace Newland kennengelernt?", frage ich.

Sandra blickt ihre Mutter an und es dauert einen Moment, bis diese antwortet. Ihre Stimme ist leise, schwach. „Im Bus, mit dem ich von zu Hause gekommen bin."

„Von zu Hause?", hake ich nach. „Wo ist das?"

„Oklahoma."

Natürlich. Vermutlich hat sie ein paar Stunden neben Casey im Bus gesessen und Casey fand die Frau sympathisch und hat sich entschlossen, dasselbe Ziel anzusteuern wie sie. „Wie lange ist sie schon hier?"

„Drei Wochen … vielleicht einen Monat", erwidert Lucy. „Ich kann nicht glauben, dass sie getan haben soll, was Sie sagen. Nicht dieses Mädchen. Auf keinen Fall. Sie kann keiner Fliege etwas zuleide tun."

Sandra lehnt sich zurück und jetzt laufen ihr Tränen über die Wangen. „Wir glauben, dass sie mit Laura gesprochen hat. Und wir wollen das auch glauben, wir wollen ihr glauben, außer Sie sagen uns, Grace ist verrückt, geisteskrank, irgendeine Irre."

„Das ist sie ganz bestimmt nicht", insistiert Lucy. „Ich sage Ihnen, sie ist nicht verrückt. Ich habe es in meinem Leben schon öfter mit Menschen zu tun gehabt, die nicht waren, was sie vorgaben zu sein. Aber Grace ist nicht so."

„Sie hat sie belogen", sage ich sanft. „Ich kann nicht dafür garantieren, dass sie nicht doch eine Mörderin ist. Ich habe nur den Auftrag, sie zu finden. Wenn sie unschuldig ist, dann wird sie ihr Recht bekommen, da bin ich mir sicher. Aber Sie müssen mir sagen, wo sie ist."

„Ist sie gefährlich?", fragt Sandra und wirft einen Blick zur Treppe.

„Das glaube ich nicht, aber ich kann es nicht garantieren."

„Wird sie wegen Mordes gesucht oder nicht?", will sie wissen.

„Ja", sage ich und weiß, dass ich selbst klinge wie ein Geisteskranker, „und wenn Sie mir nicht sagen, was Sie über sie wissen, dann könnte sie uns entwischen."

Sandra bricht erneut in Tränen aus. „Ich wollte ihr glauben", sagt sie. „Ich wollte glauben, dass sie wirklich mit Laura gesprochen hat, auch wenn die Polizei sie dann nicht gefunden hat."

„Sie kann die Wahrheit gesagt haben", werfe ich ein.

„Aber Sie sagen, sie ist eine Lügnerin und hat einen Mord begangen!"

Vor meinen Augen löst sich ihre Hoffnung in Luft auf. Aber ich wage es nicht, sie in einer falschen Hoffnung zu bestätigen.

„Wir waren so nah dran", wirft Lucy ein. „Wir dachten, wir hätten sie gefunden. Wir würden sie zurückbekommen."

„Ich weiß nur so viel", sage ich. „Ich habe den Auftrag, Casey Cox zu finden und nach Hause zu bringen. Und das werde ich tun – mit Ihrer Hilfe oder ohne sie. Aber wenn Sie wissen, wo sie steckt, und es nicht sagen, könnte man Sie der Beihilfe zum Mord bezichtigen."

Sandra springt auf. „Das ist nicht Ihr Ernst!"

Diese Leute haben genug durchgemacht, deshalb verzichte ich darauf, mich zu wiederholen. „Zum letzten Mal: Haben Sie eine Ahnung, wo sie sein könnte?"

„Nein!", sagt Lucy entschieden. „Sie geht zur Arbeit und kommt nach Hause und das war's, jedenfalls bis vor ein paar Tagen. Danach hat sie anscheinend häufig das Haus der Dotsons beobachtet. Wir wussten nichts davon, bis sie versucht hat, dort einzubrechen, und verhaftet wurde. Aber dann hat sie uns alles erzählt."

Sandra lässt sich wieder in den Stuhl sinken. Ihre Stimme ist jetzt tonlos. „Mama, nichts davon ist wahr. Akzeptier das doch endlich."

„Nein", widerspricht Lucy. „Ich akzeptiere gar nichts. Solange wir ihre Leiche nicht finden, *ist* Laura am Leben. Irgendwo muss sie doch sein!"

Sandra reibt sich mit zwei Fingern die Stirn, dann sieht sie mich an. „Das ist die Wahrheit. Wenn Grace nicht in ihrer Wohnung ist, dann wissen wir auch nicht, wo sie ist."

„Geht sie vielleicht manchmal aus? Hat sie außer Ihnen hier noch andere Freunde? Ihre Kollegen vielleicht?"

„Sie ist in der Tat ein sehr freundlicher Mensch", sagt Lucy. „Ein richtiger Sonnenstrahl, jedenfalls erschien sie mir bisher so. Sie hat mich beeindruckt. Sie findet leicht Freunde. Nur dass ich keinen davon kenne."

Allmählich habe ich den Eindruck, dass jeder, der Casey persönlich kennt, von ihr begeistert ist. Ich verabschiede mich von der erschütterten Familie und fahre wieder zu Caseys Wohnung. Ihr Wagen ist noch immer nicht zu sehen.

Es ist nur eine Frage der Zeit. Irgendwann muss sie nach Hause kommen.

41
Casey

Es war ein langer Arbeitstag und der Gedanke an Laura Daly und ihre Situation geht mir nicht aus dem Kopf. Nach Dienstschluss fahre ich direkt in die Straße, wo Dotson wohnt, und denke darüber nach, wie ich beweisen könnte, dass Laura tatsächlich hier gewesen ist.

Mein Handy klingelt. Es ist Miss Lucy. Schnell nehme ich ab.

„Grace, dem Himmel sei Dank!“, sagt ihre Stimme.

Miss Lucy klingt, als hätte sie geweint, und sie spricht leise, als wolle sie nicht, dass jemand mithören kann. „Miss Lucy? Alles Okay?“

„Grace, hier war gerade jemand, der nach Ihnen sucht.“

Mir stockt der Atem. Ich fahre vom Parkplatz, plötzlich besorgt, dass mir jemand folgen könnte. „Was? Wer?“

„Jemand, der behauptet hat, Grace sei nicht Ihr wirklicher Name.“ Ihre Stimme klingt matt, resigniert.

Ich lache kläglich. „Dylan Roberts?“

Es ist einen Moment still, dann sagt sie: „Ist das wahr, was er über Sie erzählt?“

Das ist der Untergang. Es ist vorbei. Ich kann nicht mehr in meine Wohnung zurück. „Ich weiß nicht, was er Ihnen erzählt hat“, antworte ich. „Aber es stimmt: Ich bin auf der Flucht vor der Polizei.“

Lucy ringt hörbar um Luft. „Ich wollte es nicht glauben! Sie haben jemanden *umgebracht?*“

„Nein, das stimmt nicht!“, erwidere ich. „Miss Lucy, Sie kennen mich. Sie wissen, dass ich niemanden umbringen könnte.“

„Aber Sie haben mich belogen. Wer Sie sind, wo Sie herkommen. Sagen Sie jetzt die Wahrheit: Haben Sie auch gelogen, was Laura angeht?“

„Nein, ganz bestimmt nicht! Miss Lucy, ich habe ihre Stimme gehört. Ich habe mit ihr gesprochen. Das ist die Wahrheit. Bitte, glauben Sie mir.“

„Wie kann ich das? Sandra ist völlig verzweifelt. Sie hat jede Hoffnung verloren.“

Ich lasse den Kopf an die Lehne sinken und schließe die Augen. „Miss Lucy, mein Vater wurde ermordet, als ich zwölf war. Von korrupten Polizisten. Sie haben es so aussehen lassen, als hätte er sich das Leben genommen. Die Sache verfolgt mich seitdem. Ein Freund, ein Journalist, hat Nachforschungen angestellt, und ist dabei der Wahrheit zu nahe gekommen. Sie haben auch ihn umgebracht. Ich habe die Leiche gefunden. Deswegen ist meine DNA überall am Tatort gefunden worden.“

Miss Lucy schweigt einen Augenblick und verdaut die Neuigkeiten. Ihre Stimme ist energischer, als sie weiterspricht. „Dann gehen Sie zurück und machen Sie Ihre Aussage. Wenn Sie fliehen, sieht das aus wie ein Schuldeingeständnis. Glauben Sie mir, Kindchen. Es wird Menschen geben, die Ihnen glauben.“

„Nicht, wenn sie mich vorher umbringen. Sie haben keine Ahnung, wozu diese Leute fähig sind.“

„Kindchen, ich hatte schon öfter mit der Polizei zu tun. Die meisten sind in Ordnung, ehrlich bemüht, ihre Sache gut zu machen. Allerdings wenn jemand versucht, Sie umzubringen …“ Sie bricht ab, und als sie weiterspricht, klingt ihre Stimme rau. „Ich weiß nicht, was ich sagen soll … außer dass ich Ihnen glaube.“

Ich presse mir die Faust gegen die Stirn. „Miss Lucy, Sie können nicht ahnen, wie viel mir das bedeutet. Sie haben mir das Leben gerettet, weil Sie mir einen Grund gegeben haben weiterzuleben. Ich habe Sie angelogen und das haben Sie nicht verdient.“

Miss Lucy bricht in Tränen aus. Dann fängt sie sich und sagt: „Grace … Casey … wie immer Sie heißen … Gott hat Himmel und Erde in Bewegung gesetzt und alles möglich gemacht, damit wir noch einmal von vorn anfangen können. Vielleicht schafft er nicht alle Vorwürfe gegen Sie aus der Welt, aber er kann Ihr Herz heilen und Ihnen helfen, die Sache durchzustehen. Wenn Ihnen meine Sicht der Dinge je etwas bedeutet hat, dann, bitte, glauben Sie mir in dieser Hinsicht."

„Ich möchte Ihnen gern glauben", sage ich und es zuckt um meine Mundwinkel. „Danke, Miss Lucy."

Ich lege auf und presse das Handy an mein Herz. Plötzlich vermisse ich meine Mutter und ich spüre den Schmerz in jeder Faser meines Körpers.

Ich lasse den Motor an und überlege, ob ich einfach umdrehen und die Stadt verlassen soll.

Aber was wird dann aus Laura? Ich weiß ja, dass Dotson sie in seinen Klauen hat. Nur dass mir das niemand glaubt.

Und Sandra, die die Nacht in Tränen aufgelöst verbringen wird, weil ihre letzte Hoffnung für Laura auf der Aussage einer Lügnerin beruht? Ein unerträglicher Gedanke. Ich muss die Dinge in Ordnung bringen. Ich muss es einfach tun. Für Sandra und für Laura ... aber vor allem für Miss Lucy, die immer noch an mich glaubt.

Ein leichter Nieselregen setzt ein und ich starre durch die Tropfen auf der Windschutzscheibe in den dunklen Himmel. „Gott, wenn sie recht hat ... wenn es dich überhaupt gibt, dann gib mir den Mut zu tun, was ich tun soll."

Was für eine Farce ... da bitte ich Gott um Hilfe dabei, eine Straftat zu begehen! Was denke ich mir bloß? Aber liebt Gott Laura denn nicht? Will er nicht, dass sie freikommt? Ist es denn nicht richtig, ein entführtes Mädchen zu retten?

Ich schlucke die Tränen hinunter. „Bitte, schenk mir den Mut, den ich brauche", bete ich noch einmal. Dann versagt mir die Stimme und ich kann nur hoffen, dass dieser Gott von Miss Lucy mein inneres Chaos durchschaut und auf meine Beweggründe sieht. Ich will Laura retten, auch wenn das bedeutet, dass ich selbst nicht mehr sicher bin.

Ich fahre nicht zurück in meine Wohnung. Da kann ich sowieso nicht mehr hin. Ich werde all meine Sachen zurücklassen und mit dem wenigen auskommen müssen, was ich im Auto habe.

42
Casey

Jetzt bin ich nicht nur auf der Flucht vor dem Gesetz, ich plane auch noch einen weiteren Einbruch. Und damit bin ich kriminell, auch wenn ich niemanden umgebracht habe.

Beim nächsten Baumarkt halte ich, steige aus in den Regen und untersuche, was ich alles im Kofferraum habe.

Da ist der Wagenheber und ein Ersatzreifen; daneben liegt ein Stemmeisen. Ich stecke es in meinen Rucksack; das vom letzten Versuch hat die Polizei konfisziert. *Überleg dir alles genau,* ermahne ich mich. Vor der Kellertür gab es ein Vorhängeschloss. Ich brauche einen Bolzenschneider.

Ich binde mir das Haar zu einem Pferdeschwanz und schiebe die Baseballkappe tief ins Gesicht, damit ich auf den Kameras nicht zu erkennen bin. Dann eile ich durch den Markt, schnappe mir den größten Bolzenschneider, den ich finden kann, und eine Taschenlampe, zahle und bin wieder draußen.

Als ich wieder im Auto sitze, fahre ich noch einmal zu Dotsons Haus. Das Auto steht nicht da; ich schaue in der Kneipe vorbei, um zu sehen, ob Frank und Arelle dort sind. Ja, sie sitzen drin, also fahre ich schnell zurück. Ich muss einfach in dieses Haus kommen. Jetzt oder nie. Ich parke weiter hinten in der Straße, schnappe mir meinen Rucksack und gehe zum Haus, vermeide aber die Seite des Nachbarn, der die Polizei gerufen hat. Der Regen ist jetzt heftiger und meine Jeans und mein T-Shirt sind bald ganz durchnässt.

Im Garten an der Rückseite des Hauses setze ich den Bolzenschneider an das Vorhängeschloss und drücke zu. Meine Kraft reicht nicht, um das Schloss auf einmal zu knacken, aber nach einigen weiteren Versuchen habe ich es geschafft. Ich ziehe das Schloss ab und drücke auf die Klinke – die Tür rührt sich nicht. Muss von innen auch noch abgeschlossen sein. Frank Dotson war gründlich.

Ich kann jetzt nicht aufgeben. Ich gehe zu einem der Fenster auf der Rückseite des Hauses. Vermutlich liegt dahinter ein Schlafzimmer. Ich lasse den Rucksack zu Boden gleiten und ziehe ein T-Shirt heraus. Das halte ich vor die Scheibe, um den Lärm zu dämpfen, dann schlage ich mit dem Stemmeisen zu. Das Glas knackt erfreulich schnell. Ich wickele mir das Shirt um die Hand und drücke die Scheibe ein, sodass ich hineinfassen und den Fenstergriff erreichen kann. Die Scherben machen keinen Lärm, als sie nach innen fallen; wahrscheinlich hat der Raum einen Teppich.

Ich öffne das Fenster und spähe in den dunklen Raum. Nachdem ich den Rahmen von weiteren Scherben befreit habe, stütze ich mich auf und klettere ins Haus. Der Raum sieht aus wie ein Gästezimmer. Ich schließe das Fenster und ziehe die Vorhänge zu.

Mit der Taschenlampe leuchte ich den Raum aus. An einer Wand steht ein Doppelbett. Das Zimmer ist verstaubt und riecht säuerlich. Ich durchquere den Raum und gehe durch den Korridor zum Wohnbereich neben der Küche. Die Möbel sind alt, die Polster zerschlissen, sodass die Füllung herausquillt. In der Küche erkenne ich die Anrichte hinter dem Tisch, auf der auf dem Foto der Zeitungsartikel über Laura Daly gelegen hat. Der Artikel ist fort. Ich bin sicher, dass Dotson ihn beseitigt hat, bevor die Polizei das Haus durchsucht hat – und das hat er vielleicht auch mit Laura getan.

Suchend schaue ich mich nach der Kellertür um. Da ist sie, neben dem Kühlschrank. Eilig durchquere ich den Raum, öffne die Tür und leuchte in die Dunkelheit dahinter. Langsam gehe ich die Treppe hinunter. Da ich weiß, dass die Fenster vernagelt sind, wage ich es, das Licht anzuschalten.

Unten angekommen schaue ich mich um und sehe eine weitere Treppe aus Betonstufen und oben eine weitere Kellertür. Es muss die

Außentür sein und wie ich vermutet habe, ist sie auch von innen mit einem Vorhängeschloss gesichert. An den Wänden stehen Regale. Von Laura keine Spur.

Trotzdem rufe ich: „Laura? Laura, sind Sie hier?"

Schweigen.

Das Licht im Keller ist schwach, deshalb lasse ich den Strahl der Taschenlampe an den Wänden umherwandern und versuche mich zu orientieren. Wo war das Fenster, in das ich neulich einzusteigen versucht habe? Es war nicht das neben der Hausecke – das kann ich sehen, es ist auch zugenagelt, aber das war es nicht. Es gab noch ein anderes Fenster. Aber ich finde keins. Vielleicht haben sie Regale davorgestellt und vollgeräumt, um es zu verbergen. Ich gehe zu der Stelle, an der ich das Fenster vermute, räume einen Werkzeugkasten, einen alten Bootsmotor, eine Kiste mit Kabelsalat und eine alte Plane beiseite. Hinter dem Regal ist nur eine Mauer aus Betonziegeln.

Kein Wunder, dass die Polizei aufgegeben hat. Hier gibt es tatsächlich nichts zu finden.

Erschöpft sinke ich auf die Stufen der Kellertreppe und frage mich, ob ich mir die ganze Sache nur eingebildet habe. Drehe ich langsam durch? Habe ich wirklich mit Laura Daly gesprochen? Habe ich tatsächlich ein Baby schreien hören?

Tränen steigen mir in die Augen. Kann ich mir das alles wirklich nur eingebildet haben? Bin ich so versessen darauf, anderer Leute Probleme zu lösen, weil ich meine eigenen nicht gelöst kriege, dass mein Hirn etwas so Bizarres einfach erfindet?

Nein. Ich bin *nicht* verrückt. Ich bin kein Schwarzseher und ich bin nicht hysterisch. Jeder, der mich kennt, weiß das. Ich habe gehört, was ich gehört habe.

Ich versuche es noch einmal, diesmal lauter. „Laura? Laura, bitte, wenn Sie hier sind, sagen Sie was! Ich weiß nicht, wo ich Sie suchen soll."

Nichts.

Ein letztes Mal lasse ich den Lichtstrahl über die Wände gleiten.

Es muss doch irgendeinen Hinweis geben, dass Laura hier gewesen ist! Aber ich sehe keine Fußspuren auf dem staubigen Boden, keinen Windeleimer, keine Babyutensilien.

Der Gedanke an das verschwundene Fenster lässt mich nicht los. Wo kann das sein?

Noch einmal leuchte ich langsam alle Wände ab. Es gibt zwei vernagelte Fenster im Raum und kein weiteres. Ich weiß, dass ich von außen drei Fenster gesehen habe. Ich mache mir klar, wo genau ich hier bin. Das, durch das ich Laura gehört habe, müsste auf der anderen Seite des Hauses sein.

Hier kann ich nichts mehr ausrichten. Ich gehe zurück nach oben und schließe die Kellertür hinter mir. Mit dem Licht der Taschenlampe durchsuche ich alle Zimmer und Schränke nach einem Lebenszeichen von Laura oder einem Hinweis darauf, wo Dotson sie versteckt haben könnte. Nichts. Keine Babysachen. Keine Windeln im Müll. Kein flüchtig hingeworfener Zettel mit der Adresse eines Verstecks.

Vielleicht hat er die beiden bereits getötet und verscharrt?

Bei dem Gedanken wird mir übel. Ich muss jetzt wirklich hier verschwinden. Ich öffne die Seitentür zum Carport, aber bevor ich das Haus verlassen kann, wandert das Licht von Autoscheinwerfern über die Wand und wird heller, als ein Auto die Einfahrt entlangkommt. Ich springe hastig ins Haus zurück und schließe die Tür. Panisch drehe ich mich um und suche einen Fluchtweg. Ich kann nicht durch die Haustür vorn und einen Hinterausgang sehe ich nicht. Ich renne zurück in den Raum, in den ich eingestiegen bin. Als ich gerade die Vorhänge wegziehen und verschwinden will, höre ich ihre Stimmen.

Ich halte kurz inne und lausche. Vielleicht reden sie ja über Laura. Vielleicht kann ich herauskriegen, wo sie ist.

Statt zu machen, dass ich wegkomme, verstecke ich mich hinter der Tür und lausche angestrengt.

Sie sind beide offensichtlich angetrunken, die Stimmen klingen verwaschen.

„Muss noch mal runter und nach ihr sehen", sagt er.

„Aber tu ihr nicht wieder weh", antwortet die Frau undeutlich. „Lass sie heute in Ruhe. Ich will das Baby nicht am Hals haben. Komm schlafen."

Mein Herz setzt fast aus. Sie reden von Laura! Sie ist also doch im Haus. *Runter* kann nur bedeuten, dass sie im Keller ist. Aber wo? Gibt es eine Geheimkammer? Ich habe keine Tür gesehen.

Ich muss sie finden. Ich werde sie finden. Ich beschließe, nicht zu verschwinden. Notfalls bleibe ich die ganze Nacht hier.

43
Casey

Ich stehe im Dunkeln hinter der Tür des Gästezimmers und bemühe mich, ruhig zu atmen. Dotson und seine Frau stellen den Fernseher an und machen sich etwas zu essen. Ich warte regungslos und voller Angst, sie könnten meine nassen Fußspuren bemerken oder das Rauschen des Regens durch das eingeschlagene Fenster hören. Aber anscheinend haben sie nichts bemerkt. Endlich höre ich Dotsons Schnarchen von der Couch. Und wenn er nun die ganze Nacht da durchschläft und ich hier festsitze? Ich sollte jetzt verschwinden. Aber dann würde ich Laura wieder im Stich lassen. Wenn ich jetzt gehe, kann ich nicht noch einmal wiederkommen.

Nach einer ganzen Weile weckt Arelle ihn auf. „Komm ins Bett", wiederholt sie mit ihrer rauen, verrauchten Stimme. „Los, steh auf."

„Muss noch mal nach den beiden sehen", murmelt er, während er ins Schlafzimmer schlurft, das direkt neben dem Raum liegt, wo ich mich verstecke. Der Fußboden knarrt bei jedem Schritt.

„Ach, das kann warten", sagt sie. „Lass sie für heute in Ruhe."

Ich lausche, bis alles still ist und ich annehme, dass sie jetzt im Bett liegen. Nach einer Weile höre ich ihn wieder schnarchen.

Vorsichtig verlasse ich mein Versteck. Auf Zehenspitzen schleiche ich durch den Flur ins Wohnzimmer, sehe das benutzte Geschirr auf dem Tisch, in dem durchweichte Cornflakes in Milch schwimmen. Endlich habe ich die Kellertür in der Küche erreicht und öffne sie vorsichtig.

Sie quietscht vernehmbar. Warum habe ich das vorhin nicht bemerkt? Aus dem Schlafzimmer kommen Geräusche und ich springe hastig weg von der Tür. Im Korridor knarren die Dielen. Ich ducke mich unter den Küchentisch und hoffe, dass das lang herunterhängende vergilbte Tischtuch mich verbirgt.

„Willst du, dass ich dich umbringe?" Frank Dotsons bellende Stimme lässt mich zusammenfahren. Er weiß, dass ich hier bin! Ich mache mich noch kleiner und halte den Atem an, während er durch die Küche stapft. Das Licht geht an, durchflutet den Raum und wirft lange Schatten, die direkt auf mich zu weisen scheinen. Er wird mich umbringen und niemand wird je davon erfahren. Mord scheint mein Schicksal zu sein. Auf die eine oder andere Weise wird es mich treffen.

Aber er flucht und reißt die Kellertür auf. „Was treibst du da?", ruft er nach unten.

Er redet gar nicht mit mir. Ich höre ihn die Stufen hinunterschlurfen, immer noch fluchend. Von Laura vernehme ich kein Lebenszeichen, aber jetzt weiß ich ja, dass sie dort unten ist. Ich schleiche mich Richtung Kellertür und weiß, dass die Dielen knarren werden, aber vielleicht wird er ja denken, Arelle sei aufgestanden. Wenn Laura dort unten ist, muss ich wissen, wo ich sie finde. Ich spähe durch die Kellertür und sehe, wie Dotson zu einem Regal geht und es wegzieht. Nichts als Betonziegel dahinter – aber dann öffnet sich ein Rechteck in der Wand. Es ist eine optische Täuschung, bemaltes Holz, das wie eine Mauer aussieht. Ich hätte es merken müssen! Es muss der alte Kohlenschacht sein, denke ich. Natürlich! Der ist bestimmt nach außen verschlossen und an der Stelle ist auch die Veranda kaputt.

„Du bist wohl schwer von Begriff!", knurrt er. „Warum polterst du an die Decke? Warum weckst du mich mitten in der Nacht?"

Ein Baby schreit ängstlich und mein Magen verknotet sich.

„Ich hab gar nichts getan", sagt eine leblose, schwache Mädchenstimme. Laura! „Wir haben geschlafen. Jetzt ist die Kleine aufgewacht! Bitte. Wir haben gar nichts gemacht. Sie haben ja selbst gesagt, dass man uns oben nicht hören kann, weil alles gedämmt ist. Und an die Decke käme ich ja gar nicht. Es gibt nichts, worauf ich mich stellen könnte."

Ein Schauder läuft mir über den Rücken. Wenn er wütend oder betrunken genug ist, kann meine Unvorsichtigkeit – das Knarren der Dielen unter meinen Schritten – bedeuten, dass er sie umbringt. Ich trete von der Kellertür zurück. Draußen tobt inzwischen ein wütender Sturm und Regen prasselt aufs Dach und schlägt gegen die Fenster. Dann donnert es, als ob Gott höchstpersönlich auf die Bosheit reagiert, die sich hier abspielt. Irgendwie flößt mir das Mut ein. Ich tappe durch den Korridor zurück ins Gästezimmer und bete, dass Dotson, falls er meine Schritte hört, denkt, es ist seine Frau. Dann stehe ich wieder hinter der Tür und zittere am ganzen Leib.

Ich sollte durch das Fenster verschwinden, solange ich das noch kann, und auf direktem Weg zur Polizei gehen, mich stellen, aber darauf bestehen, dass sie das Haus noch einmal durchsuchen und auch den Kohlenschacht überprüfen, in dem Laura versteckt ist. Allerdings ... sie werden vor allem darauf aus sein, die Mörderin zu fassen, die sich in Shady Grove versteckt hält, statt eine weitere Suche an einem Ort durchzuführen, den sie schon einmal überprüft haben. Sie werden mir nicht glauben. Warum sollten sie auch?

Plötzlich verlässt mich der Mut und ich stehe da wie gelähmt. Nein, das darf ich nicht. Ich muss jetzt handeln.

Mein tapferes Mädchen.

Wieder kommen mir die Tränen und ich wische sie mit dem Ärmel weg. Jetzt ist keine Zeit zum Heulen. Ich muss etwas tun.

Ich höre, wie er sie schlägt, etwas fällt zu Boden, ihre kurzen Schreie. Ich warte, bis die Tür zum Kohlenschacht sich krachend schließt – man hört nicht mal mehr das Schreien des Babys –, dann kommt Dotson die Treppe hoch, wirft die Kellertür zu und marschiert zurück ins Bett.

Diesmal warte ich länger, bis er so regelmäßig schnarcht, dass ich sicher bin, dass er schläft, dann wage ich mich aus dem Versteck. Der Sturm heult jetzt laut; draußen tost eine Symphonie aus dem Rütteln des Windes am Haus, Blitzen und sofort folgenden Donnerschlägen. Ist das eine Antwort auf mein Gebet, die meine Schritte übertönen soll? Darf ich wirklich glauben, dass Gott auf meiner Seite ist? Vielleicht betet Miss Lucy ja gerade.

Mein Gesicht ist feucht von Tränen, ich wische sie fort und zwinge mich, tief durchzuatmen, um einen klaren Kopf zu bekommen. Mit großen Schritten, die hoffentlich weniger Lärm machen, erreiche ich die Kellertür. Ich mache sie nicht weit auf; ich kann nicht riskieren, dass das Quietschen ihn wieder weckt. Dann schlüpfe ich durch den Spalt, schalte das Licht an und stehle mich leise die Treppe hinunter.

Er hat das Regal wieder vor die Wand gestellt, aber ich weiß jetzt, welches es ist. So leise wie möglich schiebe ich es weg, Zentimeter für Zentimeter, immer wieder mit einem Blick zur Kellertür. Ich bestehe jetzt nur noch aus Adrenalin; so verzweifelt und unbedingt will ich diese Tür finden.

Endlich habe ich das Regal so weit vorgerückt, dass ich die Tür öffnen kann. Ich ziehe den Riegel zurück und öffne die getarnte Tür.

Der Raum dahinter ist winzig, feucht, kalt und riecht nach Windeln. Er ist dunkel und nur wenige Schritte tief. Unter der Tür verläuft ein Verlängerungskabel, an das eine kleine gelbe Lampe angeschlossen ist. Ich hätte es vorhin bemerken müssen. Das Baby schläft in einem schmuddeligen rosa Strampler auf einer Matratze auf dem Fußboden. Laura liegt zusammengerollt wie ein Fötus neben der Matratze auf dem blanken Beton. Sie sieht aus, als sei sie tot.

„Laura?", flüstere ich.

Sie zuckt zusammen, atmet tief durch und sieht mich dann an. „Wer sind Sie?"

Ein Auge ist blau und blutverkrustet, ihre Nase sieht aus, als sei sie gebrochen. Die Unterlippe ist aufgeplatzt, und als sie sich aufsetzt, sehe ich, dass ihr Knie geschwollen und rot gefärbt ist. Er hat sie zusammengeschlagen – und ich war die Ursache.

Ich strecke ihr meine zitternde Hand entgegen. „Ich bin Grace. Ich will Sie hier herausholen."

Ihre Unterlippe zittert. „Sind … sind sie oben?"

„Ja. Sie schlafen. Der Sturm ist sehr laut. Aber wir müssen uns beeilen. Wir können die Kellertür nehmen, ich habe das Schloss draußen geknackt … und für das drinnen habe ich Werkzeug."

Sie nimmt das schlafende Baby auf den Arm. Die Kleine muss ungefähr so alt sein wie Emma. Sie wacht nicht auf, als Laura sie eng an sich drückt.

„Ich kann nicht laufen … mein Knie …"

„Versuchen Sie's", sage ich, betrete den Raum und lege ihren Arm um meine Schultern. „Ich helfe Ihnen. Kommen Sie. Ich glaube, die oben sind betrunken, die schlafen tief und fest."

Sie humpelt mit mir hinaus und ich kann ihre Rippen unter meinen Fingern spüren. Sie ist nichts als Haut und Knochen, scheint kein Gramm Fett mehr am Körper zu haben. Ich frage mich, wie oft – oder wie selten – sie wohl etwas zu essen bekommen hat. Sie verlagert das Baby auf die Seite mit dem gesunden Bein und ich stütze sie auf der anderen Seite, damit sie laufen kann. Bei jedem Schritt presst sie vor Schmerz die Zähne zusammen. Wir erreichen die Stufen, die zur Außentür führen. Ich gehe zuerst hoch. Die Tür ist massiv und von innen mit einem Balken verbarrikadiert und zusätzlich mit einem Vorhängeschloss gesichert. Ich nehme den Rucksack ab und greife zum Bolzenschneider.

Laura hat sich inzwischen die Stufen fast ganz hochgezogen und wartet mit dem Baby direkt unter mir.

Mit aller Kraft versuche ich, das Schloss zu knacken, aber ich muss über dem Kopf arbeiten und kann nicht kräftig genug zudrücken. Ich kann den Regen hören, der prasselnd auf die Tür schlägt, durch ein paar Ritzen dringt und auf die Betonstufen tropft. Gleich haben wir es geschafft …

Da beginnt das Baby zu weinen.

44
Dylan

Eine ganze Stunde warte ich auf dem Parkplatz vor Caseys Wohnung und spähe durch die regennasse Scheibe nach ihrem weißen Kia, aber er taucht nicht auf. Wo kann sie stecken? Lucy und Sandra haben gesagt, sie ginge nicht aus und in letzter Zeit sei sie von dem Gedanken besessen gewesen, sie könnte Laura finden.

Vielleicht ist sie wieder auf Beobachtungsposten vor Dotsons Haus. Zumindest kann ich da mal nachsehen. Ich will gerade losfahren, als mein Handy klingelt. Das Display zeigt mir, dass es Keegan ist.

Ich nehme ab. „Hallo?"

Er klingt aufgeregt. „Warum haben Sie sich nicht gemeldet, Dylan, Mann? Die Kollegen aus Shady Grove haben angerufen und gesagt, dass Sie Casey Cox aufgespürt haben."

Etwas schnürt mir die Brust ein. „Ich hab sie noch nicht. Sie sagen, dass sie hier ist, aber ich habe sie noch nicht zu Gesicht bekommen."

„Aber Sie haben doch ihre Adresse und den Autotyp, oder? Geben Sie eine Suchmeldung raus und lassen Sie die Kollegen dort nach dem Auto fahnden."

„Ich möchte vermeiden, dass sie gewarnt wird", sage ich und fahre los. „Ich kann nicht sicher sein, ob sie nicht den Funkverkehr mithört. Sie scheint mit allen Wassern gewaschen zu sein. Aber ich bin ihr auf den Fersen. Lassen Sie mich einfach den Job zu Ende bringen."

„Hören Sie, ich steige gerade ins Flugzeug."

Ich biege auf einen Supermarkt-Parkplatz ein, um keinen Unfall zu verursachen. „Sie wollen herkommen?"

„Ja. Ein Kumpel hat eine Cessna. In ein paar Stunden bin ich da, dann übernehme ich den Fall.“

Mein Magen verkrampft sich. „Hören Sie, das ist vielleicht verfrüht. Ich weiß noch nicht, ob sie überhaupt noch hier ist. Außerdem ist hier abscheuliches Wetter. Ich weiß nicht, ob Sie landen könnten.“

„Oh, mein Freund ist ein erfahrener Flieger. Der kommt überall runter.“

Ich räuspere mich und versuche es noch einmal. „Es kann sein, dass sie nicht mehr in der Stadt ist. Ich habe gerade stundenlang vor ihrer Wohnung gewartet, aber sie ist nicht nach Hause gekommen. Es täte mir leid, wenn Sie extra rüberfliegen, was bei diesem Wetter ja auch riskant ist, und dann wäre es umsonst.“

Keegan schweigt ein Weilchen. „Dylan, Sie beunruhigen mich, Mann. Erst höre ich von den Kollegen aus Shady Grove das Neueste über Casey Cox und nicht von Ihnen und jetzt versuchen Sie diesen Riesenschritt in unserer Fahndung herunterzuspielen? Wissen Sie, dass Sie ein sicherer Kandidat für eine Stelle bei uns sind, wenn Sie sie finden? Ich werde Sie höchstpersönlich für einen Posten bei der Kripo vorschlagen, Abteilung Kapitalverbrechen. Ich weiß, dass da jemand nächsten Monat in den Ruhestand geht. Aber wenn Sie jetzt auf den letzten Metern aufgeben …“

„Aufgeben? Ich gebe nicht auf. Ich suche nach ihr, während wir hier reden. Ich sage nur, warten Sie noch, bis ich sie tatsächlich habe, bevor Sie herkommen. Sobald ich weiß, wo sie steckt, rufe ich die örtlichen Kollegen hier und die sollen sie verhaften und festhalten, bis Sie da sind.“

„Vergessen Sie's. Nein, diese Sache ist mir zu wichtig, Mann. Außerdem liebe ich Nachtflüge. Ich werd's genießen, wissen Sie. Ich fliege jetzt. Rollins fliegt nicht gern; er kommt mit dem Wagen, sobald wir sie haben. Der Mann ist ein Weichei.“ Sein Lachen lässt mir das Blut in den Adern stocken.

Ich weiß aus Brents gesammeltem Material, dass das Flugzeug Keegan gehört. Er wird selbst fliegen, und wenn er hier landet und „die

Sache selbst in die Hand nimmt", kann ich nichts mehr machen. Und dass er Casey ins Flugzeug setzen und höchstpersönlich nach Shreveport fliegen wird, daran habe ich berechtigte Zweifel. Hat er überhaupt vor, sie dorthin zu bringen?

Das Jobangebot klang echt. Und ich brauche den Job so nötig, dass allein der Gedanke meinen Puls beschleunigt. Aber wenn Keegan den Fall Casey „übernimmt", dann könnte sie tot sein, bevor sie überstellt wird.

Er hat aufgelegt. Ich reihe mich wieder in den Verkehr ein und fahre zu Dotson. Meine Gedanken überschlagen sich. Angenommen, ich finde sie und lasse sie festnehmen und lasse dann die Unterlagen von Brent einigen Schlüsselpersonen bei der hiesigen Polizei zukommen ... Der Hauptkommissar scheint mir unverdächtig und es muss noch andere vertrauenswürdige Leute geben. Ich könnte die Dokumente gleichzeitig an mehrere Beamte weiterleiten.

Ich biege in die Straße vor Dotsons Grundstück ein und fahre langsam am Haus vorbei.

Es brennt kein Licht. Im Carport steht ein Wagen. Ich fahre weiter und da sehe ich ihr Auto – am Straßenrand parkt ein weißer Kia.

Aber es sitzt niemand darin. Wo ist sie?

Mir läuft es kalt über den Rücken.

Casey Cox könnte in diesem Moment in dem dunklen Haus sein.

45
Casey

Beim ersten Schrei des Babys wirbele ich herum und gestikuliere beschwichtigend in Richtung Laura, als könnte das das Baby zum Schweigen bringen.

Laura presst den Kopf der Kleinen an ihre Brust, um das Geräusch zu dämpfen. „Schnell!“, flüstert sie.

Aber ich kann mit dem schweren Bolzenschneider nichts ausrichten. Stattdessen versuche ich den Balken herauszuziehen in der Hoffnung, dass das Scharnier locker ist oder das Holz morsch. Es tut sich gar nichts.

Ich werfe einen Blick auf die andere Treppe, die in die Küche führt. Wenn sie noch schlafen, wenn der Sturm weiter so tobt und unsere Geräusche übertönt … vielleicht könnten wir durch die Küche entkommen. Nein, nicht mit einem schreienden Baby. Ich rüttele noch einmal am Balken.

Plötzlich fliegt die Tür aus der Küche auf und Laura stößt einen Schrei aus. Gegen das Licht in der Küche hebt sich Dotsons Gestalt in der Tür scharf ab. Er schreit irgendwas, dann stürmt er die Treppe hinunter, ist mit drei Schritten unten an der Treppe, auf der wir stehen, packt Laura und dreht ihr die Arme auf den Rücken, sodass sie das Gleichgewicht verliert. Ich kann ihr gerade noch das Baby aus dem Arm zerren, bevor sie stürzt. Das Weinen wird noch verzweifelter. Laura schreit vor Schmerz, als sie mit dem Kopf heftig auf den Zementfußboden prallt. Das brüllende Baby in einem Arm, schnappe ich mir mit der anderen Hand den Bolzenschneider und schwinge ihn in Richtung Dotson, der die Stufen heraufkommt. In seinen blutunterlaufenen Augen steht Mord und er versucht mir das Baby zu entreißen. Ich schlage mit meiner Waffe nach ihm, aber so ungeschickt, dass er das Werkzeug zu packen kriegt und mir aus der Hand reißt. Wie sollen wir jetzt hier rauskommen? Ich steige die Stufen hoch, trommele mit aller Kraft an die Doppeltür über meinem Kopf und schreie aus voller Kehle um Hilfe.

Ich hätte die Polizei einschalten sollen. Vielleicht wären sie ja gekommen, und sei es nur, um mich zu verhaften.

Das Baby ist panisch und streckt sich zappelnd in Lauras Richtung, die sich jetzt aufrafft und sich auf Dotson stürzt, die mageren Arme zum Schutz gegen den Bolzenschneider erhoben.

Ich trommele noch heftiger an die Tür über mir und spüre, wie etwas ein wenig nachgibt. Regen tropft an einer Ecke herein. Wenn das Holz morsch ist, bricht es vielleicht, wenn ich heftig genug draufschlage.

Dotson erwischt mich an einem Fuß und ich versuche den Kopf des Babys zu schützen, während ich stürze und er mich die Stufen hinunterzerrt.

Ich muss mich irgendwie schützen und presse das Baby zu fest an mich. Das Geschrei wird so laut, dass mir fast das Trommelfell platzt.

Ich kreische nach Hilfe und hoffe, die Nachbarn werden mich oder Laura hören. Als Dotson ausholt, um zuzuschlagen, komme ich zum Sitzen. Ich trete nach ihm, schlage nach ihm, verzweifelt bemüht, das Baby nicht fallen zu lassen. Ein Tritt trifft ihn am Kinn; dann ziele ich tiefer. Auch dieser Tritt trifft und er krümmt sich stöhnend. Ich komme mühsam wieder auf die Beine und schnappe mir den Bolzenschneider.

„Hauen Sie ab!“, schreit Laura. „Bringen Sie das Baby hier raus!“

Selbst wenn ich Tür aufkriegen würde, ich kann Laura nicht hier zurücklassen. Dotson rappelt sich auf und stürzt sich mit wutverzerrtem Gesicht auf mich. Ich trete nach ihm, dann recke ich mich hoch und schlage mit dem Bolzenschneider gegen die Tür. Dabei verliere ich den Halt und rutsche eine Stufe hinab, aber ich kann das Baby schützen. Mein Schienbein ist blau und blutet, aber ich hole mit dem Bolzenschneider aus, um Dotson abzuwehren.

Unten hat Laura inzwischen eine Eisenstange entdeckt, die an der Wand steht. Sie packt sie und schwingt sie gegen Dotson, trifft ihn am Knie, sodass ihm das Bein wegknickt. Er stürzt und fällt ein paar Stufen hinunter, bevor er sich fängt.

Ich bete, dass die Nachbarn den Lärm hören, dass sie auch diesmal die Polizei rufen. Aber der Sturm ist zu laut. Was vorhin meine Rettung war, kann uns jetzt zum Verhängnis werden.

Dann sehe ich Arelle die Kellertreppe hinunterstolpern. „Aufhören!", schreit sie.

„Hilf mir!", ruft Dotson. „Arelle, das Gewehr!"

Sie erstarrt in dem Moment, als Laura ausholt und Dotson auf den Hinterkopf trifft. Laura weicht zurück, als ihm die Beine einknicken und er auf den Zementfußboden stürzt.

Arelle stürzt die Treppe hinauf und ich strecke Laura den Bolzenschneider hin. Sie packt ihn und ich ziehe sie die Stufen hoch, bis sie direkt unter mir steht.

„Stopp!"

Arelle steht oben an der Treppe und hat ein Gewehr in der Hand. „Stopp!", ruft sie noch einmal.

Dotson kauert jetzt auf allen vieren, dann richtet er sich langsam auf.

Ich steige die letzten Stufen hoch bis zur Tür, aber ich kann nicht zugleich das Baby halten und den Bolzenschneider ansetzen, also schlage ich einfach mit dem Werkzeug auf das Holz ein. Es regnet stärker herein. Ich schreie um Hilfe, so laut ich kann, aber Arelle wird uns töten, bevor ich die Tür aufschlagen kann. Ich höre, wie sie die Waffe lädt und spüre, dass sie das Gewehr anlegt.

Plötzlich ertönt über meinem Kopf ein Krachen und die Tür fliegt auf. Regen strömt herein und durchnässt mein Gesicht. Gegen das Licht der Straßenlampe sehe ich den Umriss eines Mannes.

„Casey!", ruft er. „Hier, meine Hand."

Ich weiß nicht, wer das ist, aber ich reiche ihm das Baby hoch und drehe mich zu Laura um. Sie kämpft mit Dotson, während Arelle mich ins Visier zu bekommen versucht. Ich springe die Stufen hinab und werfe mich auf Dotsons Rücken. „Lauf!“, schreie ich und Laura humpelt drei Stufen hinauf, die Zähne zusammengepresst. Sie ist schneller, als ich es für möglich gehalten hätte.

Dotson schüttelt mich ab, dreht sich um und holt aus. Seine Faust trifft mich mit voller Wucht am Kinn und ich stürze zu Boden. Im Fallen nehme ich noch wahr, wie Laura nach draußen entkommt. Desorientiert und benommen versuche ich mich aufzurappeln.

Dann sehe ich unseren Retter von draußen hereinstürmen, sein Blick ist ausdruckslos und seine Haare sind nass. Dotson will mir gerade den entscheidenden Schlag verpassen, da trifft ihn stattdessen der Schlag des Fremden und wirft ihn ein gutes Stück von mir entfernt zu Boden.

Ich versuche aufzustehen, da löst sich der Schuss. Der Knall dringt mir mitten ins Herz.

46
Dylan

Das Erste, was das zerschundene Mädchen tut, als es aus dem Keller auftaucht, ist, nach ihrem Baby zu greifen. Ich reiche ihr das Kind, sehe mir das Mädchen genauer an, ob sie etwa lebensgefährlich verletzt ist, dann gebe ich ihr schnell meine Autoschlüssel, zeige auf meinen Wagen und sage ihr, sie solle dort warten. Die Polizei habe ich bereits alarmiert, als ich die ersten Schreie vernommen habe und bevor ich die Tür aufbrechen konnte. Jetzt höre ich die Sirenen näherkommen.

Casey schreit auf und der Schrei treibt mich zurück zur Kellertür. Dotson wird sie umbringen. Ich sehe, wie sein Schlag sie trifft und blutig schlägt. Ich stürme die Treppe hinab, stürze durch den Raum und schlage ihm die Faust mitten ins Gesicht. Casey windet sich am Boden. Dotson versucht wieder auf die Beine zu kommen.

Mein Herz setzt aus, als der Schuss losgeht. *Casey!*

Aber es ist nicht Casey, die zu Boden fällt. Es ist Dotson. Ich starre seine Frau an und mache mich darauf gefasst, dass sie ihren Irrtum gleich korrigieren wird, aber nichts dergleichen geschieht. Sie wirft einfach das Gewehr fort – scheppernd poltert es die Stufen hinunter, bis es unten ankommt. Dann setzt sie sich stoisch auf die Stufen.

Ich greife mir das Gewehr und untersuche Dotson. Er hat eine Kugel im Kopf, ich fühle keinen Puls. Nach einem warnenden Blick zu der Frau nehme ich Casey bei der Hand, helfe ihr die Treppe hinauf und hinaus ins Freie in den strömenden Regen. „Alles in Ordnung?“, frage ich, als wir draußen sind.

„Wo sind Laura und das Baby?“, will sie wissen.

„In meinem Wagen. Ich glaube, sie sind beide nicht schwer verletzt."

Ein Blitz erhellt sekundenlang den Himmel und unsere Blicke treffen sich. Wie blau ihre Augen sind! Ich hatte noch nicht bemerkt, dass sie so blau sind. Jetzt fließen Regentropfen hinein und waschen das Blut von ihrem Kinn, das langsam anschwillt.

„Sie sind es, stimmt's?", fragt sie. „Sie sind Dylan Roberts."

„Ja." Die Sirenen werden lauter. „Sie kommen", sage ich.

Sie rennt nicht weg, sieht nicht schockiert aus. Dann klingelt mein Telefon. Ich nehme es aus der Gürteltasche und werfe einen Blick aufs Display.

„Keegan", sagt sie.

Jetzt sehe ich die Angst in ihrem Blick, als sie zu mir hochschaut. Ihre blasse Haut schimmert im Licht des nächsten Blitzes. Ich stecke das Handy wieder weg. „Er ist unterwegs hierher, um den Fall zu übernehmen."

Sie registriert, was ich gesagt habe, sagt nichts, sondern dreht sich einfach um und geht, läuft über das durchweichte Gras zur Straße und dann zu ihrem Kia, der ein paar Häuser weiter unten steht.

Ich könnte sie aufhalten, sie in Handschellen legen, festhalten.

Aber ich lasse sie gehen.

Blaulicht nähert sich vom anderen Ende der Straße und taucht mein Auto, in dem Laura mit ihrem Baby wartet, in einen milchigen Schein. Ich schaue Casey nach. Ihr Kia setzt sich in Bewegung und verschwindet um die Ecke.

Als die ersten Beamten aus ihren Wagen steigen, gehe ich ihnen entgegen, zeige ihnen, wo Laura Daly und ihr Kind sind und berichte, dass Frank Dotson tot im Keller seines Hauses liegt. Ich übergebe ihnen das Gewehr und erkläre, dass Dotsons Frau noch im Haus ist.

Sie finden sie schluchzend im Keller neben Dotsons Leiche. Ich werde nie wissen, ob sie ihn in dem Handgemenge versehentlich erschossen hat oder ob sie es in voller Absicht getan hat.

Ich begleite Laura und das Baby zum Polizeirevier und warte, während man ihre Mutter benachrichtigt. Laura betont immer wieder, dass die tapfere Frau, die sie gerettet hat, eine junge Frau namens Grace ist. Sie wissen, dass es Casey Cox ist, und die Fahndung läuft sofort an. Ich gebe zu Protokoll, was ich gesehen habe, nur den Teil, dass ich sie entkommen ließ, lasse ich weg. Ich lasse sie in dem Glauben, sie hätte sich in dem allgemeinen Chaos davongemacht.

Minuten später erscheinen Miss Lucy und Sandra auf dem Revier und das Wiedersehen treibt allen im Raum die Tränen in die Augen. Sie schließen Laura in die Arme und erdrücken sie beinahe vor Freude, dann überschütten sie das Baby mit Küssen, als ob sie die Kleine schon ewig kennen würden. Lauras äußere Wunden werden heilen, das weiß ich. Aber es gibt Wunden, die man nicht sieht. Ich bete darum, dass sie die Hilfe bekommt, die sie braucht.

Als Keegan ein paar Stunden später eintrifft, erstatte ich ihm in allen Einzelheiten Bericht, was vorgefallen ist, bis zu dem Punkt, dass Casey Cox entkommen ist. Während er flucht und sich über meine Inkompetenz auslässt, starre ich ihn an und frage mich, woher ich die nötigen Beweise bekommen soll, um ihn vor Gericht zu bringen. Ich werde nicht zulassen, dass er die Dinge noch einmal abwiegeln oder vertuschen kann. Wenn seine Machenschaften ans Licht kommen, dann wird es so geschehen, dass er sich nicht mehr herausreden kann. Er wird für seine Verbrechen zahlen.

Und er wird Casey Cox nie in die Finger bekommen. Dafür werde ich sorgen.

47
Casey

Ich bin nass bis auf die Haut und friere. Ich bin etwa eine Stunde weit weg von Shady Grove und langsam geht mein Atem wieder normal. Sie verfolgen mich nicht. An einer Raststätte halte ich an, kaufe mir ein T-Shirt und eine Baumwollhose und ziehe mir die trockene Kleidung an. Dann kaufe ich ein weiteres Einmalhandy. Wieder im Auto, greife ich zu dem alten und wähle die Nummer, die ich schon so lange anrufen will.

Es klingelt viermal.

Durch einen Tränenschleier starre ich auf die dunkle Straße.

„Hallo?"

„Mom?"

Meiner Mutter scheint der Atem zu stocken. „Casey, bist du das? Gott sei Dank, du lebst!"

„Ja", sage ich, während mir die Tränen übers Gesicht strömen. „Mom, du fehlst mir."

„Du fehlst mir auch, Liebes. Wo steckst du?"

„Das spielt keine Rolle", sage ich. „Ich wollte dir nur sagen, dass alles wieder zurechtkommt."

„Casey, lass mich dich nach Hause holen."

Wenn das nur ginge. „Nein, Mom. Ich hoffe, du weißt, dass ich nicht getan habe, was sie sagen."

„Liebes, natürlich weiß ich das!" Ich höre, wie sie flüsternd ihre Worte wiederholt.

„Ja, dachte ich mir, aber … Ich will nicht, dass du jemals daran zweifelst."

„Wie könnte ich daran zweifeln?“

Ich kneife die Augen zusammen, mein ganzes Gesicht bebt vor Kummer. „Pass auf dich auf, Mom.“

„Sie suchen nach dir. Ein gewisser Dylan. Er war hier und hat mir jede Menge Fragen gestellt.“

„Ich weiß. Es ist okay.“ Schweigen, aber ich höre sie schluchzen. „Mom? Nimmst du deine Medikamente?“

„Ja“, erwidert sie. „Es ist nur … Ich will nicht, dass sie dich verhaften. Liebes, warum kommst du nicht einfach zurück und stellst dich und wir nehmen dir einen Anwalt und klären alles?“

Ich weiß, dass ich niemals so lange am Leben bleiben würde, bis man meine Unschuld in einem Prozess beweisen könnte. Dafür würde Keegan schon sorgen. Aber ich bin froh, dass meine Mutter das gesagt hat, falls das Gespräch abgehört wird. „Das geht nicht, Mom. Aber es kommt schon alles in Ordnung. Ich ruf dich an, sooft es geht.“

„Casey, versprich mir, dass du nach Hause kommst, wenn es zu gefährlich wird. *Versprich mir das!*“

„Mom, ich tue, was ich kann.“ Ich schweige einen Moment und ziehe Trost daraus, dass sie da ist. „Mom, betest du manchmal?“

Sie stößt die Luft aus. „Ja, inzwischen bete ich.“ Ihre Stimme klingt brüchig, angespannt. „Ich bete immerzu für dich.“

„Dann werden deine Gebete erhört“, sage ich. „Es gibt einen Gott und er hört uns.“ Ich höre, wie sie flüsternd meine Worte wiederholt.

Ich will noch nicht auflegen, aber vermutlich hören sie das Gespräch ab und lokalisieren meinen Standort, vielleicht ist die Polizei hier schon alarmiert und unterwegs, um mich zu verhaften. „Ich werde mich eine Weile nicht melden können, Mom, aber du sollst wissen, dass ich an dich denke. Ich liebe dich, Mom. Und jetzt muss ich weiter.“

„Liebes, ich liebe dich auch.“

Ich beende das Gespräch, lasse das Fenster herunter und werfe das Handy hinaus auf einen Acker.

Bis morgen früh kann ich in North Carolina sein oder in Virginia oder Tennessee. Ich kann ein neues Handy kaufen und von vorn beginnen. Mein Auto verkaufen. Bis dahin muss das Nummernschild reichen, das ich neulich auf einem Parkplatz habe mitgehen lassen.

Grace Newland ist nun wirklich tot. Ich werde wieder eine neue Identität finden müssen, einen neuen Job, einen neuen Platz in der Welt, wo ich vielleicht einmal hingehören kann. Ich werde sehr unauffällig sein, bis ich den Mut habe, wieder sichtbar zu werden.

Ich fahre nach Norden und tröste mich damit, dass Frank Dotson nicht gewonnen hat. Wenigstens in diesem Fall hat das Böse nicht gesiegt.

Keegan und seine Kumpane haben auch nicht gewonnen.

Und ansonsten werde ich mich damit trösten müssen, dass ich immerhin noch frei bin.

Hat Ihnen dieses Buch gefallen?
Schreiben Sie’s uns auf www.brunnen-verlag.de. Ihre Meinung zählt!